十二金錢鏢

退隱俞鏢旗再揚，遍邀

各路好手一一遇難，劫鏢之人卻不知是哪路高手，
鏢銀全數被盜、官府緊迫相逼、探尋敵蹤無果……
江湖震盪，「飛豹子」卻是昔日故人？數十年間的恩怨情仇再起波瀾！

白羽 著

退隱鏢師十二金錢俞劍平 × 綠林劫鏢使煙袋年老盜魁

——鏢旗飛揚，白羽武俠經典力作！

目錄

第一章	小隱俠蹤閒居傳劍術　頻聞盜警登門借鏢旗	005
第二章	湖畔揚鏢兩逢盜諜　夕陽鳴鏑三鬥騰蛇	027
第三章	浴血戰群寇鐵牌虧功　長笑拔鏢旗飛豹留柬	053
第四章	武弁懷嗔鏢師下獄　黑鷹赴訴劍客尋仇	087
第五章	酒樓訪盜跡過耳傳訛　荒寨拜山酋利口啟隙	125
第六章	探虎口劫質突重圍　聞馬嘶窺垣得一線	155
第七章	兩番探古剎貪功被擒　三度訊真情扯謊受辱	183
第八章	夜脫匪窟智運寸釘　路逢女俠恩懷一劍	207
第九章	知己談心銜杯論盜　緩急呼助策馬訪賢	231

第一章

小隱俠蹤閒居傳劍術　頻聞盜警登門借鏢旗

江蘇海州以西，有一座雲臺山，山脈綿延，與鷹游嶺西連山相接。登山東望，波濤萬頃；山麓清流斜繞，旁有小村，負山抱水，名叫清流港。全村疏疏落落，有三五十戶人家；中有大宅一區，小園廣場，雜植竹石，似別墅，非別墅，實為名鏢師十二金錢俞劍平的私宅。

俞劍平鏢頭生平以拳、劍、鏢三絕技，蜚聲江南。他的太極拳、太極劍，功候精深，已得內家神髓；他的十二隻金錢鏢，尤屬武林一絕。所謂金錢鏢，就是用平常使用的十二枚銅錢，不磨邊，不刮刃，備帶身邊；如逢勁敵，借一捻之力，駢指打出，可以上攻敵人雙眸，又能打人三十六穴道。江湖上會打錢鏢的，不能說沒人，但只兩丈見準。俞鏢頭腕力驚人，可以打出三丈以外。攻穴及遠，百發百中。以此贏得一個綽號，叫做「十二金錢」，又叫俞三勝。

俞劍平挾這三絕技，爭雄武林，一往無敵。遂在江寧府，創開安平鏢局。那鏢旗就繡取十二金錢，作為標幟。自然當初創業，不免有草莽豪傑跟他為難，終不敵他這雙拳、一劍、十二錢鏢。多番較鬥，樹下威名。他這桿金錢鏢旗在江南道上從此行開了。也仗他為人堅韌，心性熱，眼力真，交遊極廣，人緣極厚，又有賢內助相幫，方得有此成就。他不但能創，也還能守。他心念登高跌重，盛名難久，遇事特別慎畏，待人愈加謙和；就是武功，也不敢稍有間歇，仍與門人逐日勤練。二十年來，以此自持，倖免蹉跎；於是時光催人，壯士已到暮年。

當他五十三歲時，自想明年便逢暗九，半生挾技創業，今已名利雙收；再不急流勇退，深恐貽悔難追。遂與妻子丁雲秀商計，擇日歇馬，將鏢局收市；在雲臺山下，買田築舍，從此封刀歸隱。他把心愛的幾個弟子帶到自家；新宅築有箭園，早晚指授他們武功。期望愛徒精研拳、劍、鏢三絕技，將來昌大門戶，仰報先師恩，圖留身後名。

俞門弟子現有七人。大弟子鐵掌黑鷹程岳，字玉峻，二十九歲；黑面黃瞳，掌力很強，善使藤蛇棒，武功深造有得，迭在鏢局押鏢出馬；現留師門，替師父料理身邊瑣事。二弟子左夢雲，年二十餘歲，人很精幹，拳技較師兄稍遜，也能獨當一面。三弟子奚玉帆，在俞鏢頭退隱以前，已經出師，回返故鄉鳳陽。四弟子楊玉虎，與二師兄年技相當。五弟子石璞，遼陽人，二十一歲，近為完婚，已經告假回籍。他父名白馬石谷風，本是遼東大戶，也善技擊；因慕俞門絕技，方遣愛子千里從師。六弟子姓江，本名紹傑，是江寧富家子，骨秀神清，年方十八歲；幼因多病，奉父命投入俞門，習武健身。七弟子武琦，字凌雲，也是江寧人，年十九歲，倒比六師兄大；家貧少孤，聰敏有志，很得師父憐愛；現因母病，告假省親去了。目下侍師歸隱的弟子，便是程岳、左夢雲、楊玉虎、江紹傑四人。

俞鏢頭家中人口無多。門人以外，便是妻、子。妻丁雲秀原是他的師妹，也精武技；當年創業，頗得其力。膝下一兒一女；女名俞瑛，年當花信，已嫁金陵舊家，做少奶奶。子名俞瑾，年十七歲，幼承家學，得父母指授，武功卓然可觀，只膂力稍弱。頃因俞瑛嫁後五載，頭胎生男，俞氏夫婦大喜；遂遣俞瑾打點禮物，和武凌雲搭伴，同赴江寧，看望胞姐去了。

俞鏢頭退隱雲臺，瞬逾半年。

這日，時當春暮，山花早吐新紅，野草遍繡濃綠；午飯已罷，俞鏢頭散步出門，攜六弟子江紹傑，徐徐踱到港邊。春風微漾，清流如錦；長竹弱柳，在堤邊爭翠，把倒影映在波面，也隨晴風皺起碎碧。遠望西連山，相隔較遠，但見一片青蒼，銜雲籠霧。這邊港上，有數艘帆船擺來擺去，望過去似戲水浮鷗。師徒負手閒眺，心曠神怡。

港面忽駛來一葉小船，船伕老何叫道：「老鏢頭今天閒在，不坐船聽戲去麼？」俞劍平轉臉一看，道：「老何，你上哪裡去？哪村演戲了？」船伕欣然道：「是西港宋大戶家酬神還願的戲，你老不去看看麼？我這是接人去。」俞劍平信口道：「哦！」

那船伕慫恿道：「你老別看是村戲，那班裡有個好武丑，叫草上飛，功夫硬極了，五張桌子一翻就下來，還夾著雞蛋米筐。」

這船伕且說且將小船划過來，要做順水人情，請俞氏師徒上船。俞鏢頭胸無適莫，去可，不去也可。六弟子江紹傑忍不住了，忙說：「師父，我們去看看吧，今天也沒有事。」俞鏢頭微微一笑，舉步登舟，說道：「紹傑，去是依你，我得罰你幫著老何划船。」江紹傑歡天喜道地：「我划，我划。」調轉船頭，直奔西港。江紹傑搖槳划出二里多地，頭上微微見汗。前途隱聞鑼鼓喧聲，許多男婦往那裡趕；江紹傑搖得越起勁了。不想，背後突有一隻小船追來，大聲叫道：「前面船慢划！老當家的，家裡來人了。」

師徒愕然，回眸一看，是家中的長工李興。連忙攏岸，問來客是誰，從哪裡來的。長工李興說：「是打海州來的，彷彿姓侯，還帶著許多禮物哩！」俞鏢頭一面叫船伕停船，一面想道：「哪個姓侯的？大遠的跑來，找我有什麼事呢？」這時六弟子江紹傑沮喪極了，就沖長工發作道：「到底客人叫什麼名字？為什麼來的呀？難道沒有名帖麼？」李興道：「有名帖，留在程大爺那裡了。說也是鏢行熟人，程大爺陪進客廳去了，教我催老當家的趕快回去。」老鏢頭笑了一聲，聽戲作罷，改登小船，往家中走來。還沒到家門，已見四弟子楊玉虎迎出，向老鏢頭道：「師父，海州振通鏢局鐵牌手胡孟剛老鏢頭看望你老來了。」俞劍平一聽，立刻含笑道：「我道是哪個姓侯的，原來是胡孟剛二弟來了。我正想念這班老友。」說著捨舟上岸，徑到家門，往客廳走來。

楊玉虎搶步掀簾，俞劍平來到屋內，只見老友胡孟剛依然穿的是江湖道上那種行裝：二藍川綢長衫，長僅掩過膝蓋，大黃銅鈕扣，下穿白布高腰襪子，一雙福字履。這位胡鏢頭面如紫醬，蒼黑鬍鬚，二目有神；正跟大弟子程岳、二弟子左夢雲大聲談話。俞劍平抱拳道：「喃，胡二弟，久違了。這是哪陣風把你吹來，到這野水荒村裡？我真意想不到。」又看見桌上椅上堆置著的禮物道：「二爺，你這是做什麼？老遠來了，還買這些東西？」鐵牌手胡孟剛忙站起來，大笑著舉手還禮道：「老大哥，真有你的！難為你怎麼尋來，找這麼一個山明水秀的地方，隱居納福，把老朋友都拋開了，連小弟也不給個信。哈哈，我偏不識趣，找上門來。老哥哥，你說討厭不？」

俞鏢頭舉手讓座道：「請坐，請坐！去年我在江寧，把鏢店收市時，所有一班老友全請到了。那時候，老弟你正往福建走鏢，就是我用金牌調你，你也未必敢半途折回，你反倒怪我不請你麼？」鐵牌手大笑道：「你請我，我偏不來；你不請我，我倒找上門來了。沒什麼說的，我帶了些金華火腿、紹興女貞，你得教你的廚司務好好做一下，咱哥倆暢快喝一回。」

兩人落座，眾弟子侍立一旁，六弟子江紹傑重獻上茶來。

俞劍平問道：「二弟近來鏢局買賣可還好？自我歇馬以後，可有什麼新聞麼？」鐵牌手一拍膝蓋道：「有什麼好不好，不過為本櫃上一班鏢師、徒弟所累，不得不撐著這塊牌匾罷了。論我的心意，何嘗不想追隨老哥，也把鏢局買賣一歇，討個整臉。無奈此刻是欲罷不能，只好聽天由命，早晚栽跟頭完了！」胡孟剛嘴裡說著閒話，神色上似有疑難不決的事情，一時不好貿然出口。俞劍平久闖江湖，飽經世故，察言觀色，料到幾分；遂開言引逗道：「二弟，難為你遠道而來，想必鏢局清閒，何妨在我這裡寬住些時？我自從來到這雲臺山，半年以來，除了練功夫，教徒弟，閒著就遊山逛景。每每想念起一幫老朋友來，又不免寂寞。二弟好容易來了，打算盤桓幾天呢？」胡孟剛滿腔急事，造次沒法開口，驀地臉上一紅道：「你先別和我定規盤桓多少天，我還不知道我還能混過多少天哩！」俞劍平哧然一笑道：「何至於此？二弟你有什麼混不下去的事，大遠的跑到我這裡來，說短氣話？二弟你素性豪爽，有什麼話，儘管痛痛快快的講，不用轉彎了。」

胡孟剛瞪著眼，看定這俞劍平道：「你叫我說麼？我就說，我這次遠道而來，不盡為請你吃火腿、喝紹興酒，我正是有求於你。老大哥，我正有難事，你必得助我一臂之力。」

俞劍平笑道：「我說如何？夜貓子進宅，無事不來。老弟，你我一二十年的交情，非比尋常，你有為難的事，我能袖手麼？不過我先講明，你要用錢力，萬二八千，我還拿的出來；再多了，你給我幾天限，憑老哥哥這點臉面，三萬兩萬，也還有地方拆兌出來。你要是用人力，我這回歇馬，面前四個徒弟，有兩個也能夠去；用人再多了，我給你邀幾位成名的好漢幫場。可有一樣，我已封刀歇馬，再不能重做馮婦，多管江湖上閒事了。」說著，他把右臂一伸道：「這一臂是人力，我有四個徒弟。」又把左臂一伸道：「這一臂是財力，我有小小三兩萬薄產。老弟你說吧，你要我助你哪一臂之力？」又把脖頸一拍道：「老弟要想借我的人頭，可就恕我不能從命了。我今年五十四，我還想多活幾年，我再也不想出去了！」

鐵牌手一聽，不覺愕然，暗道：「我這算白碰釘子！」他強笑一聲道：「老哥哥，我真佩服你！莫怪你名震江湖，不只武功勝人，就是這份察言觀色，隨機應變，也比小弟高得多。小弟是枉吃五十二年人飯了。難為你把小弟的來意就料個正著。只用三言兩語，就把我這不識進退的傻兄弟硬給悶回去了。咱們什麼話也不用提了，咱們是後會有期。我再找素日口稱與我胡孟剛有交情的朋友，碰碰軟釘子去。實在是事到急難，全沒交情了，我就乾乾脆脆，聽天由命完了。」

鐵牌手把袖子一甩，站起身來，向俞鏢頭一躬到地：「老大哥，你老坐著！」

俞劍平手拈白鬚，笑吟吟看著胡孟剛負氣告別，並不攔阻。後見他竟已調頭出門，這才發話道：「胡二弟請回來。你就是挑眼生氣，要跟我劃地絕交，你也得講講理呀。我這裡沒擺下刀山油鍋，何必嚇得跑？」胡孟剛回頭道：「你一口咬定不肯幫我，我還在這裡做什麼？給你墊牙解悶麼？」

俞劍平仍是笑吟吟點手招呼道：「二弟，你回來，咱們講一講理。你說找我幫忙，你又沒說出什麼事來。你既任什麼也沒說，怎麼反怪我拒絕你呢？請問我拒絕你什麼來，你卻氣哼哼的，甩袖子要走？你這麼不明不白的一走，咱們就翻了臉，我也不教你走出清流港去。老老實實的給我走回來吧，不然我可叫小巴狗叼回你來了。」一句話引得眾弟子忍俊不禁；鐵牌手卻窘在那裡進退不得。

大弟子程岳機靈識趣，忙上前攙著胡孟剛的左臂，說道：「老叔請回來，坐下慢慢談，我師父不是那不顧義氣的人。」程岳且說且挽，把胡孟剛推到上首椅子坐下。二弟子左夢雲忙斟上一杯茶來。俞劍平跟著坐下說道：「二弟，你還是這麼大的火氣！想愚兄我在江南道上二十來年，朋友沒有少交，怨仇沒敢多結，為朋友斬頭瀝血的事沒少辦過。尋常同道，杯水之交，找到我面前，只要我力所能為，從沒有袖手旁觀。而今輪到你我自己弟兄面前，有什麼事，我還能不盡力麼？就是我確有礙難之處，賢弟你也得把來意說明，我們還可以慢慢商量。你怎麼一字未露，拂袖要走呢？二弟，到底為什麼事情，這麼著急？何妨說出來，大家斟酌呢！」

胡孟剛道：「你這個老奸巨猾，真是推得開，拉得轉；偏我性急，又教你逮住理了。現在長話短說，痛快告訴你吧，我倒不要你的人頭使喚，我不過要借你的硬蓋子搪搪箭。只因我們這南路鏢，從前有你老哥的安平鏢局在前頭罩著，江湖道上規規矩矩的，穩過了這些年；就連小弟的振通鏢局，也跟著闖出字號來。不料自從老哥歇馬收市，咱們江南鏢行沒有兩月光景，連出了兩三檔事。蕪湖的得勝鏢局、太倉的萬福鏢局、鎮江的永順鏢局，全栽在綠林手內。近來鬧得更厲害了，五個月工夫，竟又有七家鏢局遇事。內中有四家，鏢師、趟子手受傷，鏢銀幸得護住；其餘三家鏢銀被劫，至今沒有原回。最可怪的是，劫鏢的這個主兒，始終沒有道出萬兒（姓名）來。所有出過事的各鏢行頗下苦心，多方踩跡，到底不曾探明他這『堆子窯』（盜窯）設在哪條線上。這麼一來，鬧得南路鏢稍微含糊一點，全不敢走了。兄弟我在鏢行中，耳目不算不靈；我的出身，老哥你也盡知；南北綠林道上的朋友，我認識的不算不廣。只是這一檔事，竟也掃聽不出底細來。卻是這半年來，風波迭起，總還沒有輪到我頭上，我也萬分知足。我幹這種刀尖子上的營生，早已灰心。但若教我立即撒手，又為事勢所迫，不能罷休。我已想好了，熬到明年端午，把我歷年掙的錢都搬出來，給眾鏢師均分勻散；我便把振通鏢局的牌匾一收，在江湖上討個整臉。家裡還有幾十畝薄田，兒子們也全可以自立了；我就追步老哥的後塵，回家養老一蹲，也就罷了。」

胡孟剛喝了一口茶，接著道：「誰知天不從人願，竟在這時，有一筆鹽帑解往江寧，奉鹽道札諭，教我振通鏢局護鏢。我怎麼推託，也推不開；我說鏢師全押鏢走了，沒有好手，不敢應鏢。這麼說也不行。數目是二十萬；老哥哥請想，這種時候，我又存了退志，並且又是官帑，倘有個失錯，不只一輩子英名付於東流，連腦袋也得賠上。我是破出鏢店教海州封了，也不應鏢。其時老友雙義鏢店鐵槍趙化龍提醒我道：『這號鏢推辭不得了！因為振通字號，在南路鏢行，已經成名。這次既奉札諭護鏢，想必是道上不穩，官家已有風聞。若是我們的鏢店尚不敢保，別家誰還敢應？何況這決推託不開，即或推出手去，不拘哪家鏢店承保，或由官府調兵押解，僥倖不出事，於振通沒有關礙；可是振通好容易闖出來的牌匾，從此砸了。倘或萬一出岔，官家若猜疑振通與賊通氣，那時有口難訴，倒更不美了。還是應承下來，請求寬限，邀請能手護鏢，才是正辦。』趙老鏢頭並替我想到要想平安無事，除非把十二金錢鏢旗請出來。憑安平鏢局俞老鏢頭的聲名，真是威鎮三江。押鏢出境，管保一路平穩。名頭小，震懾不住綠林道的，枉是白栽。當時我聽趙化龍這樣一說，不覺心神一寬，遂對他說：『若提別位，未必肯幫我的忙。提起俞老哥來，我們是一二十年換命的交情。莫看他已洗手，我這回親去登門，請他再玩一回票，準保他不會駁我。』當時我把話說滿了，遂由趙老鏢頭煩出鹽綱老總，跟官府請了五天限，以便齊集鏢師。鹽道批准了，我這才趕到這裡。我臨行時，曾向大家說明：『只要這番邀出老朋友來，把鹽課平安解到，成全了我們振通鏢局的臉面，我決意提早收市。只要這號鏢保出去，誰再應鏢，誰自己幹去。』我是這樣說好才來的。誰知大遠撲來，你竟說什麼也不去了，只幾句話，就把我堵住；滿腔熱火給我一個冷水澆頭，你說我怎能不急？老哥不是讓我痛快說麼？我現在痛快說了，老哥哥，你不論如何，也得幫幫我。我也不借你的財力，我也不借你的人頭；我只借你的硬蓋子，給我頂一頂。」胡孟剛說罷，端起茶來，呼呼的灌下去；眼望著俞劍平，又加了句道：「你不用思索，行不行，一句話！」

俞劍平手拈長髯，沉吟半晌，抬頭看著胡孟剛，點點頭道：「二弟，你這番話，是哪個教給你的？」鐵牌手發急道：「你還挖苦我麼？我難道還得跟別人學好了話，才來找你麼？」俞劍平道：「別著急！我聽你這番話，面面顧到，真是實逼此處，走投無路；我若再不答應，未免太不顧交情了。」鐵牌手大喜道：「老哥，你就多幫忙吧！」俞劍平卻又道：「但是，二弟你只顧想得這麼周全，單單忘了一事。」胡孟剛忙問：「什麼事？」俞鏢頭笑道：「就是愚兄我這一面啊！想愚兄我只為要保全二十年來江南道上一點薄名，這才急流勇退，隱居在這荒村；倘或邀我出去，連我也栽了，那時節，二番出頭，不比以往，可難堪不難堪呢？」胡孟剛抓耳撓腮，呵呵不已道：「不能，不能，憑你怎麼會栽呢？憑你怎麼會栽呢？」

俞劍平見此光景，嘆息一聲道：「胡二弟，你一生為人耿直，不會那轉彎抹角的事，是我深知。你也無須作難，咱們從長計議吧。據我看來，這件事你也不可太氣餒。南路鏢行中，除了我安平鏢局牌子老些，搶著上風；別家鏢局能跟你振通鏢局扯平了的，又有幾人？何至於斷定這趟鏢道必有風險？」鐵牌手道：「老哥，事情固有你這麼一想，可是我若沒有看出前途確不易闖，我絕不會遠道麻煩你來。我若怕事，當年也就不幹這個營生了。實因官面上也有風聞，確知這票鹽鏢不易押解。況且像雙友鏢店的金刀劉紀，跟鐵戟孫威，全是上好的功夫，師兄弟兩個親自押鏢，全栽在人家手內。所以小弟度德量力，只怕我這一對鐵牌，未必保得住這二十萬鹽鏢。這次數目太大，只許無功，不許有過；無論如何，老哥總得捧我一場。我這回把鏢保下來，我決計洗手，就是有萬兩黃金，擺在我面前請我，我也不幹了。老哥哥，你還教我說什麼？」

俞劍平眉峰緊鎖，為起難來。半晌說道：「二弟，我是絕不能出去了，我給你邀兩位朋友幫忙。這兩位全是成名的英雄，聲望絕不在愚兄之下。一位是鷹遊山的老英雄黑砂掌陸錦標，一位是徐州智囊姜羽沖。這兩位全是一身絕藝，憑愚兄這點面子，請他二位出來幫一回忙，準保一路穩當。」

胡孟剛連連搖頭道：「不行，不行！那陸錦標，十幾年前曾為一件事，跟我慪過氣。至於什麼姜羽沖，武功盡好，在江北綠林道上，沒有多大拉攏，況又遠在徐州；老兄不要忘了，我只有五天限啊！這種借助的事，在本行裡繞，還不夠栽跟頭的？再求到外圈去，更難看了；何況我又跟人家沒有一點交情，怎能拿賣命的事求人？我們保鏢這種行業，固然先得講本領，可是還靠著人緣和名望；只要把字號立住了，指著這點虛名，就能夠橫行江湖。老哥這些年走鏢，不就仗著你那一桿金錢鏢旗麼？你若實在不願出去，你把鏢旗借給我一桿，給我壯壯聲勢。連我的鐵牌鏢旗，雙保官鏢；江湖道上但凡懂面子的，絕不肯再動了。老哥，你就為兄弟擔一回虛名吧。」俞劍平道：「但是我們憑人，才闖出鏢旗來。我自己不再出世，把鏢旗拿出來，也跟我親自出馬一樣。並且我安平鏢局早已收市了，這次插上我的鏢旗，倘有多事的鏢客，登門詰問，我卻沒話答對人家。依我看，還是另想別法吧！」鐵牌手忙接過話來道：「老哥望安！但有問的，由我一面承擔。」說到這裡，站起來，一躬到地，道：「老哥你已經答應我了，不要口頭上刁難人了。」

俞鏢頭實在無法推卻，長嘆一聲道：「這是我天生不能歇心的命！二弟再三再四的說著，我若過於固執了，顯得我不顧交情。只是愚兄浪跡江湖，二十年來沒有栽過跟頭，這回但盼賢弟能把愚兄這點虛名保住才好。」鐵牌手道：「老哥哥放心，豹死留皮，人死留名；我胡孟剛寧教名在人不在，也不能把老哥的威名辱了。」俞劍平眉頭一皺，頗嫌這話刺耳，忙擺手道：「就這麼辦吧。橫豎你得喝老哥哥一杯水酒再走啊！」胡孟剛道：「那當然要叨擾的。」

大弟子程岳吩咐廚房備宴，群弟子忙著調開桌椅，不一時擺上酒菜來。俞老鏢頭指著酒壺道：「老弟只管放量喝，也不用謝主人。這是拿你的酒，請你自己。」

胡孟剛哈哈大笑，求得鏢旗，頓易歡顏了；但仍不肯縱量，飲過十來杯酒，便叫端飯。俞劍平道：「你先沉住了氣，多喝兩杯怕什麼？你有急事，我不留你。這不過八九十里路，我這裡有好牲口，明天早早的一走，不到午時，準到海州。」

胡孟剛道：「我打算今天回去，鏢早走一天，早放心一天。」俞劍平道：「那不行。咱們一年多沒見面了，今天晚上多談談，明早你再回去。」胡孟剛點頭答應，兩人開懷暢飲。飯罷茶來，直談到二更以後，方才安歇。

次日天亮，胡孟剛一覺醒來，聽得屋外隱隱有擊劍之聲。

胡孟剛心知是俞劍平師徒晨起練武，便披衣下床。恰有家人過來侍候，淨面漱口已罷；胡孟剛遂緩步離屋，循聲找去。由客廳往東，進了一道竹攔牆的八角門，只見裡面非常寬敞，是十幾丈寬、三十幾丈深的一座院落。東南兩面，俱是虎紋石的短牆；北面一連五間，是罩棚式的廳房；前檐一色細竹格扇，滿可打開；在門兩旁擺著兩架兵器；這正是俞氏師徒練武的箭園。

在這一邊，是二弟子左夢雲和四弟子楊玉虎，兩人手持長劍，鬥在一處。那一邊，是大弟子程岳和六弟子江紹傑過招；一個餵招，一個練習。老英雄俞劍平倒背著手，立在二弟子、四弟子那邊，從旁指點。果然名師門下無弱徒，楊玉虎和左夢雲各不相讓，戰了個棋逢對手。胡孟剛哈哈一笑道：「真砍麼？你們老師可有好刀傷藥！」眾弟子聞聲收招，過來請安。俞劍平道：「你起這麼早做什麼？」胡孟剛道：「找你討鏢旗，我好趁早趕路。」俞劍平微笑道：「二弟你真性急，隨我來吧！」四個弟子也全穿上長衫，跟在後面，徑奔北面這座敞廳。

胡孟剛進廳一看，果然這廳也是練武的所在，裡面沒有什麼陳設。在這迎面上，供著伏羲氏的神像，左邊是達摩老祖（凡開鏢局的，都供達摩老祖），右邊是岳武穆。胡孟剛曉得俞劍平專練太極門的武功，所以把畫八卦的伏羲氏供奉在當中。

這三尊神像都供著全份的五牲。在達摩老祖聖像前，有著二尺寬、一尺半高的一個木架，擺在香爐後面；架上用一塊黃綾包袱蒙著，看不出架上插的是什麼。

俞鏢頭吩咐大弟子程岳，把三寸佛燭點著；自己親在三尊神像前，肅立拈香，然後向上叩頭頂禮。四個弟子也隨著叩頭。胡孟剛只向當中叩拜了祖師，站在一旁。俞劍平身向達摩老祖像前下跪，對大弟子說：「把鏢旗請下來。」黑鷹程岳把木架上的黃包袱揭下來，露出五桿鏢旗，全都卷插在架上。胡孟剛看見了，不由愕然，暗想：「我這次真是強人所難了！」心上好生不安。

程岳請下一桿鏢旗，遞到師父手中。俞劍平跪接鏢旗，向上祝告道：「弟子俞劍平，在祖師面前封鏢立誓，不再做鏢行生涯，不入江湖；隱居雲臺，教徒授藝，實有決心，不敢變計。今為老友胡孟剛，情深誼重，再三求告弟子，助他押護官帑，前赴江寧，以全老友之名。弟子心非所願，力不能辭，只得暫取鏢旗，重入江湖，此乃萬不得已。但願一路平安無阻，還鏢旗，全友誼；此後雖以白刃相加，絕不敢再行反覆。祖師慈悲，弟子告罪！」俞劍平祝罷叩頭，站了起來；隨手將鏢旗上的黃包套扯下，用手一擺，鏢旗展開；是嶄新的紅旗，青色飛火焰，當中碗大一個「俞」字，旁邊一行核桃大的字，是「江寧安平鏢局」。圍著「俞」字，用金線繡成十二金錢；黑漆旗杆，金漆旗頂，做得十分精緻。

俞鏢頭本是面向北站著，這時微向東一側身。那鏢旗一揚，胡孟剛伸手要接；俞劍平用左手作勢一攔道：「二弟不要忙，我還有話。」胡孟剛臉上一紅，把手垂下來了。

俞劍平正色道：「這次我在祖師前背誓，全為保全我們弟兄十數年來的交情。鏢旗若交二弟帶走，我不止於輕視了二弟你，我也太看輕了我安平鏢局。我既答應給二弟幫忙，我就只可把擔子放重了。我現在要把鏢旗，交給大弟子程岳持掌，這趟鏢就算有我一份。可是話歸前言，我不是為財，為的是朋友。二弟，話不多說，你我心照。」俞劍平又對程岳說道：「你也走過鏢，不消用我多囑咐。我們這金錢鏢旗的榮辱成敗，全始全終，就在此一舉。沿路凡事，聽你胡二叔的調派，不許妄自託大。我把這鏢旗交給你，但願你仍把這鏢旗好好交還到我手裡，我便滿斗焚香。走吧！」乃將鏢旗一卷，遞給了程岳。

然後挽著胡孟剛的手，面含笑容，向外面走。鐵牌手胡孟剛此時也不知是痛快，是彆扭，心裡說不出來的不對勁。

大家來到客廳，俞劍平讓座獻茶。鐵牌手道：「天色不早了，讓程賢侄趕緊收拾，我們一同走吧。」程岳道：「弟子的行囊很好收拾，我立刻就來。」程岳把鏢旗立在條几上，轉身出去；工夫不大，右手提個小包裹，左手抓著馬蘭坡大草帽，走了進來。身上換了一件藍綢長衫，下穿青褲，打著黑白倒趕水波紋的裹腿，搬尖魚鱗沙鞋。他放下手中東西，拿一塊黃包袱，把鏢旗捲起，往背後斜著一背；轉身提起行囊，向胡鏢頭說：「老叔，我們這就走麼？」胡孟剛一看，這位大弟子程岳寸鐵不帶，未免太大意了；遂向程岳說：「賢侄把兵刃帶著點。我們練武的人，趁手傢伙寧可備而不用，不可用而未備。」程岳含笑一提衣襟道：「我用的是軟兵刃。」鐵牌手看時，見程岳腰間纏著一條金絲藤蛇棒，暗想自己又失言了。胡孟剛轉身向俞劍平告辭。程岳也向師父拜別。幾人出得屋外，程岳問道：「師父，我騎哪匹牲口去？」俞劍平道：「騎我那匹追風白尾駒好了。」程岳緊行幾步，到西邊馬棚備馬。

胡孟剛來到門首，他那匹青驄馬已然備好，由馬伕牽著。

程岳將那匹追風白尾駒備好牽出來。只是這馬一邊走著，一邊咆哮，很不受羈勒；強牽到門外，唏唏的一陣長鳴，盡打盤旋，不肯站住。程岳左手還提著小包，一隻手竟擺布不住。俞劍平怒道：「這牲口養上了膘，竟不安分了。」他搶到馬前，伸手把馬嚼子抓住。程岳鬆開手，俞劍平喝了一聲：「籲！」那馬還在掙扎。俞鏢頭發怒，左手往回挺勁，右手向鞍子上一按，喝道：「你動！」這追風駒動也不動的立在那裡了。

俞劍平向胡孟剛說道：「二弟請上馬吧。這牲口久不騎了，須讓程岳壓他一程。」鐵牌手拱手道：「對不住，我們押鏢回來再見吧。」一轉身，搬鞍上馬。黑鷹程岳拴好包裹，把馬蘭坡草帽向腦後一推，伸手要接馬韁。俞鏢頭道：「你得好好壓它一程，你上馬吧！」

程岳告罪，俞鏢頭道：「不要囉嗦，快上去！韁繩要攏住，襠裡扣緊了。」程岳知道這馬是被師父掌力制服得不動，一鬆手，它必要狂奔一程；遂趕緊飛身上馬，兩腿緊緊一扣，手裡攏住韁繩。俞鏢頭這才放鬆嚼環，又在後面輕輕一拍，喝聲：「去吧！」那馬一仰頭，四蹄一蹬，一躥便是兩丈多遠。程岳用力扣住馬韁，那馬打了一個盤旋，竟自一低頭，蹬開四蹄，如飛的往胡孟剛馬前衝將過去。程岳匆遽間向胡孟剛招呼道：「老叔撒韁吧！」胡孟剛知道程岳收不住韁了，自己忙用腳跟一磕馬肚，將韁繩一抖，豁喇喇直追下去；卻扭轉頭，把手往後一擺道：「俞大哥，再見。」俞劍平站在門前，直望著兩人馬行已遠，轉彎看不見了，這才率領弟子，慢慢踱回宅內。

黑鷹程岳騎著師父這匹駿馬，因為經年未騎，今日這馬陡發野性，一口氣直跑出三十多里，才稍微煞住。鐵牌手胡孟剛饒是加鞭緊趕，已被落後一里多地。胡孟剛唯恐兩人走岔了路，好容易從後趕到，遠遠招呼道：「程賢侄，再這麼跑，簡直要了我的老命了；咱們下來溜兩步吧！」程岳勒住了馬，說道：「老叔，我也勒不住呀！」兩人翻身下馬，拭去頭上的汗；這才牽了牲口，慢慢走著，溜了二里多地。在途中野茶館，喝了一盞茶，然後才上馬拈行。這一回馬走得盡快，已不顯著吃累。渡過運糧河，走到巳牌時分，已到達海州。

胡孟剛的振通鏢局，就開設在南關內大街，距離城門不遠，路東便是。兩匹馬行近鏢局門前，被夥計看見，忙過來迎接。胡孟剛、程岳一齊下馬，鏢局內又迎出好幾位來，齊道：「老鏢頭回來了。」胡孟剛問道：「沈師傅在鏢局麼？」夥計們道：「在呢，已報進去了。」夥計們忙把馬上拴的小包裹摘下來，隨後牽走馬，刷溜飲餵，自有人照料。胡孟剛向程岳舉手道：「賢侄往裡請吧！」程岳忙說：「老叔怎麼跟我客氣起來！」

兩人進了鏢局，裡面走出四位鏢師，向胡孟剛拱手道：「老鏢頭辛苦了！我們聽說陪著朋友來了，給我們引見引見。」

胡孟剛道：「這是咱們請來幫忙助威的，這位就是江寧安平鏢局十二金錢俞老鏢頭的大弟子，姓程，官印名叫岳字。」又向程岳道：「這是我們鏢局的四位鏢師；這一位名叫喬茂，這位叫單拐戴永清，這位叫雙鞭宋海鵬，這位叫金槍沈明誼。」

這幾位鏢師中就屬沈鏢師相貌威武，年約四旬開外，黑黝黝一張臉膛，兩道劍眉，一雙虎目，嘴唇上微留短鬚；精神壯旺，體格雄偉。那喬鏢師卻生得極其難看，身高四尺，尖頭頂，瘦下頦，細眉鮮眼，站在那裡，恰當沈鏢師腋下。

程岳聽胡孟剛逐個薦了姓名，忙抱拳見禮道：「久聞諸位老師傅大名了。」鏢師沈明誼含笑答道：「程少鏢頭過獎。令師徒名滿江南，久想拜望，不得機緣。今日幸會之至。」大家忙把程岳讓進客廳。胡孟剛吩咐了一聲，立刻有一個夥計把一個鏢旗架子擺在桌上。程岳解下金錢鏢旗，插在架內；然後淨面喫茶。胡孟剛忙著擺酒接風。

次日，胡孟剛親赴鹽綱公所報到，定規走鏢日期；並說明為防路上有險，已邀出從前安平鏢局，相助護鏢。鹽綱聽了甚喜，對胡孟剛說：「只要把鹽課平穩解到，我們另送俞鏢頭一千兩銀子。」

這二十萬鹽課，滿是裝好了銀鞘的元寶。每鞘五百兩，共是四百個。胡孟剛算計著，需裝五十個騾馱子，較比尋常加重了一倍。平常每一個騾馱子，只馱四個銀鞘，合兩千兩，一百二十五斤。這次胡孟剛恐怕裝一百個騾馱子，自己人少，照顧不來；所以寧願多花腳力，挑選健騾；一匹騾子要裝八鞘，合四千兩，重二百五十斤，連鞘皮算，不下三百斤。

胡孟剛不敢延誤，急找騾馱行，講定腳力，訂明第二日由鹽綱公所起鏢。胡孟剛趕忙又找鐵槍趙化龍，借了二十名精壯的夥計。因自己鏢局雖有四十多名夥計，也需挑選挑選，並且也不能全數帶走。胡孟剛當日就把這二十名夥計請過來，又派人到本街恩源樓回教飯館，定了十二桌酒席。又到櫃房，教管帳的先生，將這每天的打尖住店，一切挑費，往來該備多少盤川，通通算好了，打點出來。胡孟剛這才到客廳，向四位鏢師及程岳說明了自己安排的情形，大家稱是。程岳因道：「老叔太辛苦了！等到把這號鏢保下來，名利雙收，足夠痛痛快快過節的了。」

胡孟剛吃著茶，還沒答話，那個其貌不揚的鏢師喬茂插口道：「五月節麼，不易痛快吧？這趟買賣，據我看是蜜裡紅礬，甜倒是甜……」一語未了，那沈明誼鏢師瞪眼道：「又來了！你明知道明天起鏢，今天先說破話。」

喬茂把一雙鮮眼翻了翻，說道：「沈爺，怎麼我說出話來，就是破話？難道我的話假麼？人要是不得時，喝口涼水還磣牙。」胡孟剛眉頭一皺，又含笑說道：「沈師傅，你別理他，他原是說一句好話，後悔半年的。」

這喬茂，原是北省一個積案如山的游賊，專做黑道上的生涯。看他生得貌陋，卻最擅長輕功提縱術，高牆峻宇，超越如飛，真有夜走千家盜百戶之能；只是別的功夫苦不甚高。因他曾有一天，半夜工夫，連偷九家大戶；他又姓喬，江湖上便送他一個綽號，叫做「九股煙」，又叫「瞧不見」。

喬茂這人長相就夠討厭，嘴又刻薄，盡找人家的棱縫，一句話能把人問個倒噎；等人家急了，他又不言語了。所以他為人儘管機警，卻常為同道所輕視。當年曾因口角不慎，得罪了綠林同道，人家恨得切齒，非把他賣了才甘心；故此在北省不能立足，一路逃到江南。鐵牌手胡孟剛少年時，曾在北方綠林中混過。喬茂素知胡孟剛的底細，又知他為人豪爽，這才訪到海州，投奔在振通鏢局之內。胡孟剛本不欲收留他，只是推託不開；又怕他到處傳播自己的出身，遂將他留在鏢局。喬茂倒也最怕人提賊字，並且又怕人叫他的綽號。緣此，才得相安。

卻是鏢局中，連鏢師帶趟子手，沒有一個未跟他吵過架、拌過嘴的。

當下大家商量了一回。趕到下晚，飯館將酒席送來，這振通鏢店頓形熱鬧，上下十二桌酒席，全都擺上。酒過數巡，胡鏢頭站了起來，向大家說：「諸位，今日我胡孟剛有幾句話，要向諸位表明。這次承保二十萬官鏢，既不是我們攬的，也不是找上門，就立刻答應的。皆因官帑不比商家買賣，若是鏢銀稍有一點閃錯，或是稍誤限期，不但賺不成錢，還得擔受處分。再說近來道上也不大好走，所有出事的主兒，眾位也都盡知。所以我事先竭力推辭，無奈這是奉官指派的，規避不得。我才為保重起見，特把老朋友十二金錢俞老鏢頭的大弟子請出來，幫著咱們護鏢。人家安平鏢局已是收市了，竟為咱們重展鏢旗，這才真是血性朋友。只是我已經風聞有那不開面的綠林道，要動這筆官鏢。我們既幹這行買賣，就不能怕事；我們只好按日期走鏢，一路上多加小心。眾位要有不能去的，這時儘管言語一聲，我是一點說的沒有。要願意跟我一同押鏢，我還盼眾位特別辛苦些。但盼沒事；若真有敢摸咱們鏢的，我胡孟剛就憑掌中這對鐵牌，跟他拚個死活。眾位哪位去，哪位不去，請告訴我。」眾鏢師全站起來道：「老鏢頭不用多囑了。我們但凡怕死惜命的，還出來做什麼？我們既在振通吃飯，若有摘我們牌匾的，我們就只有一個蘿蔔一頭蒜，跟他一個對一個。」

跟著便有一人笑道：「老鏢頭，你就放心吧！既當鏢師，決沒有像端雞籠、拔煙袋的朋友那麼不爭氣。」這說話的正是雙鞭宋海鵬。大家聽了，哄然大笑。喬茂忽然心虛，把眼一瞪道：「你小子！……」胡孟剛忙道：「今晚這桌喜酒，誰都不許胡攪；誰攪了大家的高興，我罰他包今晚的挑費。」喬茂暗中憋氣瞪了宋海鵬一眼，低聲道：「咱們走著瞧！」宋海鵬笑道：「瞧不見！」

程岳在旁看著不禁暗笑。胡孟剛見大傢俱都義形於色，遂向大家一揖，相讓歸座；直吃到起更，方才散席。

次日五更剛過，夥計們催起眾人，掌著燈，洗漱吃早點。

收拾定妥，天色方亮。這裡除鏢頭胡孟剛、程岳外，就是四位鏢師，兩名趟子手，四十個夥計。另外一輛轎車，裝的是簡單行李衣物；連鏢頭和趟子手，共乘十匹馬。胡鏢頭看大家全把兵刃衣物收拾俐落，立刻率領著，前往鹽綱公所。那些騾夫和五十匹騾馱，早已到了；只是鏢頭不到，人家不能點交鏢銀。

胡孟剛急到公所內接頭，知道又由海州緝私營加派了二十名巡丁，由一位哨官統帶著，相隨護鏢；胡孟剛更是歡喜。他遂到庫房，親自點清鞘銀，趕緊把騾馱子趕進來，往上裝鏢銀。鏢局夥計們立刻亮兵刃，把裝鏢銀的馱子襄護起來。因這鏢銀一交鏢，便算歸鏢局負責了。就算沒離開地方，出了事，也得由鏢局擔承。

胡鏢頭眼看鏢銀裝完，自到公所裡，交了保單。鹽綱公所派了一位押鏢的，也是公所的一位鹽商，還帶著一個聽差的，沿途伺候他。胡孟剛聽人們都稱他為舒大人，曉得這些鹽商都捐有功名，自己也只好隨著稱呼。這時緝私營哨官張德功，率領二十名巡丁，恰也到場。胡孟剛向前打過了招呼，立刻吩咐趟子手起鏢。兩名趟子手各抱一面鏢旗，胡孟剛囑咐把安平鏢局的十二金錢鏢旗，走在前面，自己的振通鏢旗隨在第二；明面上是尊敬人家，暗中卻是反客為主。

趟子手分抱鏢旗，當先上馬。後面鏢銀五十匹騾馱，單排著首尾相銜；兩旁四十名鏢局夥計，各持兵刃，拉開趟子，左右隨護。後面緝私營哨官騎馬帶隊，二十名兵丁青綢包頭，薄底快靴，全身青色服裝，每個挎一把腰刀，提槍排隊步行。再後面是押鏢鹽商的一輛轎車。車後才是鐵牌手胡孟剛、鐵掌黑鷹程岳和四位鏢師沈明誼、宋海鵬、戴永清、九股煙喬茂，各帶兵刃，騎在馬上。那前面的趟子手一聲喊鏢，嗓音洪亮，直聽半里多地。於是浩浩蕩蕩，離開鹽綱公所，奔向北門。

這一支鏢，氣象威武，雖在當時不算奇事，卻也引得沿路商家行人注目。出得北門，徑希望站，中途打尖，到得日暮，便行抵和風驛。

這和風驛也是運糧河的一個大鎮甸。鏢趟進街，店家齊來兜攬生意。趟子手和鏢頭打了招呼，引領鏢馱，徑投一家大店。黑鷹程岳近前下馬，見這店店門高大，上懸金字黑匾，是「福星客棧」。門口站著的三四個店夥，忙上前迎接，將兩桿鏢旗接了過去，仍將金錢鏢旗插在左首，鐵牌鏢旗插在右首。二十名緝私營兵，分立店門兩旁；趟子手先進店內，在院中巡視一周，店夥說道：「你們諸位最好占西偏院，那裡嚴密些，房間也整齊。若是達官們嫌偏院房間少，也可以在前邊多開兩間。」趟子手張勇和金彪久走江湖，選擇店房，都不用鏢頭操心。張勇遂對店夥說：「房屋好歹，我們倒不在意，只是客人們身上，你們要多小心。」店夥應了一聲，立刻領路。趟子手到偏院看了看，是三合房，院子稍小，盤不開五十匹騾馱。看罷出來，招呼鏢銀進店，張勇、金彪忙與胡老鏢頭商量：「落店還早，莫如把鏢銀卸下，歇到四更裝馱，五更起鏢，絕不誤事。」胡孟剛說：「就是這樣。」立刻由鏢師監護，把四百鞘銀卸下來，碼在偏院院內；騾馱和鏢師們的馬匹，全牽出去，刷溜飲餵。胡孟剛陪押鏢的舒鹽商，先進了店房，歇息片刻，時已掌燈。

飯後，胡孟剛點派夥計，分兩班護鏢，四位鏢師也分上下夜。自和程岳相商，讓程岳照管前半夜，到子時，由自己接班守鏢，以免彼此過勞。程岳知道胡孟剛處處客氣，且又性情很滯，辭讓不開，只好照辦。

眾人住的是一明兩暗的房間，北間是押鏢的舒鹽商和緝私營哨官，胡鏢頭等全住在南間。此時胡孟剛等在堂屋喝完茶，有的就走進南里間，要先歇歇養神。突聽得外面有人吵嚷，胡孟剛一驚，放下茶杯，急往外察看。鐵掌黑鷹程岳剛進到裡間，也忙轉身，闖出堂屋。院中點著七八隻燈籠，照得很亮。

只見偏院門口，有一店夥，張著兩隻手，攔住兩個人，口裡不住說：「爺臺，這裡住的全是保鏢的達官，沒有別的客人，怎麼你老還往裡邊走，這不是砸我們的飯鍋麼？」

程岳從燈光影裡，看出這兩人是一壯一少，左邊那人約有四十多歲年紀，瘦削身材，面色白中帶青，細眉朗目；身穿藍綢長衫，青緞快靴，左手提著一頂草帽。右首那人年紀不過二十多歲，黑黝黝一張面孔，濃眉大眼，扇子面的體格，一派剽悍之氣溢於眉宇；也穿著一件青綢長衫，青緞快靴。這個年輕人正向那店夥怒目橫眉的喝道：「少說廢話，這裡住了保鏢的，就不許找人麼？這要是住保皇帑的，就該把客人都趕出去不成？太爺是找定了。」

這時二十名鏢局夥計、十名緝私營兵，正護著鏢銀。那店夥見鏢頭已出店房，遂不再攔，閃過一邊了。那緝私營兵聽不慣這樣說話，早過來兩個巡丁，厲聲叱道：「你是幹什麼的，這麼橫眉立眼的？」

少年客人把腰一挺，剛要答話；那四十多歲的客人，笑吟吟把左手草帽一抬，右手往帽檐裡一搭，說道：「總爺不要生氣，我這兄弟不會說話。我們是找人心急，才闖到這裡。實在不知道是諸位，請多擔待吧！」

巡丁瞪著眼還要發話，胡鏢頭已經急步走來。程岳已隨在身後。胡鏢頭張眼一打量來人，遂向那中年客點頭道：「朋友，你打算找誰？說不定你找的這人，也許隱藏在這裡。在下雖是保鏢的，也不敢不說理。我看朋友你定是道上同源，請你先道個萬字，我好盡其朋友之道。」那少年客聽了這話，身軀微微一動，左腳往後縮了半步。那中年客依然含笑道：「老哥你別見怪，我們是辦南貨的買賣人。有位同事，帶了不少的錢，先走下來。我們原定規好了，在和風驛見面。我一路尋到此地，連找兩家棧房，全沒有尋著。方才找到這裡，夥計們嫌麻煩，不教挨屋子找人，所以才跟他吵架。老哥你說道上不道上的，我們不懂。既是這裡真沒有別的客人，我們再往別處找去吧，這倒打攪了。」這人說著話一拱手，把那少年一拉，轉身便走。

胡老鏢頭呵呵笑道：「二位忙什麼？好容易來了，何不喝杯茶，索性看明白了再走？」兩個人頭也不回，徜徉而去。胡鏢頭哼了一聲，眼光直送出去。那店夥在旁說道：「告訴他是鏢局子的人，他偏不信，硬往裡闖；一攔他，還要打人。敢情是賤骨頭，一見你老，他又酥了。」胡鏢頭道：「你忙你的吧，這種人不值跟他慪氣。」

黑鷹程岳悄向胡孟剛說道：「老叔，這兩人來路好像不對。我們不要教他走開了，綴著他倆，看看是哪條線上的。」胡孟剛搖頭道：「不用費事了。我看他們絕不是近處的老合。他若是在附近線上吃橫梁子的，絕不肯先跟咱們朝相見面。踩盤子的小賊，二十里、五十里都許下來。我已經把話遮過去了；就是我們所料不差，他們也得思索思索。但願他們是好人，反正前途加倍留神就是了。」程岳因為胡孟剛是老江湖了，便不再多言。鏢師戴永清不禁眉頭緊皺，他在鏢行闖蕩十多年了，今晚眼見有人來踩探，便知這鏢銀前途不易看穩。九股煙喬茂不住的咧嘴道：「糟糕，新娘子教人家給相了去了，明天管保出門見喜！」

宋海鵬瞪他一眼道：「少說閒話，你還冒你的煙去吧！」

兩人這裡搗鬼，那緝私營哨官張德功也過來打聽胡孟剛。

金槍沈明誼眼望著胡孟剛、戴永清，滿臉笑容的答道：「沒什麼事，也不是我們說大話，就算有吃橫梁子的，他們見是我們兩家的鏢，料也不敢擅摸。鏢頭你說是不是？」說到這裡，暗用手臂一碰胡孟剛。胡孟剛笑道：「沈師傅，別盡自往咱們臉上貼金了。我們該著歇息的，趁早歇了吧，明早好趕路。」

　　哨官張德功，以及押鏢鹽商，看鏢師們全都說笑如常，便不在意了。胡老鏢頭坦然進房，和衣躺在床上就睡。各鏢師護鏢的護鏢，睡覺的睡覺，且喜一宵平安無事。

第二章

湖畔揚鏢兩逢盜諜　夕陽鳴鏑三門騰蛇

五更收鑼，趟子手張勇招呼前半夜值班的人起來。店夥早到灶下燒水煮粥。天色破曉，胡鏢頭催鏢行夥計、騾夫們裝鏢馱子，算清店帳。鏢旗出了福星客棧，趟子手喊起鏢來，仍照頭天的規矩走，保護得嚴密異常。

和風驛是一里多地的長街，鏢馱子走得早，街上鋪戶多沒開門，不一刻工夫走出鎮甸。這時候野外麥田正旺，一望碧綠。遠看運糧河，泊舟所在，帆檣如林。胡鏢頭一行人眾，策馬拈行；當這朝曦甫上，微風吹來，不由精神一爽；連那鹽綱公所的舒大人，也教從人把車簾打起，坐在轎車中觀玩野景。

一路行來，約走四五里光景，黑鷹程岳忽聽後面有快馬奔馳之聲；勒韁回頭一看，遠見征塵影裡，有兩匹棗紅馬，蹄下翻飛，奔向這邊。眨眼間蹄聲漸近；胡孟剛等也回頭看時，這兩匹馬已然旋風似的來到跟前。馬上的人，全戴著馬蘭坡草帽，掩住面貌，伏腰勒韁，猛加一鞭，從斜刺裡抄著鏢馱子，從兩旁直躥過去。這只是一眨眼的工夫。

程岳唔的一聲，向胡孟剛道：「老叔看清了麼？這兩個騎馬的，多半是昨夜所見的那兩個。」胡孟剛皺眉道：「面貌沒有看清，身段倒是一點不差。」金槍沈明誼道：「各走各的路，休要管他，沿途多多留神就是。」

胡孟剛並不答言，教夥計傳話，招呼趟子手張勇過來。夥計們互相傳呼過去，張勇一領馬韁，把牲口圈回來；前面還有抱金錢鏢旗的趟子手金彪，照舊引導前行。張勇把馬圈到胡鏢頭跟前，撥轉馬頭，一邊並騎走著，一邊問有何事。

胡孟剛道：「下一站該到哪裡？」張勇道：「我們在羅家甸打尖。到日沒時，正趕到新安縣境楊家堡落店。明天到漣水驛，後天趕到大縱湖新潮灣。我也正想跟鏢頭商量，要按規矩說，我們應走湖西，淮安府、寶應縣、高郵縣，那麼走十四天，足可到達江寧。但是前些日子，淮安府老鬧和天飛嶺地方，接連有兩家鏢店出事。我們如果找安穩，不冒險，就多走兩站；從大縱湖東，奔范公堤、興化州、奶子蕩、仙女廟、江都縣，到瓜州過江，走丹徒，奔鎮江，走老龍潭，直到江寧。這麼可是走十六天才能到。沿路可別趕上天氣，要遇上不好的天氣，非走上十八天限期不可。老鏢頭看是怎麼樣？」

胡孟剛想了想，便向張勇說：「咱們就破著工夫，多走兩天吧。」又問程岳道：「賢侄，你說怎樣？」程岳道：「還是走穩道好。耽誤兩天，不算什麼。」

幾人商量已定，趟子手張勇一領轡繩，仍躥到前面，緊趕行程。到了過午時光，行抵羅家甸，大家在此打尖，騾馱子也都上足料。歇息了一個時辰，趟子手張勇、金彪便催著起鏢，依那押鏢的舒大人，還要多歇一會兒；因為他養尊處優慣了，坐在車上很不舒服。無奈騾馱子裝載太重，走得本來不快。況且旱路行程，站頭全有一定。有站才有店。若走得慢了，或是想趕路，走得太快，那時就把官站錯過去。單身行客還可以在荒村小店，借宿一宵；如今是大宗鏢銀，誰敢冒險？這位鹽商雖想舒服，也就由不得他了。趟子手催促著，又把利害說明；舒大人無法，只好上車。就這樣緊趕，直到戌末亥初時分，才趕到了新安縣轄境楊家堡。這一站行程長些，胡孟剛雖然著急，也是無法。他遂令趟子手張勇，揀了一家大店，押鏢投宿。次日黎明，由楊家堡起身，到漣水驛。到得第四天，就該到大縱湖新潮灣了。

這日方才起鏢，走出不及十里之遙，迎面塵土起處，過來兩匹快馬；

馬上的人全是短衣襟，小打扮，從鏢馱子兩旁直抄過去。官站大道，遇見騎快馬的，本不足為奇；只是這兩匹馬，偏偏也是棗紅毛色，跟和風驛路上遇見的那兩匹馬，分毫不差。胡孟剛等人雖然擔心，但到這個時候，只得加緊趕路。

不想續行十幾里，迎頭又是兩匹快馬如飛奔來。這麼一來，胡孟剛、程岳和四位鏢師全都注了意。馬上是兩個少年壯漢，短衣襟，小打扮，偏偏騎的也是棗紅馬，也傍著鏢隊，一掠而過。胡孟剛立刻向前面護鏢的夥計和鏢師們，暗打招呼；恐怕綠林道就要在這條線上拾買賣。這四匹牲口，按綠林道規矩是放哨的，先出四五里地去，一定再圈回來。那時必然有強人動手劫鏢。胡孟剛此時更不多言，只候著四匹馬圈回，這撥鏢就登時不走了，各自亮兵刃，再往前闖。照例不出五里，必定有事。哪知這次竟出人意料之外，四匹馬一去未回，直走出六七里地，路上平平安安，仍無事故。胡孟剛不禁詫異起來：「這可是怪道，今日莫非真輸了眼不成？」當這時，不但胡孟剛這樣想，就連趟子手等也都覺得蹊蹺，個個你看我我看你，心里納悶，卻都不言語。趕到了大縱湖新潮灣，歇馬落店，大家方才把心放下。

飯後，夥計們倒替著歇息，唯有胡孟剛滿心懷疑不定，連飯都沒吃好；倒在床上反覆盤算。他暗想：自己在鏢行幹了一二十年，少時也曾身入綠林，絕不致連這幾人的來路還斷不透。他雖也有些乏累，卻哪裡睡得著，心中總委絕不下。到二更以後，胡孟剛起來，看了看分班護鏢的人，全都聚精會神地守著，一個也不短。他又親到院中轉了一周，燈影昏沉，各房間客人全睡了；信步踱到店門，店門關得很嚴。

胡孟剛方要轉身回房，夜闌人靜，犬吠聲中，隱隱約約聽到遠處一片馬蹄聲音。胡孟剛暗想：「這個時候，還緊自趕路，這一定是官家投遞緊急公文的驛差了。」側耳細聽，又覺不像。

「若是驛遞，不過一兩個人。這一片馬蹄聲凌亂得很，至少也有五六匹馬。」胡孟剛轉身往四面看了看，店院靜悄無人，值更的店夥未在屋外。胡孟剛前行幾步，把店門過道的脊頂相了相，不過一丈多高，倒還上得去。他倒退兩步，眼光一繞，立即墊步擰腰，聳身躥上脊頂；向前上了一步，伏腰掩住身形，恰好看得見店外的街道。

這時月暗星黑，夜影沉沉，店門口那盞門燈發出淡黃色的暈光，約略辨別出街上的情景。只見街上空蕩蕩，漫無人跡，馬蹄聲越行越近；倏從街東當先衝來兩匹馬，馬上兩個短衣裝的人，黑影中不辨面目。兩馬一前一後，首尾相銜，奔馳如飛，竟從店前飛越過去。

胡孟剛方才道一聲慚愧，不料街西暗巷中，連聲呼哨，竄出兩條大漢，迎面將來騎攔住。馬上的人把韁繩一勒，馬跑著，驟停是不行的；只見這馬打一個盤旋，方才站住；後面那一匹馬，也立刻收韁。不曉得雙方說的是什麼話，兩騎客翻身下馬，拉著韁繩折轉身來，走到店門前，前前後後看上了一遍；便與那兩個大漢且行且語，轉過街去。緊跟著又從街東馳來四匹馬，也抹著店門徑馳過去。

胡孟剛才要探頭，忽然蹄聲又起，那六個人牽著六匹馬，一條線似的從街西折轉回來。胡孟剛曉得這兩撥馬是一處來的，如今是在此地碰頭了。果然這四匹馬緩緩行來，到了店前，為首一人把馬鞭一揚道：「就在這裡。」這人騎著馬往路旁一閃，後面五匹馬全在店前停了一停。內中一人道：「我說如何，果然落在這口窯了。前途沒有岔道，不用緊綴了。咱們趕快報給瓢兒尖子，好早早安樁。」這個騎馬人說完，一拍馬鞍，飛身上馬，頭一個衝了過去。其餘五人也都上馬加鞭，緊隨著疾馳而去。那攔路的兩個大漢，都沒再露面。

胡孟剛在房上窺探多時，未聽清私語，已窺見隱蹤，不由心中著急道：「完了，這場事是決計脫不開了。」遂長身站起，望著那人馬的去影，咳了一聲。忽然醒悟，自己還在屋上站著呢；這教店中人看見，多有不便。低頭向店院一瞥，趕緊的翻身，輕輕縱落地上。一面提輕腳步，往裡面走；一面盤算主意。他心想：「這事張揚不得，只可跟程岳和自家鏢師們，計議計議。」

胡孟剛尋思著來到店房中，那金槍沈明誼和雙鞭宋海鵬，正在燈下說著話。鐵掌黑鷹程岳，剛起來預備接班，正含了一口茶漱口。胡孟剛往床上看了看，單拐戴永清和九股煙喬茂，全睡得很熟。鐵牌手胡孟剛遂向這三人說：「你們要是乏累，可以寬衣歇歇，今晚一點事沒有；養足了精神，明天路上好用。」金槍沈明誼一聽，忙道：「老鏢頭，可是聽見什麼動靜了？」

胡孟剛正要答話，床上睡的九股煙喬茂忽然呵欠一聲，一轉身，臉朝裡睡去了。胡孟剛手指喬茂，問道：「他才睡麼？」

沈明誼道：「他嘛，吃得飽，睡得著，早就睡下了。」

胡孟剛悄然坐下，把適才所見的情形，向三人說了一番。

沈明誼沉吟不語，宋海鵬皺眉想了想道：「他們必定在前途安樁。據我看來，我們偏不由他打算；明天我們竟將鏢趟折回，改道仍由淮安府老闖進發，這麼便許岔開了，至少也教他踩盤子的栽個跟頭。」胡孟剛道：「這一來可就……」

程岳在旁聽著，有些不快，插言道：「留神總得留神，何必改道？這反倒像怕事似的。老叔不要把這事太放在心上，我們是賣什麼吆喝什麼，遇上什麼算什麼。真要是有點風吹草動就擔驚，還怎麼吃這行生意呢？我們金錢鏢旗，在江湖上闖蕩了這些年，線上有頭有臉的朋友，誰也得讓一步。當真路上有那不開眼的，敢來輕舉妄動，憑老叔和小侄手中的兵刃，還怕教他找了便宜去！」

程岳這一席話，說得宋海鵬面似紫茄子，胡孟剛也覺恧顏。沈明誼忙道：「程少鏢頭這倒是實話，憑令師徒的威名，江湖上誰敢來輕捋虎鬚？我們胡鏢頭和宋大哥也不是怕事，不過上了年紀的人做事慎重些。」此時程岳也覺著話說得孟浪了，忙掩飾了幾句，搭訕著站起身道：「老叔該歇息歇息了，我到外面看看去。」胡孟剛道：「不忙，我不累。」程岳走出屋來，心中好生後悔。

在屋中，沈明誼對宋海鵬說道：「這位程少鏢頭話也太狂了，年輕人總是這樣。」

胡孟剛道：「若論人家師徒的技藝，卻也說得起大話。只是我們練武的人最忌驕滿。他總是年輕，沒有吃過大虧。宋師傅不必介意他。」宋海鵬道：「老鏢頭還不知道我麼？我不在乎這個。既然改道不便，咱們在路上看事做事。只要真有動咱們的，咱們就跟他拚一拚。」胡孟剛點頭說好，自己也不能稍帶疑慮的神色，怕教程岳竊笑。少時程岳回來，大家談些別的閒話，彼此替換著歇息。

次日天色未明，眾人起來，收拾俐落。今日情形與前幾天不同，胡鏢頭向護鏢的鏢師、夥計們挨個囑咐：「今天要加倍留神！從新潮灣往下站趕，是淮安府轄境東白馬渡，這一站足有八十里；卻是所經過的多半是險地。尤其范公堤一帶，盡是二十里地的長堤，東面多半是竹塘麥田，所以我們要早早趕過范公堤才好。諸位務必多吃點辛苦，路上不要耽誤工夫。」胡孟剛輕描淡寫吩咐了一遍，立刻起鏢。

離開新潮灣，走出四五里，遠遠望見那白茫茫的大縱湖。

湖中舟楫往來，卻也不少。趟子手掌旗引鏢，竟奔湖東古道。

走到午時已過，這一起鏢方才找了一座小鎮甸，好歹打過尖，胡孟剛便催趕快起鏢。

鏢局所用的這些彪形大漢，全憑血氣之勇，不懂什麼叫慎重。他們多半是江北、山東的人，習慣上最好喝大碗釅茶，與江南人截然不同。他們到處總跟賣野茶的拌嘴，嫌他放茶葉少，茶不釅。今天吃飽飯，不但釅茶沒喝著，連清茶也沒容多喝一碗。胡鏢頭這一催迫，夥計們不敢違拗，但是嘴裡不住的嘟噥。還有緝私營的巡丁，剛放下飯碗，也是懶懶的，願意多歇一會兒。今被催起來，也很不痛快。這些人便不約而同，慢慢地溜著走。胡孟剛大怒，幾次要呼叱夥計們，都被沈鏢師攔住，勸他不要掛火，免露形色。

約莫走了五六里，沈明誼暗催趟子手，加緊拈行，夥計們腳步也逐漸加快；卻是地勢也逐漸地更顯得荒曠了。只有沿著大縱湖邊一條大路，東首盡是竹林麥畦。胡孟剛在馬上四面望，時時刻刻地注意湖濱旱路一帶；他曉得大縱湖附近，素常並無水道的綠林。

大眾迤邐行來，天色已近申刻。鏢師宋海鵬道：「胡鏢頭，我算計著已離范公堤不遠了，我們今天怎麼走得更慢了？要照這樣走法，非得二更，不能趕到白馬渡。」胡孟剛恨恨說道：「要不然，我著急做什麼？！」金槍沈明誼立刻一催馬，趕到前面，向趟子手張勇道：「張師傅，這大概離著范公堤不遠了吧？」張勇道：「不錯。還有三四里地，就是范公堤了。沈師傅有什麼事？」沈明誼道：「沒有什麼事，不過天色不早了，要是再這麼不緊不慢的走，只怕走到半夜去，老鏢頭可真急了。你是當頭的，再催催夥計們吧。」張勇道：「沈師傅不用多囑咐了，我催他們緊趕。」沈明誼便把牲口圈回來，仍跟胡孟剛並馬而行。那緝私營哨官張德功，也吆喊兵丁道：「弟兄們腳跟下加快些。」

於是又緊走了一段路。只見湖中四五隻帆船，正往下水走著；忽從下游駛上來七八號大大小小的船隻，遠遠地就向下水船招呼道：「不要往下走了，前面過不去。」這四五隻船正走得順風順水，猛被迎頭一攔，不知何事，船還是走著。管船的就站起來，大聲探問：「什麼緣故，不許人走了？」

上水船的水手搖手道：「不要打聽，趕快退回去就完了。」用手往回一指道：「你看，全退回來了，我還冤你不成？」說著，這船便錯開駛過去了。卻喜後面又有退回來的船，跟這下水船的人相識；兩面一搭話，這四五隻船俱都收篷緩行，一迭聲地詢問緣由。

來船說道：「要問我是怎麼回事，我們也斷不透。我們的船也是正往下水走著，到范公堤那邊，忽然堤上跑來兩匹快馬，到湖邊勒住韁繩，喝令我們前面的兩隻船趕緊退回。船上盤問他：為什麼不教走？他們把眼一瞪，開口就罵瞎眼、渾蛋。我們正在疑惑，誰知馬上一個青年竟一揚手，打出一支袖箭來；竟把前船上一個水手左耳給射穿了。這個水手慌忙往船裡一鑽，險些掉在湖裡。這一來嚇得我們全不敢走了。跟著那兩個騎馬的人高聲吆喝：『所有船隻，全給我退回去三里地，如敢有不遵命的，或者伸頭探腦的、多嘴多舌的，小心你們的腦袋，這一箭只是做個榜樣。』我們這才聽出來，敢情不是官面。咱們一個使船的犯不上賣命，我們就折回來了。」說著，這船伕用手一指道：「你瞧，那不是全回來了麼？那第六隻船，就是那個挨箭的。他們不是說退出三里地麼？依我想越遠越好，說不定要出什麼差錯呢！」這船伕們一面說話，一面操槳，後面的船也全嚇得折回來了。

這時節，胡鏢頭和黑鷹程岳，遠遠望見成幫的船退了回來，早已覺得可疑。他們便放緩了馬，湊近湖濱，留神聽去；隱約辨出幾句話；二人立刻把馬一催，追上鏢馱大隊。胡孟剛向眾鏢師齊打招呼，命大家各自留神湖上的動靜。

果然越往前走，湖裡越覺清靜，不但下水船全不走了，就是上水船此刻也一隻不見了。情勢突兀，頗覺離奇。胡孟剛久經江湖，他深深知道，若是欽差官船過境，驅逐民船，也沒有用暗器傷人的。若說是水賊在此作案，自來水旱兩路綠林，界限分得很清，斷不會從陸地下手。若說是旱路強人，卻又向來不能干涉水面的事。這件事迴出常情之外，江湖上實在少見！

胡孟剛事到臨頭，反倒沉住氣，不露一點形色，督著鏢馱往前走。循范公堤，又走了十幾里，天色更晚了。夕陽西墜，野地裡暮靄蒼茫。胡孟剛心想：「這范公堤已走出一多半，再趕個四五里地，就趕不到白馬渡，也有小村落；但凡一有人家，便可說熬過今天了。」

胡孟剛心裡正自盤算，耳邊陡又聽得一片馬蹄聲。抬頭一看，迎面半里外，青壓壓一片竹林前，似暴雨迅風般，飛躥來四匹快馬，直踏長堤，奔臨鏢銀附近，霍地往左右一分，掠著護鏢群雄的身旁而過。這幾人騎術極精，風馳電掣一般，比以前那幾匹馬更快。馬上人面貌仍看不清，只看出緊衣短裝，背後長條形的包袱，似包著兵刃。

鐵牌手胡孟剛不由哦的一聲。沈明誼、宋海鵬互遞眼色，暗問胡孟剛：「難道還像前天一樣麼？」胡孟剛道：「今日的情形，跟前日不同。你看，時候這晚，地勢這險，今天決計脫不過去。來來來，沒別的，把傢伙全預備好了。」眾鏢師立刻把精神一振，各將兵刃拿在掌中。也只是片刻之間，便聽得背後嘚嘚嘚，又是一陣馬蹄響，大家扭轉頭來看；方才奔過去的四匹馬，果然此刻又圈回來。這一來，不但胡鏢頭明白，鏢局中人個個俱都恍然，確知這是綠林道劫鏢放哨。趟子手和夥計們互相關照。胡孟剛眼望這四匹馬去遠，轉對黑鷹程岳說道：「老侄你看見了，大概你也明白了吧？」

程岳見胡孟剛單向自己問話，不由錯會了意；他想起昨夜在店中，自己說了幾句滿話，這必是胡孟剛拿話點逗自己。程岳少年氣盛，面皮一紅，呵呵地笑了一聲，在馬上把手一拱道：「老叔，小侄早就看明白了。咱們爺們說到哪裡，做到哪裡。你老人家望安，瞧我的吧。」一對黃睛閃閃凝光，立刻一探腰，將馬韁一抖，要往前追。

鐵牌手胡孟剛慌不迭地叫道：「老侄，老侄！你這是做什麼？事到臨頭，咱們自然是穩紮穩打。難道我還能跟老侄掂斤捏兩不成？你千萬別誤會，我不過帶口之言，關照你一聲。人家還沒來，我們自己先較勁，可就準栽跟頭了。」

黑鷹程岳見胡孟剛發急，連忙勒韁回頭道：「老叔倒誤會了，小侄怎跟你老人家負氣？有事弟子服其勞，我不過想到前面，看看動靜。我老師臨行時再三囑咐，凡事全聽老叔支派。賊人只要一動，你老儘管吩咐，我是一定跟他們以死相拚，好保全咱們兩家鏢局的威名。」

胡孟剛把大指一挑道：「好，賢侄，這才是知己之言。咱們自己人，千萬不要較勁。」胡孟剛遂吩咐金槍沈明誼和單拐戴永清，分兩頭往前推進；為的是遇見強人，好上前搭話，並掩護兩旁的鏢。鏢局夥計和緝私營巡丁，稍稍靠後，分排護在鏢馱子的兩旁。他又派雙鞭宋海鵬和九股煙喬茂，專管保護押鏢的舒鹽商。按鏢行行規，保護的人財兩項，全歸鏢局擔承。

但凡遇上事，鏢頭不得辭其責，所以胡孟剛首先派定兩個鏢師，襄護那輛轎車。

這鹽商舒大人也彷彿看出風色不利，不住地盤問宋海鵬和喬茂。宋海鵬拿好話來安慰他，只說：「天晚了，不得不小心，其實沒有什麼事。」那緝私營哨官張德功，扯著馬韁，兩眼只看胡孟剛的臉色。胡孟剛和程岳此刻越發鎮靜了，一前一後，照舊督促鏢行人們，加緊腳步，往前�行。

轉眼間又走出三里多路，前邊這一帶地勢，更加荒涼。長堤下，湖面上，竟沒有一隻船停泊、駛行。靠東邊是一片接一片的竹塘，悄無人蹤。暮色四合，鴉噪歸巢，倍顯得景物幽曠。胡鏢頭看這形勢，只是搖頭。鏢馱子又行了一小段路；陡然間，竹塘附近，吱吱的連聲響起呼哨，立刻從竹林中陸陸續續躥出一夥人來。日近黃昏，相隔較遠，辨不清來人的形貌、人數。

這一邊，所有鏢師、夥計不待招呼，個個亮開兵刃，各管各事，絕不張皇凌亂。趟子手張勇、金彪，立刻圈轉馬頭，招呼夥計圈護鏢銀。騾馱子倏然紮住，馬頭接馬尾，就在堤邊，盤成了五個圈，往地下一臥；鏢行和緝私營兵俱各提槍抱刀，團團護住。那胡孟剛、程岳以及沈明誼、戴永清，立刻一馬當先，沖到前面。就這一番布置，但聽得人馬蓬騰，腳步聲、馬蹄聲錯成一片，卻毫不聞一人片語喧譁。

趟子手張勇、金彪，久經大敵，胸有成竹，先將鏢旗一打卷，向那竹林高舉過頂，一連舉了三次。這便是鏢行按行規，拜過了山。明知強人來意不善，仍然以禮相待；為的是先占住腳步，不教綠林道有所藉口。然後把鏢旗重新展開，靜候對面的動靜。

但見竹林轉彎處，從呼哨聲裡，漫散開二十幾個壯漢，將堤上的路口完全扼住。鏢局這裡一齊收住腳步；鐵牌手胡孟剛、黑鷹程岳騰身下馬，其餘鏢師也都甩鐙離鞍。那緝私營哨官張德功，提槍帶馬，立在鏢馱子前面；有兩個護兵各拔腰刀，左右護衛。

胡孟剛攔住了程岳，自己往前緊行幾步，相隔六七丈，看清對面來人的面貌。當前的是二十幾個彪形大漢，全當壯年，一個個體健肩寬，濃眉大眼，人人面色黑紫，顯見得久歷塵路，飽受風霜。衣服並非一色，有的穿灰布褲褂，有的穿青綢褲褂；下登灑鞋，緊打裹腿；光著頭，把髮辮盤繞在脖頸上。

個個手持兵刃，橫眉豎目，阻住去路，卻都默無一言。

胡孟剛上下打量賊人，看這打扮面貌，像是冀遼一帶的人。此時鐵掌黑鷹程岳已跟蹤過來。兩人便立定腳跟，並肩而站，沉機觀變，看住了來人。

這二十多個壯漢排成人字形的行列，從後面又閃出五個人來。最前一人生得很威嚴的面貌。這人年近六旬，臉色紅潤，虎項魁頭，額上皺起深紋，聳著兩道濃眉，一對豹子眼奕奕有神，鼻直頷闊，口角微向下掩，唇生短髯如針，顯出一種剛決之氣。此人身穿藍綢長衫，黃銅扣紐，挺長挺肥的袖子，挽在手腕上半尺多，露出白襯衫的緊袖；長衫雖肥，長僅及膝；下穿高腰襪子，腳登挖青雲、紫緞心、綠座條的粉底逍遙履。這老人手持一支旱煙袋，長有二尺五六，核桃般粗，烏黑色，也看不出是竹是木是鐵；只那大煙袋鍋，比常人用的大著四五倍；正緩緩吸著，神情逍閒，越眾徐步出來。

在盜魁左邊，頭一人年約四旬，黑漆漆的面色，長眉闊目，左眉旁有一深疤；身穿二藍綢短衫，青緞薄底快靴，左手提一把純鋼鋸齒刀。第二人年甫三旬，白臉膛，眉如墨染，目似朗星，豐神雋秀；穿青綢短衣，青緞快靴，肋懸鹿皮囊，左手提一柄青鋼劍。在右首，第一人年在三十以上，面如重棗，重眉大眼；穿紫灰布褲褂，登扳尖魚鱗沙鞋，右手捉一對點鋼狼牙穿。右首第二人，年當少壯，生得非常粗野；穿一身土布褲褂，抱一對鑌鐵雙懷杖。

這攔路五人倒有四個帶著旱煙袋。胡鏢頭看清來人，暗暗吃驚。尤其是這為首老人，氣象挺傲，兩手空空，不持寸鐵，更令人擔心。這老人吸著旱煙，不慌不忙，踱到對面切近處，便站住了。

鐵牌手向前緊邁了兩步，雙拳一抱道：「朋友請了，在下是振通鏢店的鏢頭胡孟剛，奉鹽道札諭，保解一筆鹽帑，路經貴地。是我們不知合字的堆子窯設在哪裡，未能投帖拜山。胡某這裡賠禮了。」話說得和婉有禮。

那豹頭老人微微一笑，拿眼把胡孟剛上下看了看，復往胡孟剛身後瞧了瞧；搖搖頭，又銜起旱煙袋來，不住地噴吐，那態度似乎沒把胡孟剛看在眼裡。只見他略一沉吟，臉上笑容忽轉成一團冷氣道：「哦！來的是振通鏢局胡孟剛胡老鏢頭麼？我久仰得很。我聽說胡鏢頭一對鐵牌，走遍大江南北，凡是江湖上的人無不欽仰大名。只可惜在下緣淺，久懷拜訪之心，未能如願。今日居然在此相遇，真乃三生有幸的了。」

說到這裡，那老人面色一正，立刻用手一指那趟子手金彪，向胡孟剛問道：「這十二金錢鏢旗，聞得名震南北，天下綠林無不另眼相看。我們這番來到江南，正要見識見識這桿金錢鏢旗，會會這位俞劍平俞大鏢客。今天僥倖，居然在這裡，瞻仰十二金錢的繡旗。可是的，掌旗的這個主兒，又怎麼不見呢？……胡鏢頭，我聽說你們這次雙保鹽鏢，是打算把鏢馱子押到江寧。論理說，憑你一雙鐵牌的威名，再加上十二金錢的聲勢，沿路通行，正是容易得很。其實就憑你們二位的兩桿空旗，就滿能行得開；何況還有這些能人押護？但凡江南江北的綠林，誰也應得借道，莫非說真敢找死不成？可是今天想不到你們偏偏遇上了我！我在下不過生得一個肉頭，四根骨架，天膽也不敢劫你們兩家的鏢。況且又奉得是什麼鹽道札諭，又是什麼官帑！我更不敢胡為了。無如我慕名遠來，是要結識結識這位俞大鏢客的。俞鏢客既未在場，我只好暫把你這撥鏢，連他的金錢鏢旗，代為留存下來，就算是訪賢促駕的請帖。你只要把俞三勝俞大鏢頭請來一見，容我領教他的奇門十三劍和十二金錢鏢，無論是勝是敗，我定然原鏢奉還。缺少一百，我賠一萬。這便是在下今天出場的一點來意。這樣做法，不過是老夫唸到胡鏢頭是條漢子；若遇見別個無名之輩，我就沒有這麼些廢話對他講了。」說完，把旱煙又裝上了一袋，緩緩地吸著。

胡孟剛聽罷，氣得面色焦黃。不用說這鏢銀被人截住，就是受人這樣的輕視，已經夠人受的。雙方湊近答話，也不過相隔四五丈遠。鐵牌手胡孟剛回頭一看，手下人早將鐵牌遞過來；將胸口一拍，冷笑一聲道：「哈哈哈哈，朋友！你的來意我明白了。我胡孟剛從十八歲上闖蕩江湖，從三十幾歲上開這鏢局，到如今我也虛度五十二歲了。若論能耐，會吃會喝，會屙會睡。我所以在江南混得上飯吃，不怕你老哥笑話，沒有一點真本領，只靠江湖上朋友多，肯幫忙。你老哥尋的是十二金錢俞劍平。且不管俞劍平在不在此，我們兩家鏢局既然雙保鹽鏢，他就是我，我就是他。你老哥既打算把這筆鹽鏢留下，好極了，何處不交朋友？我胡孟剛敢替俞劍平做主，你老哥只管拿去。不過有一節，我胡孟剛交朋友，交在明處；你先道個萬兒來，我胡某一定夠朋友，教你老哥稱心如願。」說著將手中雙牌一展，雙眸灼灼放光。

這時節，鐵掌黑鷹程岳已聽出來人指名要會他師父俞三勝，早將長衫鈕扣扯開，要上前答話。今聽胡孟剛答得軟中帶硬，鋒利無比，暗將大指一挑，卻又停步，觀看來人如何回答。

只見那豹頭老人一點神氣也不動，把手中旱煙袋的銅鍋向鞋底子上，輕輕磕了磕，抬起頭來，向胡孟剛有意無意，掃了一眼道：「罷了，胡鏢頭果然名不虛傳，你要問我的姓名麼？」

胡孟剛大聲道：「正要請教。」

那老人冷冷說道：「這倒不勞動問，俞三勝自然知道。我看尊駕卻也是個好漢，既然這麼說，我將這鏢銀只留一半，算是單扣俞劍平的鏢。你老兄盡可以通知他，教他速來領取。我在下言出法隨，不再更改。若依我的話，你我是江湖道上，後會有期。倘若不識風色，胡老鏢頭，你也是老江湖了，你且看老夫有沒有本領，把尊駕的鏢銀全數扣下！」說到這裡，聲色一振，又一瞥那十二金錢鏢旗道：「這桿金錢鏢旗，橫行大江南北，已有多年，也該歇歇了。煩你對俞劍平說，我此刻要把它留下。」

這麼一句話，觸動了鏢局的大忌。鐵掌黑鷹程岳唰的把長衫一甩，抗聲斷喝：「要想留下十二金錢鏢旗，卻也不難……」

話聲未完，猛聽背後大吼道：「大膽匪人，攔路行劫官帑，事如造反，這還了得，難道不怕王法麼？」鸞鈴響處，緝私營哨官張德功躍馬挺槍撲來；槍桿一揮，兩旁緊緊隨著兩個護兵、八名巡丁。黑鷹程岳急往旁一躥。這馬竟擦身而過，險被闖著。

這張德功是行伍出身，幼年曾考過武場，拉得硬弓，也盤得劣馬，六合槍也學會幾路；性格粗魯，膂力剛強，現在年甫四旬，可謂正當壯年。這次解運鹽課，全營中挑選解官，只有張德功武藝出眾；雖是小小哨官，卻兼充教練官，也算得庸中佼佼了。他也曉得近來路上吃緊，不想在此處果碰見一夥強盜；看人數不過三十幾個，心想鏢局夥計和緝私營巡丁不下六七十人，就趕也把這夥賊趕走了。又聽見胡孟剛答的話似乎太軟，他不懂江湖上的勾當，只覺得和央告一樣，暗道：「鏢行的本領不過如此麼？」頓時吶喊一聲，帶隊直衝過來。他心想：賊人膽虛，一見官兵出頭，就許嚇散。他一馬當先，護兵在旁，厲聲喝道：「現在緝私營張大老爺在此，你這般匪人阻住官道，太已混帳，快給我滾開！不然，拿你們剮了！」誰知他們盡嚷，對面賊人傲然不理。

張德功勃然大怒道：「弟兄們上！」兩腿一磕，這馬直闖過去。張德功手託大槍，照準為首賊人便刺。

那豹頭老人吸著煙，既不躲，又不抗；相隔丈餘，猛從強人隊中，躥出一條黑影，在馬前一晃，那馬直立起來。張德功急甩鐙勒韁，已經來不及；咕咚一聲，從馬上仰跌下去，長槍也丟在地上了。來人正是左首第二人，那個手執青鋼劍的白面少年。那把劍並未使動，仍在左手提著。右手已扯住馬嚼子，往外一帶，左手劍啪的扁拍了一下，這馬負痛竄過一邊去了。

張德功跌得渾身是土，頭上戴的得勝盔也摔掉了。到底虧他有些功夫，不待巡丁搶救，早已一滾身站起。他羞惱交加，忿不可遏，抽腰刀大喝道：「大膽匪人，毆辱官長，該當萬剮凌遲！」虎也似的掄刀砍來。

那少年劍交右手，略一抵拒，覺得張德功手下頗有幾分斤兩；便不與他硬碰，只盤住他，三繞兩繞，騰地一腳，把張德功踢倒在地。張德功虎吼一般跳起；白面少年大笑著叫道：「張大老爺，領教過了，請回吧。」張德功拚死命地衝上去；當著鏢行這些人和手下兵丁，自己堂堂一個教練官，竟被賊人這樣玩弄，面子上太下不去。他大聲狂喊道：「張老爺跟你拚了。」把腰刀直上直下劈去。白面少年閃展騰挪，專找漏洞；又交手八九回合，騰的一腳，道：「往東倒！」張德功撲地倒在左邊。

胡孟剛一看這情形，大叫：「張老爺快退下來，護鏢要緊，待我來。」

那張德功口吐白沫，哪裡肯聽，爬起來，照賊又是一刀。

白面少年略閃一閃，轉到背後，叫道：「張老爺往後躺吧。」順手牽羊，把張德功又扯倒了。張德功兩眼瞪得通紅，惡狠狠一味猛砍直衝，不由把賊人招惱。這賊道：「怎麼給你留情，還不懂？」一個堆子腳把張德功踢倒，青鋼劍嗖地砍下去。哎呀一聲，張德功左肩頭鮮血迸流，兩個護兵全都嚇跑，八個巡丁內有兩三個大膽的，把張德功搶起來，敗退下去。賊人並不追趕，立刻拭劍，狂笑歸隊。

鐵牌手胡孟剛一見哨官受傷，不由憤怒，雖說保的是客貨兩全，張哨官奉官差派，與己無干；但既有鏢局隨行，豈能坐視？胡孟剛急將鐵牌一分，便要上前。不想黑鷹程岳早已負怒，唰的一個箭步，躥到陣前。距那為首豹頭老人四五步遠，錯腳站定；先納住怒氣，雙拳一抱，叫道：「朋友請了。」

年老盜魁轉眼看時，見程岳紫棠色面皮，金睛隆準，年約三旬；上身穿青綢短衫，下穿青褲，打著黑白倒趕水波紋的裹腿，搬尖魚鱗沙鞋；體格雄偉，氣象豪壯，兩手空空，沒帶兵刃。這老人不禁注目，把程岳多看了兩眼；傲然自若，漫不還禮，口吸著旱煙，只將頭點了點。

程岳雙目一瞪道：「朋友，你既然身入江湖，便該曉得江湖道上的規矩。我們保鏢的謹守行規，對眾位沒有失禮。朋友你既上線開耙，想必看著我們兩家鏢局，不值當你的朋友。你一朝相，亮青子動手，自然是本領上分高低，我們並不怪你。可是你指名點姓，要找安平鏢局十二金錢俞老鏢頭跟你答話，似乎你跟姓俞的一定有梁子；朋友，你這就錯了。姓俞的不是無名之輩，你竟可鼓起勇氣，前去找他，何故動手行兇，刃傷護鏢的哨官？須知人家奉命差遣，與你無仇無怨。那俞老鏢頭在大江南北走鏢，只憑一桿鏢旗，用不著他老人家親自出馬。凡在江南江北開山立櫃的，全得閃個面子；這也是他老人家功夫強、人緣好所致。你既非找姓俞的不可，便該留名留姓，何故又藏頭蓋尾，豈不教江湖上好漢恥笑？至於十二金錢鏢旗，在江湖上果然也闖蕩多年；朋友既想留下，卻也不難，朋友你往這裡瞧！」用手將自己鼻頭一指道：「少鏢頭程岳情願雙手奉上，可是你得露兩手，給我們看看。」

那老人很耐煩地聽著，聽到末尾，哈哈笑道：「朋友，你今年幾歲了？姓俞的是你什麼人？」程岳道：「呸！少發輕狂，你家少鏢頭今年一百歲，多活不過多作踐幾年飯。那俞老鏢頭，便是俺的恩師。你家少鏢頭雖小，卻是說得出、叫得響；姓程名岳，外號人稱鐵掌黑鷹。」說著，腳往前走了半步，雙拳一比道：「閒話休講，靜看你的。」氣勢虎虎，便待動手。

老人微微嬉笑，把煙管一晃；那邊突然躥過一人，厲聲喝道：「姓程的，我們當家的正要找你們師徒算帳；你要想跟我們當家的動手，你還早呢，且先嘗嘗我這對懷杖。」嘩啦啦一掄這對懷杖，往懷裡一抖，兩截仍合在一處，虎視眈眈，蓄勢以待。

程岳側目一看，是那粗豪少年；自己急往旁一閃，叫道：「強徒休得張狂！」腰間暗藏金絲藤蛇棒，伸手將如意扣鬆開，右手一拉棒梢，往前一帶腕手，噗嚕嚕抖了個筆直。程岳把兵刃亮出來，那使雙懷杖的粗豪少年，不由往後撤了半步，曉得使這藤蛇棒的，必非弱者。黑鷹程岳丁字步一站，向敵手道：「朋友，你報個萬兒來。」

粗豪少年眼向為首老人一瞥，怪聲笑道：「你不用盤問姓名，你師父來了，我們自然把萬兒留給他。你就少廢話。咱們啞吃啞打，夥計撒招吧。」程岳見這人也是如此無禮，暗想：「他們故意和我安平鏢局作對，他們成群結夥，全為我師徒而來，我程岳今日寧教氣在身不在。」一聲冷笑道：「大丈夫講究光明磊落，到處留名；綠林好漢就是身背一百條命案，也不願改名換姓。你們這一夥強徒，看來也像漢子，原來雞鳴狗盜不如。還想截留我們的十二金錢鏢旗，真是不知死活。」

那使懷杖的少年勃然動怒，眼向四處一掃，倏將懷杖一分，立了個門戶，叫道：「少嚼舌，來來來！」

程岳隨手往旁一立，抱元守一，右手把金絲藤蛇棒一舉，立刻伸左手，撥棒梢，運用「太極生兩儀」之式，氣納丹田，提氣貫頂，達於四肢；屏思絕慮，把精神凝結，直注在對面敵手的身上。

當此時，門戶一立，外行看不出來，唯有那口銜煙管的老人暗暗驚異，心想：「這姓程的不過三十來歲年紀，論起真練功夫來，總得年滿十五歲以上，才能調氣練精練神，算來他最多也不過十幾年的功力。他這一亮式，神光充盈，英華內露，足夠二十多年的功力；這定是他師俞劍平教授得法，才會有這樣好的造詣。由此看來，俞劍平的技業，想必已到登峰造極的地步了。」

豹頭老人心頭轉念，也不過剎那之間；大堤之上，兩個敵手已然全換了架勢。使雙懷杖的少年見黑鷹程岳緊守門戶不動，自己暗笑：「你這種太極門以逸待勞，想討便宜，你須向別人使去；今日遇上我，你卻枉費心機。」往前趕了一步，右手懷杖一抖，喝一聲：「打！」倏帶勁風，向程岳頭頂上砸去。

程岳不慌不忙，看定敵人兵刃，離頭頂不到半尺，唰的往右一斜身。盜徒右手這支懷杖向下一沉，趁勢往下塌身，右腕挺勁，懷杖嘩啦啦一響，立刻撤回來，左手懷杖早又撒出去。

這一手名叫「換巢鸞鳳」。

黑鷹程岳沉機觀變，要察看敵手的路數。見敵人左手鑌鐵懷杖又到，自己忙一提腰力，展「燕子鑽雲」的輕功，身軀憑空躥起一丈多高。等到身軀往下一落，早將金絲藤蛇棒用手一捋，立刻筆直，與鐵棒相似；腳才沾地，聽背後一陣寒風撲來，便知敵人暗算已到；單腳點地，向前下腰，身軀嗖的往左一偏。雙懷杖啪嗒一聲暴響，砸在地上，將土地砸了兩道溝。

黑鷹大怒，這一招若被砸著，立刻骨折命喪。程岳忙翻身急轉回來，見盜徒正在撤回雙懷杖；他疾如電掣，把藤蛇棒前把一鬆，單手掄棒，猛向盜徒砸去。這一招叫做「摘星換斗」，直取敵人的頂梁。程岳還招迅巧，敵人收招不及，急中生智，硬往上一提氣，全身撲向程岳這邊；搶近一步，才得把左手懷杖的雙節，合到右手掌內；那藤蛇棒已到。盜徒喊一聲，使出十二成的力氣，將懷杖照定藤蛇棒硬砸。

鐵牌手在旁觀戰，暗叫一聲：「慚愧！這一手懷杖要是用實了，硬碰硬，任何人也得把兵刃鬆手。」胡孟剛一思念間，鐵懷杖砸了個正著，只見那條藤蛇棒，軟軟地往下一沉，盜徒吃了一驚；懷杖撲空，不由身軀往前一栽。才待單腳用力，借勢旁躥；鐵掌黑鷹一招跟一招，焉能放走敵人？頓時嗖的一抽藤蛇棒，往後使一個敗勢，扭身打一個盤旋；手中棒如怪蟒吐信，早唰的纏在敵人腿上。舌綻春雷，喝一聲：「躺下！」程岳單腿坐勁，聽撲登一聲響，少年盜徒斜栽倒地上。

鐵掌黑鷹往旁一展身，軒眉冷笑道：「承讓，承讓，十二金錢鏢旗恕不奉送！」這個「送」字還未收聲，腦後突然一股涼風撲到。只聽一個沉著的聲音說道：「那也不見得，朋友接招！」鐵掌黑鷹急急地縮頸藏頭，往下一伏身，嗖的一柄鋸齒刀掠過腦後，挾著強風直劈過來。程岳一換腰，斜躥出六七尺以外，這才扭頭細看來敵。這人正是立在老人左邊，那個四十多歲的黑面大漢。那使雙懷杖的粗豪少年一落敗，就地滾身站起，含愧歸隊。這黑面大漢頓時捺不住怒氣，橫刀暗襲過來。

鐵掌黑鷹一擺掌中藤蛇棒，厲聲叱道：「潛使暗算，還算什麼英雄？」黑面大漢雙目一瞪道：「試試你耳聽幾路，眼觀幾方？呔，留神接刀！」話到刀到，鋸齒刀揚空一閃，摟頭蓋頂直剁下來。

鐵掌黑鷹叫道：「來的好！」倏地往右一斜身，抖藤蛇棒，便往那鋸齒刀上纏。盜徒一見棒到，曉得這種兵刃以柔克剛，專拿對手的兵刃，一不小心，教它纏上，休想再撤回來。並且這藤蛇棒又是軟中硬，使用它全憑腕力。若是武功稍差，絕不敢用；軟硬力稍用得手不應心，人反易為兵刃所累。名雖是棒，卻能當鍊子鞭用，這就是藤蛇棒難工易勝的出奇處。

這黑面盜徒一身很好的武功，識得藤蛇棒的招數；見程岳棒往上一翻，他便趕緊往回抽刀；倏翻手腕，用「反臂刺扎」，刀尖徑奔程岳軟肋點去。程岳頭招落空，知遇勁敵；未容對手刀到，急展藤蛇棒，「斜掛單鞭」，往外一掛；立刻向前錯步，棒隨身轉，亮出「鐵鎖橫舟」的招數；藤蛇棒竟奔盜徒，攔腰纏打。黑面盜徒一閃，抽招換式，竟然進步欺身，展開五虎斷門刀法，翻翻滾滾，一片寒光上下揮霍；劈，砍，截，挑，刺，扎，招招精熟迅利。

鐵掌黑鷹張眼凝視，認清敵人路數，自己忙把三十六路行者棒，霍地施展開。這條藤蛇棒盤前繞後，直如一條怒龍飛舞，和敵手那把鋸齒刀恰好抵住。兩個人旗鼓相當，鬥了二十餘招，盜徒的刀法沒有一點鬆懈。鐵掌黑鷹暗忖：「我若盡自跟他戀戰，天色漸晚，這鏢如何闖得過去？說不得，速決勝負為要！」程岳打定主意，立刻將藤蛇棒招數一變，改用太極棍法。這一趟太極棍，是俞劍平鏢頭的絕技。當年俞鏢頭劍術沒有練到火候，自己不敢仗劍跋涉江湖；只用這一條太極棍，走了幾省。後來劍術精究，到了極詣，方才棄棍用劍。他因為程岳是自己頂門戶的大弟子，故將太極棍法傳給程岳，又給程岳特造了這條金絲藤蛇棒。程岳在安平鏢局走鏢數年，仗這利器，倒也得心應手；今日遇見勁敵，頓時把全副本領施展出來。

當下兩人出力酣戰，已到三十餘招。盜徒的招數也已變換，改用八卦刀；正跟程岳這趟太極棍有相生相剋之勢。這一對招，兩人未免又多見了二十餘手。黑鷹程岳怦然動念，暗想：「我滿憑真實功力，跟他分高下，眼見得難操勝算。」遂將招數略為放慢，故示武功根底不固，氣力持久不濟的神情，好引盜徒驕敵之心。

果然黑面大漢留神觀隙，漸見程岳棒法散漫，不禁心中得意道：「聞名不如見面！盡聽人說，這十二金錢俞三勝內功如何驚人，拳劍鏢三絕技如何出眾，以太極門擅名江南江北，鏢行無不讓他出一頭地，綠林無不退避三舍，今日雖不曾與俞劍平相遇，但看這姓程的是他掌門弟子，枉自手底下靈活，不料他後力竟如此不濟；他師父也就可想而知，是盛名之下，其實難副的了。」這黑漢如此存想，程岳的棒法越加遲慢，彷彿只剩招架之功，沒有還攻之力，黑漢的刀法更為加緊，但見程岳勉強抵攔了幾招，黑漢眉頭一聳，心中大喜。

就在這時候，那盜群中為首的老人，雙眉一皺，猛然大喝道：「喂！二熊，小心了！」喝聲甫罷，那黑漢展開「抽撤連環」的招數。程岳把頭一擺，藤蛇棒向外一崩，急翻身，走敗式，金絲藤蛇棒往右側一拖。黑面漢勢如飄風，「抽撤連環」

三招急下，緊隨著一擰手腕，鋸齒刀倏奔程岳後背，程岳一反身時，早已防備，左腳往前上步，右腳往後抬起，等到往前一塌身，盜徒的刀正扎程岳的後心。

程岳勢本佯敗，眼光四照。黑面盜徒猶恐敵人逃走，刀才遞出來，右腳點地，左腳上提，身形向前一探，「夜叉探海」式，直撲上來。刀尖往外一送，只離程岳後心一二寸許，方喝得一聲：「著！」倏然間，程岳如電閃也似，擰腰往右一轉身，左腳用力右滑，全身斜塌下去。盜徒刀尖落空，招數用老了，大吃一驚，急收招不迭。

程岳讓招還招，疾如狂風；右手腕一坐勁，抖藤蛇棒，「玉帶圍腰」，猛奔敵腰纏過去。砰的一聲響，藤蛇棒鞭了個正著。這一招冒險成功，陡然斷喝道：「躺下！」用渾身氣力，往右猛一帶，「撲登，嗆啷！」將敵人直摔出五六步，鋸齒刀甩開多遠。鐵掌黑鷹收式旁竄，用手一指道：「這點能為，也敢在江南道上耀武揚威？」

程岳這一句話，說得犀利無比。那手擎煙袋的盜魁一聲狂笑，聲若梟鳴。程岳急擺藤蛇棒，閃目看時；但見豹頭老人笑聲才歇，面上籠起一層怒雲，雙目閃閃已露凶光，斬釘截鐵叫道：「摔得好！」三個字迸出唇邊，從鼻孔中哼了一聲；唇吻微動，右手一展，便要下場擒拿程岳。

陡見他身旁那個面如重棗、身穿紫灰衣褲的壯漢，捧鑌鐵點鋼穿，飛身直竄過來，厲聲叫道：「姓程的朋友，動手過招，輸贏是常事，也值得這麼賣狂麼？來來來，我來領教。」話到，人到，兵刃也到，一對鑌鐵穿，第一招徑向程岳胸前扎來。

程岳雙手揮棒，往外一封；立刻趁勢遞招，甩藤蛇棒，迎頭就打。盜徒立刻撤回鑌鐵穿，往外一掛；倏然換招，「雙風貫耳」，向程岳打到。程岳縮項藏頭，往下矮身，一個盤旋，順著旋身之勢，掄金絲藤蛇棒，往盜徒下盤雙腿纏來。盜徒急掠空一縱身，把這招閃開，身往下落。程岳早將藤蛇棒抖得筆直，手起處，直照敵人的氣海俞穴點去。這赤面盜徒閃展圓滑，趁著騰身往地上一落時，急蹲身軀，將掌中雙穿倏地一分，呈「鳳凰展翅」式，左手鐵穿向程岳丹田急扎。

黑鷹程岳隨撤藤蛇棒，兩手一捋，斜插柳往外一磕，立刻將敵刃彈開。那敵人卻也了得，一招才過，二招早來；右手鐵穿「霸王卸甲」，一反臂，直砸程岳的頭頂。這一招極快，絕無緩氣之功。黑鷹程岳微一偏頭，點鋼穿貼著臉掠下去，銳風撲鼻，險到十分。黑鷹程岳咬牙切齒，趁勢還招；藤蛇棒往外一展，唰的照敵人斜肩帶背打去。

這盜徒左手鐵穿往外一封。程岳的招數虛實莫測，倏然往回一撤招，猛往左一帶，藤蛇棒忽向敵人左肋打去，那盜徒急往下矮身藏頭，這藤蛇棒突如驚蛇怒蟒，又橫掃過來。閃躲不及，棒過處，早將盜徒頭頂皮掃了一下，掃去一塊油皮。赤面盜徒嚇了一身冷汗，忙一縱身，往斜刺裡竄出一丈多遠。手捫頭頂，才曉得頭髮也被刮去一縷，立刻轉身冷笑道：「姓程的朋友，咱們後會有期。」

黑鷹程岳嗤然笑道：「少鏢頭等你十年，快去訪名師，拜師娘，再來現眼。」

這時程岳早將生死置之度外，打定主意，要破死命，護鏢銀，保鏢旗，與群盜死戰。他略舒出一口氣，提棒揚眉，要再向那年老盜魁發話。哪知盜群那邊，已起了一陣騷動。眼見己方連敗三陣，都輸在程岳一人手上，氣得群盜人人躍躍欲動，勢欲群毆。只聽一個叫道：「活氣殺人，姓程的休要賣狂！當家的，咱們全上！」

那老年盜魁雙目橫盼，怒如火炬，呸的一聲道：「住口，你們要做什麼？」斥得群盜立刻肅然歸隊。這才見盜魁左邊，刺傷緝私營哨官的那個白面少年，手提青鋼劍，腳下一點地，已騰身躍起，輕快異常，往程岳面前一落，左手提劍，右手駢食指中指，一指黑鷹程岳道：「程朋友，果然有兩手，我很佩服；但何必徒逞口舌，我們是功夫上見高低。」劍交右手，揚了一揚道：「素仰俞門三絕技，太極劍也是一絕。在下也學得兩手笨劍，願意請教方家，你可有氣力，再跟我走兩招麼？」

黑鷹程岳仰面笑道：「莫說是你，你們全夥只管挨個齊上，看一看我們十二金錢鏢旗，究竟好摘不好摘？」將藤蛇棒一掄，又要發招，猛聽後面大叫道：「道上朋友講理麼？車輪戰贏了人，可算好漢？程賢侄且退，別讓你一個人拾掇完了，勻給我們這個吧。」

黑鷹程岳側身回顧，只見鐵牌手胡孟剛將雙牌擺了擺，似要上場。旁邊早見槍纓一閃，那振通鏢局的金槍沈明誼已然一個箭步，搶到陣前。

沈明誼眼見程岳連勝三盜，心想：「人家安平鏢局可謂當場露臉，自己這振通鏢局，難道全是坐觀成敗的麼？」遂攔住胡孟剛道：「鏢頭稍待，大敵當前，你且留後押陣，待我把程少鏢頭替下來。」胡孟剛將身子一側，沈明誼提鏨金槍，一躍上前。程岳雖說有真實功夫，可是人的氣力終究有限，此時鼻窪、鬢角已然微潤，樂得讓過一陣；遂向沈明誼說道：「沈師傅小心他們觀戰的人。」

金槍沈明誼點頭道：「曉得，少鏢頭放心。」說罷，往前進步欺身，已與敵人抵面，大聲叫道：「朋友，你們也該識趣；三陣見輸贏，是光棍趁早讓我們這號鏢過去，彼此各留情面。我振通鏢局自有心照領情的地方。若不懂江湖道的面子，在下只好挨個奉陪，車輪戰不算高招。」白面少年冷笑道：「朋友何必賣乖？好鷹不趕乏兔，你們姓程的只管喘氣去。你們有本領，儘管來施展，我倒不怕車輪戰。借道的話趁早收起，咱們打著看！」

沈明誼說道：「好，動手何難，咱就打著看！」一晃掌中槍，那槍頭血擋突嚕嚕一顫，顫起二尺多的圓輪；順勢往前一遞，奔強徒的華蓋穴扎去。白面少年劍交右手；左手駢食指中指，扣拇指無名指，一捏劍訣，往左側一斜身，劍走輕靈，步伐迅疾，把沈明誼的槍閃開。跟著一反腕子，「撥草驚蛇」，猛斬沈明誼的右腿。沈明誼一合槍，頓時現槍鑽，將盜徒的劍撥開；一旋身，槍鋒從左往後一領，奔強徒的右肋。這白面少年盜徒急用「跨虎登山」式，一跨右腿，身往左斜，立刻將槍閃開；隨即改式，「白鶴展翅」，劍削沈明誼的肩背。

金槍沈明誼用「斜插柳」，往外一磕，隨即展開「金槍二十四式」，槍纓亂擺，槍尖亂顫，鬥起來宛如騰蛇翻浪。那白面少年劍術上恰也精深駿快。輾轉進退，槍劍交鋒，兩人動手到二十餘合，不分勝負。沈鏢師一面展開槍法，一面搜尋敵人破綻。連鬥了三十餘合，金槍沈明誼無論招數如何緊，敵手狡獪，守多攻少，自己總不能遞進槍去。沈明誼不禁著急，暗想：「程岳一個鏢行後進，竟連勝三敵；自己反連一個少年賊人戰不下，豈不替振通鏢局輸氣？」這樣存想，驟將槍法一變，未免求勝心急，欺敵過甚。這正中了盜徒的心機，白面少年也將劍招一變，施展出「八仙劍」來，翻翻滾滾，劍身合一。

眨眼間二人又戰了數合。突見盜徒挺身展劍，往外一封沈明誼的槍，似忘了護身的要訣，竟把一個前胸和下盤全露出來。沈明誼以為有機可乘，唰的一顫槍，「金雞點頭」，直向敵人丹田點去。這白面少年一個「旱地拔蔥」，躥起七八尺高，把這一招閃開。沈明誼見槍招落空，急扭身往左一個盤旋，用左手抓槍鑽，唰的一個「盤打」；掄得這桿槍悠悠帶風，猛向敵人打去。

這盤打的招數，極其厲害。槍長七尺，臂長二尺五，身回力轉，往外一橫掃，在一丈二尺以內，敵人再難躲開。而且旋身借勢，其力迅猛無比，用兵刃搪架，必被打飛。要防這一招，須用輕功提縱術「燕子飛雲縱」和「一鶴沖天」式，身不作勢，將雙臂往起一抖，憑空拔起一丈以外，方得閃過。否則急避不迭，終須落敗。即使頭招逃開，還怕對手再趕一招，連發兩個「盤打」。這盜徒年紀雖輕，武功甚熟；見沈明誼槍法招中套招，施出這絕招來，微微一笑，竟不抽身逃走。他腳下一點勁，立刻疾如鷹隼，從沈明誼左肩頭上，飛掠過去。這一著大出沈明誼意料之外，急將招數收回，「怪蟒翻身」，一抬右臂，把金槍向上一帶，「太公釣魚」，直取敵人要害。

這一招來勢很急，那盜徒腳才落地，故賣破綻；耳聽腦後風聲已到，便背著身子，往左一錯步，剛剛讓過槍鋒，倏地一個「鷂子翻身」，掌中劍「倒打金鐘」、「三環套月」，連環招，劍走輕靈，刺咽喉，掛兩肩，其疾如風，其銳如箭。沈明誼招架不及，閃避不迭，暗道：「敗矣！」

第三章

浴血戰群寇鐵牌虧功　長笑拔鏢旗飛豹留柬

哪知在沈明誼一回槍的工夫，猛覺得槍桿微震，又噹的一聲；緊跟著一聲長笑，聲如洪鐘道：「沈師傅，見好就收，得了便宜了；老夫倒要見識見識這位朋友的劍術。」

沈明誼急一退步，鐵牌手胡孟剛擎一對鐵牌，如一道旋風似的，突然橫插在中間；然後右手牌一揮，左手牌將沈明誼的槍輕輕一隔。那少年盜徒猛然一躥，退出圈外。金槍沈明誼滿面羞慚，一語不發，也拖槍竄出圈外。

原來鐵牌手見這少年劍術精熟，沈明誼求勝心切，深恐他貪功致敗；遂不敢再延，亮一對鐵牌，騰身往前一縱，用了手「平分春色」，右手鐵牌猛往敵人劍上一搭；噹的一聲，那少年盜徒措手不及，竟被震出數步，險些寶劍出手。

這少年拿樁站穩，轉眼向胡孟剛上下打量。但見胡鏢頭早將長衫卸去。穿藍綢子短衣，白布高腰襪子，緊打護膝，腳登粉底綠座條福字履，兩隻肥袖高高挽起。鐵牌一分，昂然站定；面如紫醬，眉棱高聳，雙目炯炯，神情威猛。

少年盜徒看罷，心知來者是個勁敵，自己的劍術恐非其敵；但也不甘示弱，舉劍一指道：「這位鏢頭，可惜你還是江湖上成名的英雄，怎麼施這等卑鄙手法？來來來！咱們一對一，較量較量。」頓時一亮式，左手捏劍訣，往前一指，右手劍「舉火燒天」，瞋目喝道：「呔，進招！」

胡孟剛呵呵一笑道：「不才這對鐵牌，會的是江湖有名好漢，小哥你趁早閃開！」胡孟剛向那年老盜魁一揚鐵牌道：「換你們首領來吧。」少年面泛紅雲，怒不可遏，立刻把掌中劍一擺，急向前欺身進步；左手劍訣一領劍路，右手劍遞出去，「白蛇吐信」，徑向胡孟剛咽喉狠點。

胡孟剛穩立下盤，以逸待勞；容得敵劍切身，微微一偏頭，避開劍鋒；左手鐵牌疾如風發，往劍上一搭，立刻右手鐵牌向外一展，奔盜徒的華蓋穴打去。那盜徒稍轉身軀，一甩右手劍，「撥草尋蛇」，轉向胡孟剛右腿砍去。胡孟剛撤右腿，蟒翻身，狂風掃落葉，雙牌齊下，直向盜徒砸來。牌沉力猛，少年盜徒不敢挺劍接架，連忙一彎腰，往斜刺裡一躥，剛剛讓開雙牌。胡鏢頭縱步前趕，右手牌一展，喝一聲：「著！」陡然背後厲聲喝道：「別追，看暗器！」一言甫了，早聽得當的一下，鐵牌一展，將一支鏢打落塵埃。

胡孟剛雙牌交搭，哈哈一笑，忽聽賊人隊後一陣馬蹄雜沓聲，隊前斜列的彪形大漢，倏地往旁一閃，從背後又沖出五六名強徒。只聽一人振吭大叫：「當家的，我們先收拾這老兒，再去收拾鏢銀。」立刻有一個提虎頭雙鉤的，墊步當先躥到。

胡孟剛疾看來人，年約三旬，黑臉膛，橫眉巨目，兇狠之氣全從兩眼透露出來。這賊左手鉤一揚，右手鉤往下一沉，瞪目上前喝道：「胡鏢頭，你不到河沿不脫鞋，你的鏢銀今天走不開了！」胡孟剛眼看天色已黑，賊黨勢眾，不由怒叫：「鼠輩，胡孟剛跟你拚了。」往前一縱步，鐵牌隨著身勢，照盜徒頭頂便劈。

匪人叫了一聲「來吧」，身軀向前一撲，雙鉤往下一沉，向左一領。胡孟剛雙牌落空，盜徒的雙鉤已到，貼著右肩頭，向項上鎖來。胡孟剛縮項藏頭，向右急閃身，雙牌翹起，「斜劈華山」，朝盜徒雙鉤狠砸。盜徒一個「繞步撩陰」，雙鉤斜探。鐵牌手急展右手牌，往外一封，兩下各自抽招換式。胡孟剛看敵人招數，是譚門真傳「十二路捲簾鉤」，勾、拉、鎖、帶、擒、拿、捉、提，手法確有獨到；自己鐵牌雖重，也不敢被他雙鉤拿上。盜徒若是高手，就能借力打力；鐵牌倘被捋住，勢將脫手。

胡孟剛忙展開「六十四路混元牌」，進攻退守，上下翻飛；一招一式，迅若飄風，專攻敵人要害。兩人拆到三十餘招，未能取勝；胡孟剛乘間賣一個破綻，雙牌左右一分敵鉤，前胸故意賣給對手。這盜徒以為鐵牌手失招，急將雙鉤往裡一合，鉤鑽雙雙點向胡孟剛的華蓋穴。哪知胡孟剛正是要他這招，身軀往後一仰，「巧踹金燈」，右腳向敵人丹田穴猛然踢去。這一腳如果踹實，盜徒頃刻殞命。這盜徒貪功欺敵，身已迫近，見這招來勢兇狠，想躲是來不及了；忙向右一擰身，撲地被踹在左胯上。踉踉蹌蹌，躥出三四步；急用右手鉤一點地，方才倖免躺下。

胡孟剛一平身，掄牌追去。突見對面黑影一閃，捷如飛鳥，躥過一個人來；身軀往下一落，飄飄然墜地無聲。這時節暮色沉沉，胡鏢頭倏然收招，一挫身，向後倒退出兩步；雙牌護身，然後閃目細辨來人。

來人正是那豹頭年老的盜魁，身上依然不脫長衫，手上依然擎著煙袋；正當面前，悠然站定，向胡孟剛一指道：「胡鏢頭武功卓越，非比等閒；老夫不才，願在方家面前領教。來，請你賜招！」

胡孟剛將鐵牌一分，「大鵬展翅」，立住門戶，向這老人朗朗發言道：「線上朋友，你既然如此相逼，胡某只好獻醜，請你準備好了！」雙牌一錯，往前進了半步。豹頭老人微微一笑道：「好，你就請進招吧！」

胡孟剛復張雙眸，往敵人身上一瞥，又往下一掃，瞥見敵手空空，仍只握著那支煙袋。胡孟剛倏將雙眉一挑道：「呔，朋友，我胡孟剛浪跡江湖，縱橫數十年，從不敢小覷人，也不肯欺負人。朋友，你既不用兵刃，胡某焉能讓你空手對招？你要想過拳術，胡某只有也把兵刃收起。」說罷，一回頭，將雙牌交給鏢師戴永清；然後擺好架勢，靜觀敵人動靜。

那豹頭盜魁微微點頭道：「胡鏢頭不愧英雄二字。」將手中旱煙袋，往前一遞道：「胡鏢頭，你來看，老夫的兵刃就是此物。老夫就憑這支煙袋闖蕩江湖，不值得換用別種兵刃。胡鏢頭，我還是請你亮牌進招！」

鐵牌手胡孟剛鬚眉皆張，勃然大怒，暗道：「我胡孟剛一對鐵牌，會過多少知名的英雄，想不到在此地，突然遇見這麼一個驕慢無禮的強人，竟把我視同無物！這未免侮人太甚了。罷罷罷！我就跟他拚了吧。」胡孟剛正要捻拳上前，戴永清急忙插言道：「鏢頭，掄牌上吧！不是咱們不懂情理，這是人家自己要賣弄一手。」

胡孟剛道：「對！」立刻昂起頭來，對那盜魁瞋目發話道：「朋友，你既然沒把我胡孟剛看在眼裡，要用這一支煙袋，來贏我的雙牌；這是你自己情願，休怪胡某無禮。」遂一轉身，急從戴永清手中接過雙牌，厲聲叫道：「朋友，你接招吧！」說到這一句，進步欺身，掌中鐵牌向前微推，將到敵人面前；倏舉左手牌，照那盜魁面門虛點，右手牌「力劈華山」，倏然砍下。那盜魁不慌不忙，容得鐵牌堪砸到面門，微微偏頭，鐵牌走空。盜首隨手將煙袋桿，照胡孟剛的鐵牌上一搭，略往下一按，復又往外一推，立刻奔胡孟剛的雲臺穴點去。胡孟剛鐵牌往下一沉，頓覺這老人的煙管力量頗為沉重。

胡孟剛兩膀一挺，至少也有五六百斤膂力，竟被小小一支煙管按下去，想見這老人腕力沉猛。又見他這煙管竟向自己穴道打來，不由心中一驚：怪不得此老神情驕橫，果然是個勁敵；他不只於腕力強，原來兼擅打穴之術。胡孟剛這時已看明他這烏黑的煙管非竹非木，乃是純鋼打造。

胡孟剛越加小心，敵人煙管又到。胡孟剛急用「梅花落地」式，向下一撲身；隨即用「進步連環」，將身軀矮著，倏地一個盤旋；雙牌橫展，直向盜魁腿肚打去。

那盜魁摟膝繞步，「倒灑金錢」，向後一甩腕子，煙管挾著一股寒風，斜向胡孟剛左肩井穴打來。胡孟剛急將雙牌一撲，突照煙管猛砸過去，想要把煙管磕飛。這盜魁早已抽招換式，往旁一錯步，斜走偏鋒，照胡孟剛肋下再點來。胡孟剛揮動雙牌，微微閃身，左手牌封住煙管，右手牌一展，直砍敵腕。這盜魁卻又收招反攻，直取上盤，鐵煙管「金蜂戲蕊」，奔胡孟剛咽喉下二寸六分的璇璣穴打來。鐵牌手凹腹吸胸，閃過這一招；將雙牌往前一抖，「黑虎伸腰」，分向敵人兩肋急點。盜魁一翻身，一個敗勢，身隨勢轉，倏地由左一個旋身，已襲到胡孟剛的身後；鐵煙管照後心的靈臺穴便點。

鐵牌手雙牌落空，頓知輸招，不待敵到，身向右一傾；左手鐵牌猛向外一甩，「白鶴展翅」，照鐵煙管磕去。盜魁見胡孟剛應招迅疾，暗暗佩服；便一退步，趕緊收招。這一次胡孟剛不容敵人變招，身軀翻回去，往右一旋；右手鐵牌「鐵鎖橫舟」，向敵人右肩削來。胡孟剛這一招急如電火；盜魁倏地往左一撲地，鐵牌挾勁風，唰的擦頭皮而過。

盜魁勃然大怒，鐵煙袋趁勢往右一探，喝一聲：「打！」直向胡孟剛左臍旁一寸五分的商曲穴點來。胡鏢頭忙將左手牌往煙袋上一掛。不料敵人這一招虛實莫測，突將右腕微沉，改奔命門穴打去。胡孟剛身手矯健，極力地擰身繞步，直搶出好幾尺，才躲過這一招。鐵牌手胡孟剛驀地臉上一陣發熱。

那盜魁又一個箭步，緊沖過來；舞動這一支煙袋桿，倏上倏下，忽左忽右；忽地拿來作點穴镢用，專打二十四處大穴，倏又拿來五行劍用。突擊變化，迅捷莫測，煙管到處，全是直指要害。鐵牌手胡孟剛不敢大意，將一身絕技悉數施展出來：劈、砸、撥、打、壓、剪、捋、鎖、耘、拿，鐵牌一招一式，穩練沉著。那盜魁更是身形輕快，招數圓熟，吞吐撒放，撤步抽身，都非常犀銳無匹。這種外門兵刃，練武的人罕見運用；這盜魁卻能把這一支小小煙袋桿，舞弄得風馳電掣。胡孟剛提起全副精神，狠命撲鬥，卻只和盜魁打個平手。他滿心想將煙管磕飛，只是磕不著。

這時天色越發晚了，也就是剛辨得出人的身段來。一鏢頭，一盜魁，各用純熟的招數，你攻我拒，戰到三四十合，不分勝負。

鏢行這邊，除九股煙喬茂、雙鞭宋海鵬，在後面保護鏢銀、轎車外，前面是鐵掌黑鷹程岳、金槍沈明誼、單拐戴永清等人。盜群那邊，人數出沒不定，約有三四十人。雙方副手都持兵刃，立在圈子外，聚精會神地觀戰；提防對方的暗算，照護自己的首領。

胡孟剛與那盜魁，又鬥了一二十合；忽聽竹林中，吱吱地又起了一陣呼哨聲，聲聲淒厲。胡孟剛雖則久經大敵，但到這種境地，天色已經很晚，勁敵又復當前，苦戰不下，不由心中有些惶急起來；在黑影中舞動雙牌，力持鎮定，竭力來抵擋這個盜魁。又戰過二三十合，盜魁功夫精熟，毫無破綻，而且氣充神定，應付裕如。胡孟剛心中焦急，可是仍不示弱，把雙牌運用得霍霍生風。

盜魁這一支煙袋管更是神出鬼沒，一招緊似一招。又鬥了一刻，鐵牌手雙牌翻飛，專尋對手的破綻，只是不得下手處。

忽然見對手也似焦躁起來，用了一手「金雞點頭」，煙管虛向胡孟剛面門一點。胡孟剛覺得有機可乘，急用雙牌一封。不意盜魁虛實並用，變幻無常，驀地將煙管往回一撤，復往後一斜身；「大鵬展翅」，煙管突向胡孟剛的分水穴點去。

胡孟剛雙牌已封出去，急切間緩不過招來；見敵招已到，避重就輕，連忙一擰身。這盜魁真個厲害，將招就招，往前一送，煙袋鍋直點胡孟剛左股浮稀穴。胡孟剛雖不精點穴，卻久涉江湖，又聽老友俞劍平講究過；自己一招撲空，驟見敵人辣手已到，眼看受傷，便倏然往外一掙；可惜閃避稍遲，頓覺左股發麻。胡孟剛自知失利，忙將雙牌虛晃，轉身旁退。

豹頭盜魁陡然喝道：「哪裡走！」煙袋鍋「金龍探爪」，又向後心志堂穴點來。胡孟剛已受微傷，左腿不靈，再想閃退，力不能及；被這盜魁的煙袋鍋順手一落，在志堂穴上又點了一下。胡孟剛急急閃腰不迭，猛聽耳畔大喝道：「躺下！」他腳步踉蹌，向前撞出四五步。到底胡孟剛武功不弱，能勝能敗，身軀晃了晃，立刻挺腰往旁一退，竟未躺下。那盜魁早已一陣風追到。

這一邊，鏢師金槍沈明誼、單拐戴永清、鐵掌黑鷹程岳，一齊大驚，連忙縱身飛躥上前，接應鏢頭。不想鏢行中人一擁上前，那群盜也一擁上前；黑影中各挺兵刃，捉對兒廝殺。

群盜中突有人連打兩聲呼哨，立刻竹林中有人接了兩聲。

呼哨響過，頓時一片馬蹄聲響，從那竹林後面，又闖出一彪馬賊。暮煙濛濛，分不清是多少人，人影綽綽，蹄聲嘚嘚；盜群中火光連閃，有胖瘦二老，手舉孔明燈，當先開道。馬上強人彷彿全是短衣裝，小打扮。另有幾個領隊的強人，騎著馬，手持明晃晃利刃，指揮黨羽，分兩路撲奔鏢馱子，包抄過來。

當此時，護鏢的眾鏢師，鏢行四十名夥計，以及緝私營巡丁，一見強人全夥撲出，不由得個個紅了眼。眼睜睜見到鏢銀即將失落，身家性命攸關；大眾暴喊一聲，各亮兵刃，往前迎堵。先是緝私營兵開弓放箭，跟著雙鞭宋海鵬、九股煙喬茂揮刃上前；怎擋得來人是馬賊，往前一沖，雙方立刻迫近，混戰起來。強人中有幾個好手，把宋、喬二鏢師先後包圍。

鐵牌手胡孟剛被敵人打中穴道，雖則閃避得快，負傷不重，卻也腰胯痠疼。幸得戴永清、程黑鷹搶上來，拒住敵人；胡孟剛退過一邊，急急順著穴道，舒運血脈，調停呼吸。只是一看見群盜率眾奪鏢，自己一世英名即將葬送，還恐身家性命不保，不由得急怒交加；把腳一跺，顧不得傷輕傷重，掄牌大叫：「老兒，你不顧江湖義氣，竟敢恃眾奪鏢；我胡孟剛有三寸氣在，跟你拚了！」他咬牙切齒，奮身重上。

那盜魁嘻嘻冷笑道：「胡孟剛，你要放明白些。既留下你的鏢銀，便不願傷你的性命。你若不度德量力，我只好教你躺躺了！」手中煙管一揮，立刻撲過四五個盜徒，迎面一擋。那盜魁口銜煙袋，往旁一退，從煙鍋內閃閃吐冒火星，好像沒事人一樣。

胡孟剛氣生兩肋，更見手下鏢行捨命拒敵，連倒下好幾個，他自己怎麼能再惜性命？頓時怒吼如雷，揮動雙牌，嗖嗖地亂砍，又奔盜魁撲去。群盜一聲呼嘯，立刻圍過來，將胡孟剛困在核心。

那一邊，黑鷹程岳見禍到臨頭，金睛吐火，直豎雙眉，抖藤蛇棒，一語不發，照那盜魁後背便砸。盜魁霍地一撤步，讓過了金絲藤蛇棒，用手中煙管一指道：「小夥子，莫看你連敗我手下三個人，那都是我的徒子徒孫，你妄想在我面前逞能，小夥子，你休要做夢！」

黑鷹厲聲怒叱道：「老賊休要誇口，少鏢頭今天跟你有死沒活，接招吧！」話到棒到，「玉帶纏腰」一抖。

那盜魁滑步旁躥，右手擎煙管，左手一指，欺身進招，直向程岳華蓋穴點來。黑鷹側身讓過，趁勢換招，「金針炙蟒」，棒點咽喉，盜魁不慌不忙，把煙管往外一封；身勢一動，已繞到黑鷹身後。黑鷹程岳急向下一塌身，「繞步旋身」，金絲藤蛇棒「老樹盤根」，回向敵人下盤纏來。盜魁使「旱地拔蔥」，閃過這一招，立刻將鐵煙管施展開；輕點重打，橫掃直扎，忽然用作五行劍，忽又變作點穴钁，身法疾若飄風，招數變幻莫測，黑鷹程岳竟有點應接不暇。

程岳本是俞劍平的掌門大弟子，武功頗得門徑，今與盜魁交手，頓然相形見絀。自己也明知不敵，抱定拚命之心，更不計勝負存亡，施展平生絕技，竭力與敵相持。兩人一來一往，鬥到三十餘合，漸漸被敵手搶了先著。那盜魁精神煥發，越戰越勇，招數越展越快；掌中煙管攻守進退，步步緊湊。程岳勉強招架，幸未落敗；猛回頭，見黑影憧憧，燈光閃爍，在奔騰喧噪聲中，那鏢馱子已被群盜包圍，眼看要被劫走。程岳急怒交加，欲往馳救，又被盜魁纏住，一步也閃不開。程岳喊一聲，猛攻驟退，虛展一招，剛待躥出圈外，陡聽斷喝道：「著！」黑鷹躲閃不迭，右臂曲池穴已被盜魁點中了一下；立覺全臂發麻，藤蛇棒險些鬆手墜地。程岳咬咬牙，急一擰腰，縱身旁退，又一迭步，剛要逃出鬥場，那使鋸齒刀的黑面盜徒一眼瞥見，捨了圍陣中的胡孟剛，颼的一個箭步，躥到這邊；一橫身將去路阻住，大叫道：「少鏢頭，你還想走麼？趁早躺下！」

黑鷹程岳身陷絕境，雙眉一聳，舌綻春雷喝道：「不是我，就是你！」把藤蛇棒往後一領，只覺臂軟筋麻；緊接著用盡氣力，將棒掄起，惡狠狠向敵人砸去。黑面盜徒趕緊往旁一錯步，閃開藤蛇棒，鋸齒刀「順水推舟」，往外一推；鋒刃犀利的鋸齒刀堪堪剁在程岳的項上。同時，咯噔一響，從背後襲來一支冷箭。黑鷹程岳急一斜身，僅僅閃開了暗箭，右肩頭被劃三四寸長的一道刀傷，鮮血迸流出來。

黑鷹陡地打個冷戰，咬緊牙關，往旁縱身，直躥出一丈多遠，臉色倏然慘變。那強徒又一抹追到，鋸齒刀一舉。黑鷹程岳人雖受傷，雄心仍在，急將右手藤蛇棒一提，卻已施展不開了，不禁哼了一聲。鋸齒刀已挾銳風，劈到面前。猛聽一人呼喝道：「住手，這人也是條漢子，不必傷他的性命。」鋸齒刀應聲收招，復又躥出去，與同夥重把胡孟剛圍住。

黑鷹退出核心，急撕衣襟，紮住了傷口，凝神向黑影中望去，鐵牌手胡孟剛和戴永清，被幾個強徒走馬燈似的，緊緊繞住，死戰不得脫身。金槍沈明誼力鬥二敵，身已負傷，拖著那支斷槍撤下來，坐在路邊喘氣。那護鏢的四十名鏢行夥計和二十名緝私營兵，傷了十幾個人，沿著范公堤大路，橫躺豎臥。其餘未傷的，也不知潰散到哪裡去了。那護車的鏢師雙鞭宋海鵬和九股煙喬茂，連轎車中的舒鹽商和緝私營張哨官，也不知去向。五十個騾馱子，正被騎馬的強人，持刀催逼著騾夫，遙向竹林後驅趕過去。官堤大道上，時見賊人手中的孔明燈，忽遠忽近，一閃一閃，奔馳發光。鬥毆場上，人影綽綽，兵刃叮噹亂響。各處要道，全有步騎的強人把住。但凡鏢行的人受傷倒地，倒也不再加害，卻不能往一塊湊，只一挪步，立刻有人躥過來，持刀阻擋。黑鷹程岳目睹一敗塗地，心如刀割。眼見胡孟剛猶與群盜拚鬥，自己不能上前接應。自己本以掌門弟子，代師護鏢；二十萬鏢銀今竟被劫，十二金錢鏢旗從此威名掃地！思念及此，慚恨交迸。他將身軀一挺，重欲上前，加入混戰；不料稍一移動，左臂疼不可忍，頭上汗出。程岳緊咬牙關，強力支持，把藤蛇棒抖了抖，剛剛活動幾步，黑影中躥過一人來，喝道：「朋友，還是躺下歇歇吧。」程岳急一側身，陡覺三里穴一陣發麻，不禁失聲，栽倒地上。原來那年老盜魁，依然在旁監防著呢！

盜魁已將護鏢人等戰敗，指揮手下人分頭做事；將這二十萬鏢銀掃數劫走。立刻打一暗號，竹林一帶，吱吱吱連響了三聲呼哨，催告方圓左右的把風同夥，作案已經得手，該收縮防線，準備撤退。

那一邊，鐵牌手胡孟剛舞動雙牌，鏢師戴永清舞動鋼刀單拐，兩人背對背，抖擻精神，猶拚死拒戰。群盜卻也歹毒，看破胡孟剛有攻無守，意在拚命；只採取包圍的招數，將兩人緊緊裹定，東一刀，西一刀，西一矛，一味滑鬥。到底群盜人多勢眾，胡孟剛年屆五旬，身已負傷，手腳運展頓慢。那鏢師戴永清腿上也著了一下，血流及踵，仍是咬牙鏖戰。

趟子手張勇掌著鐵牌鏢旗，金彪掌著金錢鏢旗，與群盜混戰，身負輕傷。二人忽見到胡孟剛被圍，程岳負傷，便知大勢已去。兩人不約而同，虛砍一刀，抽身敗走。不意賊人滿不按江湖道的規矩，竟趕盡殺絕追了過來。張勇叫道：「朋友，我們已然認栽了，何必苦苦相逼？」盜徒不理，那個白面少年騰身一躥，掄掌中劍，直奔金彪而來。金彪正要上馬落荒逃走，已被盜徒追上。青鋼劍明晃晃一閃，金彪待挺刀迎敵，突然肩頭著了一下暗器，栽下馬來。少年盜徒揮劍躥到，金彪滾身要起，已被踏住腰眼。

金彪閉目等死，哪知劍鋒只在脖頸上猛拍了一下，火光一閃，跟著背上的十二金錢鏢旗被盜徒拔去，卻將一個小匣丟在金彪面前。少年盜徒對金彪喝道：「朋友，不要裝死，我們捨不得殺你，還留你的腦袋傳話呢。這個小匣，煩你轉交你們安平鏢局的俞鏢頭。匣內有好東西，你們鏢頭見了必然高興。」

說罷，用劍又在金彪頭上蹭了蹭，一抬腿，連連縱躍，已然撲到年老盜魁的面前；手打火摺，把鏢旗一展道：「當家的，我已將十二金錢鏢旗借到，那封柬帖也交給他們的趟子手了。」

盜魁接過鏢旗，借火摺的光，凝眸一看，又信手招展了一下，仰面長笑道：「久仰此旗威鎮江南，今天卻出貨了。」口打呼哨，叫過幾個騎馬的強賊，問道：「手下的活完了沒有？」一個馬賊答道：「一切都收拾好了，只有二師兄，還帶人和鏢行纏戰呢。」盜魁揮手道：「收！」馬賊豁喇喇前後奔竄，盜魁立刻一翻身，撲到戰場，對那圍困胡孟剛的黨羽喝道：「收隊，你們不要傷他老命！」群盜聞聲，立刻往兩邊一分。

胡孟剛用力過度，雙牌錯舉，喘籲不堪。那鏢師戴永清竟縮做一堆，蹲在地上，下半身濺成血人。

盜魁喝住群盜，手指胡孟剛道：「胡鏢頭，萬分對不住了。但老夫此行，得會江南名手，實在也是幸事。敬借尊口，轉告俞劍平，二十萬鹽鏢暫為保存，有膽的教他快來親領！」又將手中鏢旗一展道：「這十二金錢鏢旗，也暫借一觀。你我後會有期！」說到此，微一抱拳，側轉身對手下傳令道：「走！」腳下一點地，騰身而起；捷若飛鳥，迅若飄風，率領著黨羽直沒入竹林之中。鏢銀盡失，盜群已去，胡孟剛手擎雙牌，立在那裡，目瞪口呆。眼見盜魁旁若無人的氣概，更惱得渾身打戰。金槍沈明誼已經扶傷過來，惶愧無地地說道：「鏢頭，我們栽了！恨我們無能，枉自吃鏢局的飯，緊急之時，一點不可恃。老鏢頭，我們真真對不住你！」

胡孟剛心如刀剮，身上血漬斑斑，臉上慘無人色。他心想：二十萬鹽鏢掃數被劫，振通鏢局從此牌匾砸了，一世聲名也付於流水！想到此，恨不得死於敵刃，倒落個痛快。他一見沈明誼前來抱歉，便咳的一聲長嘆道：「沈賢弟，不用難過了，這是我弟兄技業不精之過。」趟子手張勇、金彪，一看事已過去，忙招呼潰散的夥計們。這些夥計散散落落，也集攏來二三十人，其餘的不知敗逃到哪裡去了。這召集來的一夥人，幾乎個個帶著輕重的傷，僥倖沒受傷的人竟很少。

眾人從馬上解下幾盞燈籠，點著了；先顧不得救死扶傷，齊跑到胡孟剛面前，請示善後，聽候吩咐。這些夥計個個唉聲嘆氣，罵不絕口；胡孟剛心緒如灰，一籌莫展，環顧手下鏢客，發話道：「你們都在這裡了，諸位不要難過，你們各位都帶著傷，總算對得起我胡孟剛。那護車的喬茂、宋海鵬往哪裡去了？」又頓足道：「鹽商舒大人和緝私營張哨官，也不知是生是死。諸位老弟，二十萬鏢銀，好些人命，你想還有我的活路麼？」張勇忙說：「鏢頭別著急，我看見舒大人的轎車，往北逃下去了，我找找他去。」說罷，遂與趟子手金彪騎上馬，挑著燈籠，一路尋找下去。

戴永清坐在地上，一面呻吟，一面說道：「我看這夥強人，必非近處的草寇。鏢頭請暫放寬心，不要急壞了。我們既然把鏢銀失落了，沒有別的，我們設法找鏢，跟蹤踩跡，別叫他們走脫了。」胡孟剛浩然長嘆，張眼向四面望了望；黑乎乎暗月無星，只有那沒受傷的夥計，挑著四五盞燈籠，吐出暈黃的光來。四面悄靜，但聞風吹竹動，發出蕭蕭瑟瑟的吼聲。胡孟剛說道：「你們幾位能掙扎動的，先替我察看察看受傷的人，有救的快救；我那馬上有藥，拿油紙包著呢。還有人家安平鏢局，已經收市了，憑白教我拉出來。鏢旗被拔，程賢侄又負重傷，我拿什麼臉，去見俞大哥啊！」

黑鷹程岳慢慢踱了過來，強忍著滿腔羞憤，向胡孟剛說道：「老叔，咱們算栽到家了，總恨小侄藝業不精。況且人家是單找我們金錢鏢旗來的，老叔何必引咎？剛才戴鏢頭的話很是，我們還是綴下去，跟蹤設法追回鏢銀為妙。至於家師那一面，小侄自然連夜趕回去，面求他老人家，出山找場，好歹給老叔順過這口氣來。」

胡孟剛搖頭嘆道：「程賢侄，我算完了，一世虛名，敗於一旦！老侄傷勢怎樣？」他借燈光看了看，肩頭綳扎的斷襟，已然滲出血來。胡孟剛忙命手下人，取過藥來，親替程岳裹傷，一面說道：「賢侄，我真真對不住你了！請你趕快回到清流港，替我婉言上復令師。我這次萬不得已，請令師幫忙，焉想到遇到這夥強徒，真有驚人技藝；反害得十二金錢鏢旗跟著被拔，鏢銀全失，我還有何顏面，重回海州？俞仁兄面前，務請你代我婉致歉意。我若不把鏢銀、鏢旗尋回，我就不回海州了。我現在一切都不能顧了，你先回去吧。」

胡孟剛說到這裡，淚灑衣襟，又對眾人一揖到道地：「諸位賢弟，多多寬恕我吧，咱們後會有期！這裡一切善後，全靠沈、戴二位鏢頭安排。程賢侄傷勢不輕，你們要好好地把他送回去。」說罷，從地上拾起雙牌，拔步便走。

胡孟剛這一席話，說得真是英雄末路，十分悲涼。程岳、沈明誼諸人俱各感愴落淚，連忙上前攔阻。戴永清也掙扎起來。眾人齊聲叫道：「老鏢頭慢走！」胡孟剛道：「諸位攔住我，打算怎樣？」沈明誼、戴永清道：「要找鏢，咱們大家同去，我們怎肯讓老鏢頭一人犯險？」胡孟剛嘆道：「二位身負重傷，怎好去得？」

沈明誼道：「老鏢頭這樣一來，我們心中更下不去了。養兵千日，用在一朝。我們弟兄叨承老鏢頭重待，今日遇上事，竟不能拒敵護鏢，我們自恨無能。況且老鏢頭傷勢不輕，年非少壯，我們無論如何，也不能退縮。你老還是從長計議，先紮好傷處，再議別的事。就是現在非去找鏢不可，咱們也是有福同享，有禍同受，斷不容你老一個人獨去涉險。至於我們的傷，全不是致命所在，很不要緊。」黑鷹程岳也在旁苦口勸阻；他心中另有主見，此時恨不得立刻飛回清流港，向他老師求救，尋賊奪鏢，好吐這口悶氣。

胡孟剛聽了眾人之言，沉吟一回，見戴永清刃傷左股，步履艱難，便道：「也罷。戴賢弟，你是動彈不得了。你與程賢侄暫且留後，我和沈賢弟前去踩訪。誰要再留我，就是逼我死了。」胡孟剛說完這話，擺一擺手，伴同沈明誼，各提兵刃，直向竹林那邊追去。二人也就是剛走了兩三箭地，陡聽竹林內一聲冷笑，頓時發出兩道黃光；這光像車輪般一掃，把胡、沈二人照個正著。倏然穿林射出一支響箭，跟著暴聲喊道：「對面站住！再往前走，可要放箭了！」

胡孟剛吃了一驚，強人果然厲害。劫鏢已隔好久，他們斷後的人依然沒有撤退。既已到此，欲罷不能；胡孟剛、沈明誼各亮兵刃，硬往前闖。

忽聽背後大叫：「胡鏢頭慢走，胡鏢頭慢走！」又聽一個焦急的聲口叫道：「胡老鏢頭，你別走了，快回來吧！」沈明誼心知前有強人放的卡子，兩個負傷的人必然闖不過去，趁勢強拖住胡孟剛，勸道：「老鏢頭，我們還是暫先回去，看看到底是出什麼岔頭了。綴鏢的事，可另派人繞道暗綴。」胡孟剛正自遲疑，只見背後兩點燈光、數個黑星，忽高忽低，一面喊叫，一面追來。一霎時趕到面前，卻是趟子手張勇、金彪，打著燈籠，引領那舒鹽商，從後面趕到。這鹽商由他那個聽差和一個車伕，左右攙扶著，深一腳淺一腳搶來，且追且叫道：「胡鏢頭，胡鏢頭！」聲音慘厲，直似鬼嚎。

當群盜已占上風，調動竹林埋伏，動手劫鏢時，那雙鞭宋海鵬、九股煙喬茂立刻亮兵刃，一先一後，上前護鏢。舒鹽商在黑影中看不清勝負，卻聽得一片呼哨之聲，夾著馬蹄奔馳、刀鋒砍殺之音，突奔前來，早就嚇得骨軟筋酥，不住口地催那車伕，把轎車調轉頭來，拚命向來路逃走。他不曉得劇賊劫路，輕易不傷客人。動手作案，卻定然布卡巡風；案沒做完，斷不容失主逃出線外。這轎車一路狂奔，昏夜不辨路徑，走出不多遠，竟翻了車。來路口上，早被強人搬石頭擋住了。由聽差和車伕，把舒鹽商救出車外，兩人攙架著，還想往前跑。路旁陡躥出幾個強人，持刀斷喝道：「回去！」嚇得三人又抹頭回逃，只得往橫路上落荒逃走。橫逃不遠，又看見孔明燈閃爍，也有強人把住。三個人只好爬到麥壟中隱藏。趟子手張勇、金彪挑著燈籠，往四面尋叫，這才將三人搜喚出來。一陣瞎跑，舒大人腳下只剩一隻鞋了。

張勇、金彪又在鏢馱子被劫不遠處，尋著了雙鞭宋海鵬，兩支鞭只有一支緊握在掌心，那一隻卻拋出兩三丈以外。宋海鵬倒臥在血泊中，胳臂上被賊刺通了一個血洞，血流滿地，後背也被砍傷了一處；雖非致命傷，卻是失血太多，只支持著躥出幾步，就暈倒在地上了。趟子手忙將宋海鵬背了起來。那九股煙喬茂，卻叫遍不見蹤影。舒鹽商仍由聽差和車伕攙著，一步一哼，走了出來，頭一句話便問：「活嚇死人，賊人走了麼？」張勇忙安慰他道：「賊早跑了，舒大人放心吧，沒事了。」

舒鹽商緩緩遛了幾步，才把精神提起來。他睜眼四望，黑沉沉一片荒野，什麼也看不清。走上大路，才看見前面鏢行那幾隻燈籠閃閃擺動著。更兼受傷的護鏢人等，有躺著嘶喚的，有坐著呻吟的；氣象陰慘，令人看著心悸。舒大人簡直嚇破苦膽，且走且問：「這夥強盜真厲害，怎麼這些人啊。難為你們怎麼把他打跑的！你們諸位真是好漢，你們那位胡鏢頭呢？」

張勇道：「胡鏢頭就在前面，你老快走吧，咱們湊在一處，好商量商量，今晚怎麼辦，在哪裡投宿呀？」舒大人連連點頭道：「可不是，我都嚇癱瘓了，真該找個店歇歇，誤一天限不要緊。」張勇、金彪聽了，暗暗嘆氣，這位舒鹽商還做夢哩！

不一刻，走到燈籠前面。胡孟剛已和沈明誼搶向竹林那邊綴訪去了。這裡只剩下黑鷹程岳、戴永清一行，正自垂頭喪氣，找出金創藥、鐵扇散來，給別個受傷的人敷治。那傷重走不動的，也都攙的攙、抬的抬，倒換著舁過來，湊合在一處。

舒鹽商一到面前，程岳、戴永清只得答話道：「舒大人，我們衛護不周，教您受驚了。」說著話，趟子手金彪、張勇將雙鞭宋海鵬輕輕放下。地上已有人鋪好馬褥子，大家忙著救治宋海鵬，又讓舒鹽商坐下。舒鹽商打著寒噤說道：「咳！我真嚇壞了！諸位鏢頭真可以，竟為護鏢，身受重傷；只要把鏢銀解到江寧，我回去對公所說明，必有一番心意，酬勞大家。」

這番話說得戴永清、程岳四目對看、臉上發燒。兩人不覺低下頭來，無言可答。

舒鹽商又張眼一巡，胡孟剛不在面前，不禁失聲道：「那位胡鏢頭呢？難道……他受了傷麼？他哪裡去了？」戴永清咳了兩聲道：「這胡老鏢頭麼，他追下去了。」舒鹽商忙道：「什麼！追下去做什麼？只要鏢銀不失，也就算了。何必跟這一群強盜慪氣？」

戴永清和程岳只好說道：「舒大人，我們這次栽給人家了，我們的鏢銀已被人家劫去。就是我們拚命護鏢，無奈賊黨人多勢眾。」舒鹽商一聽這話，頭頂轟了一聲，頓時目瞪口呆，幾乎暈過去，猛從馬褥子上站了起來，搖搖欲倒；聽差連忙把他扶住。

程、戴見這情形，好生難堪。舒鹽商喘息著，忽將手臂一甩，把聽差推開，直瞪著眼，對鏢師戴永清等喊道：「什麼？鏢銀丟了，鏢銀都丟了麼？你們是管幹什麼的？」說到這裡，見眾鏢客血跡滿身，噎了口氣道：「那胡鏢頭呢？……」猝然喊叫道：「胡鏢頭，胡鏢頭！」戴永清忙道：「舒大人別著急，我不是說過了，我們胡鏢頭剛才追鏢去了。」

舒鹽商閉目搖頭道：「那不行，我得找他說話，你們得給我找他去！二十萬鹽鏢，非同小可，這是官帑哪！」說完渾身打起寒戰來，不住口地催戴、程二人，快把胡鏢頭追回。戴、程二人心亂如麻，無法應付；忙命趟子手張勇、金彪，順路急趕。胡孟剛、沈明誼沒有走出多遠，舒鹽商竟扶著聽差和車伕，一步一喊，也跟著追下來。

鐵牌手胡孟剛也正由沈明誼勸回。兩方見面，舒鹽商劈頭叫道：「胡鏢頭，你這可不對，你怎麼扔下就走？這二十萬鹽帑，數目太大，非同小可，我可是擔當不起。胡鏢頭，沒別的說的，你多辛苦吧；你得跟我回海州，交代這場事去。你就這麼想走，可不行！」

胡孟剛聽鹽商這話，真是恥憤填胸，哈哈地冷笑道：「舒大人，這是什麼話！你不用不放心，我們保鏢的，自然沒有多大的家當；可是我們既敢應買賣，就擔得起來。丟了鏢銀，設法找回，那是我們分所當為。就是鏢銀找尋不著，我們還有保在，也能夠把舒大人的責任卸開了；我胡孟剛甘心認頭，賠鏢銀，交官帑，絕不能有半點含糊。舒大人你說不行，你看著辦吧！該怎麼辦，就怎麼辦，我胡孟剛靜聽你的。」

舒大人聽胡孟剛話中有刺，又見他圓睜二目，氣勢洶洶，不禁倒害怕起來。他心想：「保鏢的這一行業，說他是好人，就是好人；說他是歹人，也就是歹人。目今鏢銀一失，他們已經丟人現眼。他現有鏢局在著，自然不能甘心栽這跟頭，他自然百般設法找鏢。若是逼勒急了，萬一他一翻臉，就許把我殺了，丟下一跑，我往何處訴冤去？」

舒鹽商也是久涉世路、能軟能硬的人，立刻把面色緩和下來，對胡孟剛極力敷衍。他心中已暗暗打定主意，無論如何，須教胡孟剛轉回海州去，好脫卸自己的干係。當下故意嘆了口氣道：「胡鏢頭，別多心。我也是當事則迷，乍聽鏢銀失落，不由著起急來。其實查找鏢銀，乃是正辦。

老鏢頭身上負傷，尚且不辭勞苦，我還感激不過來呢。不過咱們總該慢慢想法，現在夜已很深，停留在荒郊野外，究竟不是事。我說胡鏢頭，我們先找個地方投宿，明天白日再打主意，你看好不好？這些受傷的人也該安插一下，人家給咱們拚命護鏢，咱們也該找個地方，給人家調治調治。老鏢頭，你看怎麼樣呢？」胡孟剛道：「我們當然得找宿身之處。」

舒鹽商搭訕著，放眼尋找緝私營張哨官。只見面前盡是些鏢行中人，並沒有那位張哨官。舒鹽商只好向胡孟剛詢問。趟子手張勇插言道：「張老爺也受傷了，現時在後面堤坡歇息著呢。」舒鹽商暗暗點頭，心想有他在場，總好多了，便道：「咳，這是怎麼說的，這夥強盜真是膽大妄為已極。張老爺在哪裡？我還得安慰安慰人家去。」

此時張哨官傷處，早由鏢局夥計代他敷藥裹好；人坐在馬褥子上，不住地嘆氣、謾罵。旁邊插著一隻燈籠，面前七站八坐，圍著十幾個巡丁，有受傷的，也有沒傷的，人數已經不齊了。舒鹽商挨過來，勞問數語；又向受傷的鏢師、夥計，逐個慰問，神情語氣懇切和藹。黑鷹程岳拿眼看了看他，低頭並不言語。倒是胡孟剛見舒鹽商如此殷勤，自己反覺羞愧。那鹽商隨後便和張哨官坐在一處，兩人低聲談話。胡孟剛暫拋一切不談，先安置受傷的人。

這一場血戰，鏢馱全丟，鏢師、趟子手人人掛綵，四十名鏢行夥計半數輕傷，重傷的共三個，又短少了兩人，真是一場慘敗。胡孟剛指揮眾人，救傷裹創；便與沈明誼、戴永清、程岳匆匆商計。對面賊卡未撤，敵暗我明，敵強我弱，今欲當場派人暗綴賊蹤，勢必不能，只可先行投宿。把趟子手張勇叫來，胡孟剛問道：「我們是就近尋宿，還是往回翻一站呢？」張勇道：「老鏢頭若想先落店，我們還是找就近的村鎮，胡亂暫宿一夜，明天再趕奔驛站。老鏢頭覺得怎樣？」胡孟剛道：「就這麼辦吧，天太晚了，可是奔哪裡好呢？」張勇道：「咱們日間從范公堤經過時，老鏢頭可看見靠東有一股岔道？過去那裡，不到半里地，就是一個小鎮甸，叫做于家圩，也有一二百戶人家。我們到那裡，倒可以歇下。」胡孟剛點頭說：「好！」立刻分派夥計，把受傷的人架在牲口上。受重傷的數人安置在行李車中，內中一人便是鏢師宋海鵬。沒傷的和輕傷的，全在地上走。前行的，挑著燈籠。舒鹽商和張哨官共坐一輛轎車。臨行前，胡孟剛重行點名查數，才知其中實短了四個人。兩個是緝私營兵，一個是鏢局夥計，另外一個竟是振通鏢局鏢師九股煙喬茂，一場劇戰之後，竟然失蹤。

胡孟剛心中著急，趕緊再派夥計，往四面尋喚。夥計們打著燈籠，照遍了各處，喊破了嗓子，也沒有尋著蹤跡；又向東面麥壟稻田裡踏尋一回，依然尋不見人。

金槍沈明誼忙把鏢局夥計全叫到面前，細問出事時，可有人看見喬茂的動靜下落，夥計們互相詢問，這才曉得胡孟剛、程岳、沈明誼、戴永清四人，與強徒拚命拒戰時，九股煙喬茂和雙鞭宋海鵬，奉派管守鏢馱，兼護鹽商的轎車。等到竹林哨響，馬賊出陣，全夥混戰劫鏢，雙鞭宋海鵬立刻掄鞭上前迎敵。喬茂起初是站在舒鹽商的轎車旁邊，持刀相護。後見宋海鵬被圍，騎馬的盜賊竟威脅馱夫，把五十號騾馱全數趕起來，便要運走，九股煙喬茂不由眼紅了。又回頭一看，他身後的轎車早在喊殺聲中，調轉頭往來路逃走。喬茂不禁罵道：「去你娘的吧！我看你跑得開麼！」他立刻挺單刀，向群賊衝殺過去。

喬茂仗著身輕如葉，縱躍如飛，倒也傷了兩三個力笨賊，全是小嘍囉一流人物。他正在得意縱殺，卻驚動了包圍宋海鵬的群盜；立刻躥出兩人來，只幾個照面，把喬茂殺得手忙腳亂。喬茂支持數合，忽見包圍宋海鵬的群盜，倏然陣勢一散；那雙鞭宋海鵬已被砍倒，群盜齊向喬茂這邊衝殺過來。喬茂大吃一驚，急忙虛砍一刀，縱身一躍，從敵人頭頂直躥出去，一翻身便跑。其中一賊探鹿皮囊掣出暗器；一甩手箭，正打中喬茂後臀。

九股煙喬茂負傷拔箭，連跳帶滾，滾到麥壟之中。在當時，鏢行這邊的人，勢已落敗，各自掙命敗退，誰也顧不了誰。等到群賊劫走鏢銀，連那騾馱腳伕也被裹走，忙亂中，大家更不曾理會。如今點名查問起來，乃知喬茂竟已失蹤。

胡孟剛不住地搖頭嘆氣，又到行李車旁，詢問雙鞭宋海鵬。宋海鵬吃了些定神止痛的藥，已能言語；只是問起喬茂的行蹤來，他也不曉得。胡孟剛頓足道：「這個人到底是生是死，往哪裡去了呢？」說著親自喊叫了幾聲，無人答應。金彪道：「鏢頭不必找了，也不必替他擔憂。在混戰那時候，咱們各自顧命，誰也照應不來誰。這位九股煙喬師傅，哪會死的了呢？人家多聰敏，多伶俐，一準溜了。本來鏢銀已失，這場麻煩吃不了兜著走。若跟大家同回鏢局，就得跟著找鏢原案，說不定再遇風險。老鏢頭，你還指望著喬師傅回來麼？」其餘的鏢局夥計，也都紛紛議論，說喬茂這人一定躲了；催胡孟剛趕快投店，不用找他了。

胡孟剛悵然說：「我到了這步田地，什麼話也不用說了，只怨我自己不能血心交友。現在誰走，我也不能說別的。我只怕他受傷過重，鑽到偏僻角落裡，自己走不出來；我們拋開他一走，太對不住朋友。他若是真躲了，那倒沒什麼。事到如今，我還能找真麼？」眾鏢師聽了，默默不語。

當下大家趕緊收拾燈火，起身投奔于家圩。這一次趕路，雖然燈籠火把仍舊照耀著走，像一條火龍一般；卻是鏢銀被劫，人們受傷的受傷，失蹤的失蹤，絕不是來時的情景了。

胡鏢頭身雖負傷，仍將自己的馬讓給傷重的夥計；自己步下走著，雙眉緊皺，反覆尋思辦法，其餘大眾也都神情沮喪，在這昏夜曠野，雜踏地走著，人人心中覺著淒惶。走了不久，已從范公堤轉向堤東岔道。這股道形勢也夠險惡，路徑窄狹，一片片的竹塘把麥田遮斷，風吹竹動，沙沙作響；倏遠忽近，時發怪嘯。胡孟剛身臨險境，陡生戒心；可是轉念一想，鏢銀已失，除了這條老命，還有什麼值得牽掛？想到此，又復坦然了。其實這都是境由心造，彷彿風聲鶴唳，草木皆兵。

胡孟剛放膽前行，傷處隱隱作痛。程岳傷在肩腰，道路坎坷，馬行顛頓，也是說不出的難過；他咬緊牙根，絕不呻吟，恨不得一步撲到店房。趕到于家圩，已近三更。鄉莊上的人睡覺都早，這小小鎮甸差不多燈火全熄。眾人用燈籠且走且照，哪有什麼店房？一條土路上，只有參差不齊的竹籬茅舍，也不能容這許多人投宿。胡孟剛心上著急，六七十個傷殘敗眾，投到這麼小的鎮甸上，若沒有歇息處，那可怎好！卻喜趟子手張勇熟識這條路，遂當先引領著，直奔村鎮南頭。果然快出南口，路東有一家，兩扇車門緊閉，門前挑著一個笊籬，一望而知，是座荒村茅店。

張勇挑著燈籠，上前叫門；叫了好久，才有一個店夥，掩著衣襟，惺忪睡眼，出來開門。突見門前站著這些人，各帶兵刃，血濺滿身，不禁害起怕來；進去告訴了櫃上，竟拒說沒有空房。鏢行人眾疲殆已極，滿腔怒火，聲勢洶洶，非住不可。

緝私營巡丁更威嚇著，力催騰房，這一搗亂，店中人全起來了。問明是官面和鏢行，在中途遇劫，與強人動了手；這才無奈，招呼各屋並房間，騰地方。

這小店倒有大小八九間房，共只住了不到十個客人。忙給騰出五間房來；卻只有一個小單間，其餘四間全是通鋪；又將櫃房也給讓出來。六七十人勉勉強強，擠著住下，又現搭了幾個板鋪。舒鹽商和張哨官在櫃房住下，胡孟剛等五個鏢師就住單間，趟子手張勇、金彪在地下搭鋪。店夥們現給燒水，淨面泡茶，打點做飯。這做飯又很麻煩，須由客人自己買米起火，灶上可以代做。由那緝私營巡丁和鏢行夥計，帶著店夥，分頭到米舖、雜貨舖，敲門購買。直忙了半個更次，由自己人幫著，才將飯做熟。多虧鏢行身上多少都帶乾糧，又將店中剩飯勻來，兩下添補著，未致挨餓。鹽商舒大人也將自備的火腿、小菜、點心之類，拿出來供眾。餵飲騾馬倒很現成，店中頗存乾草，夥計們鍘了，拿稻草做料，餵了牲口。

飯後，給受傷的人重新敷藥裹創，安排他們先睡了。其餘人等有的睡下，有的睡不著，有的就講究賊情，有的肆口謾罵。

櫃房中，舒鹽商和張哨官祕商了一回，兩人已將主意暗暗打好。

小單間中，雙鞭宋海鵬、單拐戴永清和黑鷹程岳，用藥之後，挨個躺在床上。趟子手張勇、金彪，坐在鋪板上喝茶、說話。鏢頭胡孟剛和金槍沈明誼，自行裹傷之後，先到受傷各位歇處看了，又問了問傷勢；然後獨到櫃房，和舒鹽商、張哨官，談說明天應辦之事。舒鹽商是怎麼說，怎麼好，一味順著胡孟剛，概不駁回。只口氣中，仍勸胡孟剛速回海州，邀請能手，設法找鏢。張哨官卻說，明天要派人到地方上報案，並關會沿路鹽汛，一體搜緝賊蹤，查找鏢銀。這是人家的公事，胡孟剛當然不能攔阻。

胡孟剛另有他鏢行的打算，按著江湖規矩，遇盜失鏢，向不驚動官面，只憑自己的能為尋討。胡孟剛強打精神，談了幾句；便回到單間，和沈明誼、戴永清、程岳、張勇、金彪等人，商量找鏢入手的辦法，揣摩強人來歷和下落。依著胡孟剛，先派幾個機警的夥計，熟悉范公堤一帶情形者，明早沿路踩訪下去；再派幾個人，拿振通鏢局和自己的名帖，投給范公堤附近武林中的朋友，托他們代訪賊蹤。好在盜首的相貌、口音，都已知道，或者不難訪得形跡。只有一節，這盜魁武功驚人，黨羽甚多，卻來去飄忽，江南道上從沒聽說有這樣一個人物。若不預先邀好能手，就算查訪著他的下落，也不易奪回原鏢。所以沈明誼、黑鷹程岳，都勸胡孟剛趕快翻回海州，到清流港，敦請俞劍平出馬，才是正辦。

胡孟剛卻很恧顏，自以安平鏢局早經收市，自己強人所難，硬把鏢旗借出。當時本許下大話：「寧教名在身不在，也不辱沒十二金錢的威名。」哪知結果竟出了這大閃錯，不但二十萬鹽課掃數劫光，連人家鏢旗也被拔走。

自己若不設法找回鏢銀鏢旗，更有何顏再去麻煩俞劍平本人？固然劫鏢之賊口口聲聲要會俞劍平，顯見是與俞劍平有隙。可是自己若不借旗，賊人未必找上俞門；也與自己無干了。因此大家儘管相勸，胡孟剛總是搖頭不決。沈明誼卻以為賊人既指名要會俞鏢頭，胡孟剛如此引咎，也算過分。其實冤有頭、債有主，很可以把實話告訴俞鏢頭。俞氏為討已失鏢旗，自必拔劍出山，尋賊答話了。沈明誼這樣存想，當著程岳的面，又不好挑明；遂繞著彎，徐徐往話上引。其實這樣看法，眾人也都明白，那豹頭老賊明明是衝著十二金錢來的；鐵牌手「借旗助威」，倒弄成「燒香引鬼」了。

大家又猜想群賊的來路，看那盜魁口銜煙管，黨羽們說話粗豪，多半是遼東下來的。但俞劍平生平浪跡江湖，走遍江南河北，卻從未聽說到過遼東。這是胡孟剛、程岳全都知道的。一個山南，一個海北，如風馬牛不相及，竟想不出怎會結了怨。再說半年來，江南鏢行迭遇風波，究竟盡是這人一手所為，還是綠林道另有能人出世？這豹頭盜魁是發縱指使之人，還是受人邀請專尋鏢行搗亂找場的？這些都令人猜想不出。

大家七言八語地講著，趟子手金彪忽想起一事。他見屋中並無外人，忙從懷中取出小小一隻木盒，送在胡孟剛面前，低聲說道：「老鏢頭，這是那夥強盜留下的。你老看看，這裡面必有文章，或者能猜出一些線索來，也未可知。」

看這木盒，像一隻小小拜匣，用黃銅小鎖鎖著，看樣子，裡面裝得必是名帖信柬之類。胡孟剛接過來，用手掂了掂道：「這是什麼東西？是你拾得他們的，還是他們丟給你的？」金彪道：「是他們劫完鏢，交給我的。」胡孟剛詫異道：「他們交給你一個拜匣做什麼？是什麼時候交給你的，他們還說什麼沒有？」金彪悄聲說道：「就在劫鏢之後，一個強徒持劍追趕我，先從我背上拔去金錢鏢旗，隨後就把這木匣硬塞給我。他說：『裡面有好東西，留給你們俞鏢頭。』當時咱們正忙亂著，我也沒對老鏢頭說。」沈明誼、戴永清聽了，俱各愕然，齊看那拜盒。胡孟剛憤然道：「他們把鏢劫了，還留他娘的什麼拜匣，這不是誠心戲侮我麼？」金彪答道：「正是這話，所以我沒當眾拿出來。」

鏢師沈明誼偷眼望著程岳，搖頭說道：「據我看，這未必是戲弄胡老鏢頭的吧？我看賊人必是瞧見金師傅背著十二金錢鏢旗，錯把他認作是安平鏢局的人了。老鏢頭且將這拜匣打開來看看。」胡孟剛暗暗點頭，心想賊人也太膽大，竟敢公然留下名帖，這一來指名尋對，倒好辦了。他將拜匣劈開，就燈光下一看；竟不是名帖，也不是信柬，乃是一張素紙，粗枝大葉畫著一幅畫。畫的是「劉海灑金錢」，金錢個個散落地上；並不像尋常「劉海灑金錢」那種畫法，半灑在天空，半散在地面。在這畫的左角，又畫著小小一隻插翅的豹子，作回頭睨視狀。在這畫右上角，還題著十四個字：「金錢雖是人間寶，一落泥塗如廢銅。」語句很粗俗，畫法也似生硬。胡孟剛反覆看了，又將拜匣細加察看，除這幅畫外，更無別物。胡孟剛憤然丟在一邊道：「這是什麼玩意兒！」沈明誼道：「老鏢頭，別忙，等我數數看。」他接過畫來，用手指點畫上散落的金錢，數一數，整十二個。沈明誼抬起頭，目視胡孟剛道：「如何，果然是十二個！」胡孟剛道：「十二個又有什麼稀奇？……」說至此，忽然省悟過來，道：「哦，我明白了，原來這拜匣真不是給我的。但是，這插翅豹子又是何意呢？」沈明誼道：「老鏢頭還不明白麼，這插翅豹子一定是那劫鏢留柬人的名號了。」胡孟剛不由揚手一拍道：「著，一點不錯！」卻忘了這一掌拍下去，正拍著自己大腿上的傷，不由哎呀了一聲，皺起眉來。

黑鷹程岳此時側臥在床上，似睡未睡，聽沈明誼連說十二個、十二個的話，忙側身坐起道：「沈師傅，是什麼畫？勞你駕，拿來我瞧瞧。」沈明誼拿眼看著鐵牌手胡孟剛，胡孟剛點點頭；沈明誼遂將這幅畫遞給程岳道：「少鏢頭，你猜一猜，這畫兒是什麼意思？」

程岳把畫取過來，看了一會兒，頓時雙眉一挑道：「胡老叔，沈師傅，這有什麼難猜？這是衝著我們師徒來的。平常畫的『劉海灑金錢』，哪有畫十二個金錢的？這明明是譏誚十二金錢威名掃地。我現在不管諸位回海州不回，我明早一定即刻動身，翻回雲臺山清流港，力請家師，親自出馬，找這一群強賊算帳。看看十二金錢到底是上天，還是落地！」程岳口說著，直氣得面皮焦黃。這怒氣一衝，傷處頓覺火辣辣發疼，卻咬牙忍住，一聲不哼。

沈明誼和趟子手張勇、金彪，一齊勸道：「少鏢頭何必掛火，我們還是從長計議。」倒是少鏢頭說：「回去敦請十二金錢俞老鏢頭出馬，這是很對的。怎麼說呢？賊人既然拔去金錢鏢旗，留下這一幅畫，諷刺俞老鏢頭，猜想情理，必是他從前吃過俞老鏢頭的虧。現在也許練好了武藝，也許找出好幫手，特來尋釁找場，這倒是江湖上常有的事。畫上這一隻插翅豹子，十是這個主兒的綽號。俞老鏢頭自然一望而知。這便可以測出賊人的來蹤去影，我們就能著手討鏢了。」

黑鷹聽了，略略點頭，頗覺難堪；翻著眼，暗自揣摩：「這『插翅豹子』到底是何等人物？因何與老師結怨？怎麼我從沒聽老師念叨過呢？」那沈明誼看胡孟剛手托下頦，坐在床邊發愣，因道：「老鏢頭，你以為怎樣呢？」胡孟剛道：「我麼，我想程賢侄既要回雲臺山，請他令師出馬，事到如今，只可這麼辦了！我們本不知賊人來歷，現在賊人膽敢留下這插翅豹子的暗記；我剛才細數江南綠林，竟想不出有這麼一個人物，但俞老哥他一定知道。程賢侄回去問一問，若能尋出蹤跡，這便好著手了。不過還是那句話，我們是有福同享、有禍同受。此次失事，在程賢侄想，總覺強人是專跟你們金錢鏢旗過不去。但看賊人那種驕豪神氣，實把我們江南整個鏢行視同無物。況且這麻煩是我給令師找的，我們自該合起手來，找賊算帳。程賢侄何必難過呢？現在我想派幾個人，先下去踩訪一下。」對趟子手張勇、金彪道：「咱們夥計中，有誰熟悉此地情形？」

張勇、金彪想了想，想出于連山、馬得用兩人都是此地人。張勇自己也熟悉附近地理。鐵牌手便派這三人明早出發，密訪賊人下落。好在他們裹去趕騾馱的五十個腳伕，人多顯眼，或者不難察訪出行蹤來。又派出幾個夥計，持振通鏢局和自己的名帖，分邀武林摯友，相助找鏢。內中有那交情深、武功好的，胡孟剛並邀他速赴海州，以便抵面協商辦法。當晚議妥，也就歇息了。

到次日天還未亮，趟子手張勇忠人之事，急人之難，早已率領于連山、馬得用先行動身，追訪賊蹤而去。鐵牌手派夥計，就近雇了兩輛車，教受傷的人乘坐，即刻由于家圩起程，先折回漣水驛。一到漣水驛，尋找寬綽的店房；那舒鹽商和緝私營張哨官，便鬧著疲勞過甚，要好好歇一夜再走。兩個暗中卻已祕密布置了，先派出幾名巡丁，說是要到各鹽汛報案，並通知地面，一體緝賊。張哨官也親自扶傷騎馬離店，悄到鹽汛，調來緝私營巡兵數十名；明說是沿途防護意外，暗中是監視胡孟剛，恐他畏罪潛逃，案子沒法交代。

這一天，舒鹽商特別客氣，張哨官臉上露出沉默神色來。

胡孟剛滿心懊惱，並沒想到別的；只是鏢銀已失，又派這些兵來做什麼？官場的馬後砲未免可笑，殊不知人家別有用意。

歇了一天，依胡孟剛的意思，想把受傷的人先送回海州；自己要在漣水驛等候消息，並往近處訪詢熟人。誰知到了這時，張哨官和舒鹽商又催促起來，雖沒翻臉，卻力勸胡孟剛速回海州，請俞鏢頭出馬尋鏢，最為良策。黑鷹程岳也願立刻折回。胡孟剛更料到賊人武藝高強，就算訪實下落，自己仍然敵他不過；當下想了想，也就一同起身。

走了一站，忽見背後追來三個騎驢的人，一面追，一面叫喊。大家愕然回顧，原來這三人正是那已經失蹤的鏢行李夥計和兩個緝私營兵。動問三人當日的情形；才知出事時，這三人本分兩處，潛藏在麥畦裡，一路爬行，逃出半里多地。兩個人在土穀祠藏了一夜，一個人蹲在土堆後，因此落後。直到天亮，三人碰在一處，這才雇驢逃了回來。因不知大眾退到于家圩，沿途打聽，直到此時才追上大幫。胡孟剛問他們，可曾看清賊人的去向，他們是完全不知。又問可看見九股煙喬茂的屍體沒有，三人也全答說：「天亮時曾到失事場所，尋找過一趟；那裡只隱隱有幾片血跡和遺落下的血襟碎布，並沒有死屍和傷重不起的人。」胡孟剛不禁長嘆，對沈明誼道：「想不到這位李夥計還能追尋回來，這喬師傅竟捨我而去了，人情真如此薄法！」嘆息一回，大家仍舊拈行。

當天進入新安地界，迤邐行來，到了陳塘灣。路上片片碧柳成行，麥畦吐綠，竹葉含青，農人們很悠閒地在田中做工；運糧河帆船來往，漁舟張網捕魚，漁夫口唱謳歌；景色清幽，令人心曠神怡。胡孟剛鏢頭卻心血如沸，對景感懷，一陣陣出汗。走了一會兒，江南春早，赤日當午，眾人負傷力疲，愈覺心浮舌燥。那新調來的幾十名緝私營兵，素常沒有走過遠道，被這柳岸春風一吹，覺得瞌睡。恰好到一丁字路口，棚蔭下有一座茶攤，大家商量著，要歇一歇；便紛紛下馬，在柳堤上散漫落座，喝了一回茶。胡孟剛抱膝對岸，目送帆影，心生感喟。忽然聽得一陣馬走鸞鈴響。眾人扭頭尋看，迎面岔道上遠遠來了兩匹駿馬。

前行一匹白馬，馬上是個綠衫少年。走近了看，此人年約二十一二歲，頭上翠絹包頭，露出一點鬢角來。生的圓臉，蘋果腮，柳葉眉，兩隻大眼皂白分明，鼻如玉柱，口若含櫻，細腰扎臂，個兒不高；身穿墨綠綢長衫，腰束白絲巾，端然騎在馬上，露出藍綢中衣，足蹬一雙青皮窄靴，踏在黃澄澄馬鐙上。這人左手攬轡，右手持鞭，露出潔白的手腕；馬鞍上掛著一口劍，綠鯊鞘，金什件；一隻鹿皮囊，裡面不知裝得是什麼；馬走如龍，直趨柳堤。迫近茶攤，這馬上少年忽然垂眸側顧，把馬放慢，上眼下眼打量胡孟剛這一夥人。

這一夥百十多人，緝私營兵穿著號衣，個個掛刀持杖，散坐在土堤上。鏢行中人也都穿短裝，拿兵刃，倒有二十幾個人裹著傷、包著頭，有的腿上捆著扎包，有的胳臂上絡著套兒；身上血跡早已拭淨，可是有幾人面無血色。這情形令人一望，便覺可異。初看像是官差押罪犯，細看又都不戴刑具。馬上少年咦了一聲，連連看了幾眼，又扭頭向後望，然後策馬，緩緩走了過去。

緝私營兵丁直了眼看著；等到馬去稍遠，頓時紛紛講究起來。這馬上少年打扮穿著好生怪相，看生得模樣，什九是一個年輕姑娘，卻又佩囊帶劍，穿著長袍；舉止神情既昂藏，又瀟灑，不像江湖上跑馬賣解的女子。

大家正在猜疑，那後面一匹馬也已從岔道上，走上柳堤。胡孟剛迎面看去，但見馬上是一位老翁，年近六旬，發已卸頂，只剩不多的花白短髮；童顏修眉，長鬚拂胸，兩眼炯炯有神。這老人身穿古銅色綢長衫，黃銅大鈕，肥袖短襟，二藍川綢褲，白布高腰襪，在膝下緊繫著襪口，腳穿青緞挖雲履。他一手提轡，一手持鞭，騎的也是匹白馬；馬並不高，趨走穩快，乃是川省名產。

這長眉老人行經茶攤，略望了望，便驅馬走過；轉眼間，走出兩箭多地，追上那個少年女子，兩馬並轡而行。隱聞對語，一齊回頭；那女子忽然勒轡，翻身下馬，自走到柳蔭下，拂地一坐。長眉老人調轉馬頭，又翻回來，直到胡孟剛一行面前；甩鐙下馬，將馬轡向銅過梁上一掛，把馬拍了一下；這馬嘯了一聲，竟與女子那馬同奔草地啃青。緝私營兵全都看呆，以為這無疑是賣解的父女了。

長眉老人竟慢慢踱到茶攤，也買了一碗茶，緩緩喝著，兩眼不住打量胡孟剛等人。鐵牌手胡孟剛見老人去而復返，也覺奇怪，站起來，要上前搭話。

忽聽背後呀了一聲；長眉老人放下茶碗，眼光直注到胡孟剛背後，大聲說道：「我說，這不是沈賢弟麼？」

胡孟剛回頭看時，金槍沈明誼早已站起身，搶行幾步，雙拳一抱，叫道：「哦，哦，原來是柳老前輩！」

長眉老人拱手還禮，哈哈大笑道：「久違了，久違了！我一見諸位，就猜想必是武林同道。我在這裡看了一晌，誰知我年衰健忘，只覺沈賢弟面貌很熟，我竟不敢冒認。我真不濟了。沈賢弟，江邊一別，倏已十多年，賢弟一向可好？我聽說你在海州振通鏢局，跟那鐵牌手胡鏢頭合手做事，這幾年想必不錯。卻為何在這前不著村、後不著店的地方歇著？這些官人又是幹什麼的？」沈明誼搖頭長嘆道：「一言難盡。我且給二位引見引見。這一位就是振通鏢局的胡老鏢頭，官印孟剛。這一位是江湖上久負盛名的鐵蓮子柳兆鴻柳老英雄。」

胡孟剛一聽「鐵蓮子」三字，立刻想起二十年前，江東兩湖一帶，有一位威震武林的俠客；生平浪跡風塵，既不保鏢護院，也不設場授徒，更不屑涉足綠林，做那殺人越貨的勾當。

他仗著一身驚人技業，和囊中幾粒鐵蓮子，到處遊俠，專找尋綠林中的出名強盜。遇著強人劫得大宗財貨，鐵蓮子柳兆鴻橫來相干，要從中抽頭。好說，便硬提去四成賊贓，專要細軟之物。如果翻臉，他就亮雁翎刀，撒鐵蓮子，硬把財貨全數劫留。因此綠林道上，無不畏之如虎、恨之刺骨的。並且他為人疾惡如仇，到處仗義任俠，一生尤其痛恨開黑店的強賊。如遇見他，必然拔刀剪除，將黑店中人盡殺不留；臨走放一把火，把店房滅跡。在距今二十年前，真是轟轟烈烈，做出許多驚人的奇績，草野客聞而咋舌。近十餘年來，鐵蓮子突然匿跡，江湖上久已不聞此人行蹤，多有人以為他是死了。

胡孟剛從前也曾久聞鐵蓮子的盛名，只是一個在兩江，一個在兩湖，無緣相會。此時一經引見，胡孟剛打起精神，上前施禮道：「久仰老俠客的英名，今日幸會之至！」

柳兆鴻欣然還禮道：「老朽也久仰鐵牌手的威名，久懷親近之心。今日適值我從東臺訪友歸來，路經范公堤；因見諸位在此歇腳，又看見內中有負傷的人，不由勾動好奇心來。正要探問，又嫌冒昧；不想得遇沈賢弟和胡老鏢頭。」柳兆鴻說著，手捋白鬚，眼望沈明誼道：「究竟你們諸位是保鏢事畢，路過此地？還是信步閒游，或是別有貴幹？這六七十名巡兵又是幹什麼的，可是跟你們一路麼？」

沈明誼眉峰一皺，意欲披訴實情，他道：「我們哪有心情閒游？正是遇著一樁逆事，在這裡歇歇腳。」說到這裡，眼望著胡孟剛。胡孟剛眼珠轉動，看神氣疑疑思思的。沈明誼不便冒昧，改口道：「我們現在正要趕回海州，小弟欲奉屈老前輩，找一酒館，暢談一番。胡老鏢頭你看好不好？」沈明誼這話，便是暗向胡孟剛示意。胡孟剛恍然省悟地說道：「正是。在下久仰俠風，時思親炙，今天得識荊，正想快談一日。何不就近找一酒館，我們小飲三杯。我們沈賢弟和在下，正還有話要領教呢。老俠客可肯賞臉嗎？」

鐵蓮子柳兆鴻哈哈笑道：「胡鏢頭過於抬愛，我應當拜領才是；只是，胡鏢頭請看……」鐵蓮子用手一指那柳蔭下坐候著的綠衫女子道：「因為有這小孩子隨著我，嗦嗦。目下我正要奔魯南，不便耽擱。胡鏢頭，我看你二位神色上似乎有什麼疑難。你我神交，一見如故，不妨就此談談，何用另尋酒館呢？」又向沈明誼道：「沈賢弟，有話儘管說，不必客套。」

胡孟剛心中一動，暗想：「此人乃是當代大俠，若求他相助一臂，或者不難尋回鏢銀。只是和人家素不相識，萍水相逢，便拿這二十萬的重案相煩，怎好開口呢？」他心裡作難，臉上神情便顯露出來。柳兆鴻久涉江湖，還有什麼看不出，便又轉面，向沈明誼問了一句。

沈明誼臉色一紅，正要開口，胡孟剛已經答言道：「我們倒也沒有別的事，我跟你老人家打聽一個人。你老可曉得江湖道上，有一個叫做插翅豹子的麼？這個人大約六十來歲，豹頭紅臉，善會打穴，拿著一根鐵煙袋當兵刃。老俠客可曉得此人的姓名、來歷麼？」柳兆鴻手捫額角，愕然說道：「拿煙袋當兵刃的，會打穴的，叫做插翅豹子。唔，這是什麼人呢？我卻從來沒聽見過。」

胡孟剛聽了，不禁嗒然失望。他這三人在此立談，那緝私營哨官慢慢踱了過來，一言不發，在旁傾聽；其餘眾人也都站了起來，往跟前湊。柳兆鴻向四周瞟了一眼，仍是敲著額角尋思道：「插翅豹子，這像個外號呀，我怎麼想不起來有這個人呢？他是幹什麼的，胡鏢頭和他有什麼過節麼？」胡孟剛道：「也不過閒打聽打聽。」

柳兆鴻便不再問，眼光一閃，向眾人瞬了瞬；扭轉頭，向那綠衫少女看了一眼，遂對胡孟剛、沈明誼說道：「既然我們不便暢談，那麼改日再會吧。小孩子還等著我呢！」沈明誼忙道：「老前輩現時住在何處？多年不見，幸得相會，我們正要領教。請你老留個地名，我們改日登門拜訪。」柳兆鴻笑道：「老弟，吞吞吐吐，有什麼話，難道還有什麼不方便說麼？」眼角向巡兵一瞥，又道：「我此刻行蹤不定，有點小事纏身。你如找我，可到鎮江大東街，路南第五門，姓魯叫魯鎮雄的便得，那是我的一個徒弟。」說罷，向鐵牌手胡孟剛舉手道：「再見，再見！」往後退了三兩步，右手將兩唇一撮，口打呼哨，嗤的一聲響，那匹啃青的駿馬，竟聞聲雙耳一聳，從草地上躥跳過來；到了面前，四蹄一立，紋絲不動。

胡、沈二人在後拱手相送。這位鐵蓮子柳兆鴻，把馬的後胯一推，這馬立刻四足放開。柳兆鴻往前一墊步，騰身而起，輕輕躥上馬背，穩坐在鞍頭；然後轉身抱拳，向胡、沈一舉道：「請，再會！」雙腿一磕，那匹馬如飛的馳去。

遠望柳蔭下那少年女子，玉腕連招，把坐驥喚到，立即捷如輕燕，飛身上馬。把馬一盤旋，容得柳兆鴻馬到近前，便連轡而行。這老少二人又扭頭向鏢行這邊望了望，一抖韁放開了馬。一陣黃塵起處，老少男女兩人疾馳而去。

這鏢局一行人也便忙著登程。在路上，大家紛紛議論，這老頭兒精神飽滿，武功必然可觀；尤其是他還會馴調走獸，把馬教調得比猴還靈。沈明誼終將己意對胡孟剛說出：「打算奉請此老，拔刀相助。」胡孟剛眉峰一皺說道：「到底這鐵蓮子柳兆鴻，跟賢弟交情如何？」沈明誼道：「若論交情，卻也泛泛。只在十幾年前，我曾因一件事上，與他相處過十幾天。不過這人豪氣干雲，慣抱不平；如有強凌弱、眾暴寡的事，我們只要煩到他，他必推誠相助。這人又有一種怪脾氣，他如果看著你這人順眼，肯拿你當朋友，那麼你就不求他，他也許自告奮勇；若是你和他不投機，雖經堅求，也許袖手不管。剛才我見此老再三詰問，看神色頗有顧盼之意，我本想當時對他說明失鏢的情由；因見老鏢頭面色遲疑，所以不便開口。」

胡孟剛道：「咳，我何嘗沒想到這節？只是初次見面，邂逅相逢，便貿然啟請人家，我真有點說不出來。況且這劫鏢的主兒叫什麼插翅豹子，人家又不知道；便煩他，也恐無從下手。人家又帶著女眷，在路旁相候；所以我幾次想透透意思，又嚥回去了。且等回到海州，找俞劍平老哥，問明插翅豹子的來歷，那時我們斟酌情形，備下禮物，再煩賢弟專誠奉請，你道如何？」金槍沈明誼想了想，點頭稱是。

胡孟剛又道：「剛才那個綠衫女子，可是柳老英雄的女兒麼？」沈明誼道：「據說是父女，又有人說實在是侄女兒過繼的；還有人說，是他的義女。他這女兒也是一身好功夫。因她名叫柳研青，又好穿墨綠衣衫，叫白了，人都稱她為『柳葉青』，在江湖上也頗有名聲。這鐵蓮子柳兆鴻武功，已傾囊倒篋，教給了他這女兒。大概此女現時已有二十二三歲了吧，聽說還沒有嫁人。」

鏢局眾人往前趕路。這一天行距海州還有二三十里，早有振通鏢局的夥計，聞耗趕來迎接。胡孟剛強打精神，吩咐前邊引路。又走了一段路，已望見海州城門，只見城裡開出一隊兵弁；一見眾人，突然紮住。張哨官立即下馬，和領隊官答話。

那領隊官湊上來，跟舒鹽商低低說了幾句話，拿眼看了看胡孟剛，一言不發，帶隊跟著進城。

胡孟剛心中嘀咕，也說不得，只好垂頭喪氣進城。依胡孟剛的意思，要將鏢局負傷的人送回鏢局，安插一回，吃過飯，再赴鹽綱公所。那緝私營張哨官和舒鹽商，到了這時，毫不客氣，一齊攔阻道：「胡鏢頭，咱們先得交代公事，沒別的，你先辛苦一趟吧。」胡孟剛面色一變道：「我難道還跑得了麼？」

舒鹽商哈哈笑道：「胡鏢頭，話不是這樣講法。你也是老保鏢的了，咱們失了鏢，能不先交代一下麼？況且這是官帑啊。」

胡孟剛無法，遂吩咐眾人，自回鏢局。這時金槍沈明誼和趟子手金彪俱都擔心，一齊答道：「鏢頭放心，我們自然先教別位將戴、宋二位送回鏢局，我們倆先隨老鏢頭到公所去。」程岳不甘落後，也跟了去；遂由緝私營七八十名巡丁擁護著，來到鹽綱公所。公所門前，已有好些個官弁出入。舒鹽商下了轎車照樣客客氣氣，把胡鏢頭一個人讓進去。沈明誼和程岳、金彪等人，全被阻在門外，連個存身等候的地方也沒有。

沈明誼嘆了口氣，遂引程岳諸人，到斜對過一個小雜鋪門前，由金彪搬了條長凳，在外坐等。少時見一個官人，帶著四個差官模樣的人，匆匆從公所拉出五匹馬來，立刻扶鞍上馬，急馳而去。又過了一會兒，忽見海州官差押著一輛大車，來到鹽綱公所門前停住。又過了一會兒，見兩乘大轎從街南走來；到公所門前，止轎挑簾，轎中出來兩個人，袍套靴翎，職官模樣。前面那人，是個紫臉胖子，五十多歲年紀，白面微麻，生得不多幾根鬍鬚。沈明誼、金彪久在海州，熟識各界人士，已看出後面那人便是鹽綱公所的綱總，姓廉叫廉繩武。隨後緝私營統帶趙金波，率著一個營弁也來了。

沈明誼對程岳說道：「我看我們胡鏢頭這事，有些可慮。」

黑鷹程岳雖也保鏢有年，倚仗著他師父俞劍平的威名，從沒經過多大的風險，對沈明誼說道：「丟了鏢，設法找鏢。我們又有保單鋪保，人又沒走，怕什麼？」沈明誼搖頭道：「商鏢一賠了事。這是官課，又是二十萬，怎保沒事呢？」

兩人說著話，直候了快兩個時辰，忽然鹽綱公所正門大開，擁出許多官弁差役來。沈明誼、程岳急忙站起來看，公所門口差役已提著馬鞭，驅逐閒人。沈、程二人偕同趟子手金彪，站在鋪門臺階上，往公所裡邊張望。只見人役簇擁處，鐵牌手胡孟剛胡老鏢頭，已由七八個官役，左右攙架，從公所出來。數十名巡丁持刀帶仗，在旁押護；一出門，便在大車前後，分排立好。沈明誼、程岳、金彪一見這情形，心上突然亂跳。那胡孟剛雖還沒上刑具，卻已不能動轉，被眾人架胳臂擁上大車；然後將大車開走，由官役、巡丁押著。後面跟隨著兩乘轎，內中一乘便是舒鹽商；那緝私營張哨官，此時也騎馬跟隨在後。胡孟剛滿面愧喪，低頭上車。沈明誼、程岳容得大車行近，叫了一聲：「老鏢頭！」胡孟剛抬頭尋看，淒然慘笑道：「我叫人家給押起來了！……」只說得這一句話，旁邊官役已然阻止道：「胡鏢頭，咱們可都是朋友，你老別叫我們為難。」

胡孟剛兩眼望著沈明誼、程岳、金彪，把頭搖了搖。沈明誼、程岳忙大聲說：「老鏢頭放心，外面一切，都有我們……」話未說完，早被人喝止道：「閒人站開！」沈明誼低頭看時，這吆喝他的，是個熟人，衝著沈明誼暗使眼色，口中低聲說道：「有話到州衙去說。」

第四章

武弁懷嗔鏢師下獄　黑鷹赴訴劍客尋仇

鏢頭胡孟剛竟被蜂擁著送入州衙，押追鏢銀。鏢師沈明誼、程岳倉促不遑別計，先教趟子手金彪火速追到州衙，替胡孟剛打點一切，並摸探底細。

沈明誼本想在鹽綱公所找一個管事的，探問一下，無奈此時綱總正和那緝私營統帶趙金波，商量失鏢事體，一切閒人概不接待，沈明誼竟被門房拒絕出來。二十萬巨款一旦被劫，況又刃傷護鏢的官弁，這事情已經鬧得滿城風雨，所有文武官廳頭一天已得噩耗。鹽綱公所和緝私營，先期接到押鏢的舒鹽商和張哨官的急足祕信。祕信內說：

……振通鏢局鏢師胡孟剛，押護鹽課，中途忽然無故改變路線，改走范公堤。職員等以范公堤並非赴江寧正路，且地極僻靜，又復繞遠；曾令仍循原道，免誤限期，而防意外。詎該鏢頭堅持私見，必欲改道；更謂責在保鏢，應擇穩路，若不聽其改途，遇變彼不任咎。職員等無可奈何，姑從其說。詎於行經范公堤途中，猝遇大幫匪徒，持刀行兇，攔路邀劫。

緝私營兵護鏢者，雖有二十名，奈眾寡不敵，死傷纍纍。所有鹽款二十萬，竟被掃數劫走，並騾馱腳伕亦均裹去。似此狂逆，目無法紀已極！該鏢頭事先既無防閑，事後更藉詞尋鏢，意圖他往。經職員及緝私營哨官張德功，嚴加監防；並調到巡丁四十名，中途監護，幸將該鏢頭絆回海州。該鏢頭此次奉諭押護官鏢，固執己見，無故改途，卒致遇匪失事；其中是否別有用意，抑或與匪暗有勾通，職員等未敢擅疑。唯該鏢頭既已承攬護鏢，一旦失事，自應查照保單，交官押追，嚴加比責，以重公帑……

祕信語句非常嚴重。這便是舒鹽商和緝私營張哨官祕商的結果，把全副擔子都擲給胡孟剛了。至於胡孟剛身率鏢局人等，拚死命拒盜護鏢，以致一場血戰。鏢師五個受傷，一個失蹤，鏢局夥計也多名受傷的話，被舒鹽商筆桿輕輕一掉，全給埋沒了。而且祕信字裡行間，又將通匪劫鏢的罪名輕描淡寫，影射出來，這用心也就夠歹毒了。

舒鹽商只教胡孟剛一人，進了鹽綱公所大廳，把其餘的人都拒在門外。舒鹽商和緝私營張哨官，又將胡孟剛留在大廳，他二人一直入內。胡孟剛在心中暗打草稿，預備見了綱總，委婉說明失鏢的情由，申請具限找鏢。至於貽誤之處，胡孟剛責無旁貸，情願認賠受罰，也說不得。胡孟剛正想處，進來兩個聽差，向胡孟剛說道：「請胡鏢頭內客廳坐。」胡孟剛跟了進去，只見內客廳太師椅上，坐著兩個人。上首便是緝私營統帶趙金波，下首相陪的是綱總廉繩武。在兩旁茶几左右，也坐著四五個衣服麗都的人，都是鹽商和有功名的紳士。他們把胡孟剛叫進；胡孟剛上前施禮，這些人板著面孔，連一個打招呼的也沒有。

緝私營統帶趙金波直著眼，看了胡孟剛一會兒，突然問道：「你就是振通鏢局胡孟剛麼？」胡孟剛應道：「是。」趙統帶道：「胡孟剛，你承保這二十萬鹽款，應該如何小心從事，你怎麼把鏢銀丟了呢？你知道你擔多大的責任？」

胡孟剛答道：「大人，這不是我胡孟剛自己掩飾，大人營中，也派有護鏢的官弁跟隨。委實因強賊人多勢眾，武藝高強，我們拚命抵禦不過，以致受傷失鏢。小民既然奉鹽道札諭護鏢，心知這半年來地面不很平靜，也曾推辭過。如今說不得了，小民是照鏢行買賣規矩，請求大人恩典，和公所諸位大人特別容情，許我具限找鏢。好在小民已經派出人，四處打聽，不久就可以訪著賊人的下落。」

趙統帶哼一聲道：「好一個不久就訪著賊人的下落！你們原講究什麼

江湖上結納的勾當，你們鏢行和江湖的綠林是怎樣情形，我素日也有個耳聞。你若找賊，自然一找就找到！但是，我只問你，你們走得好好的，你為什麼無故要改道？放著通行大路不走，你偏繞遠走僻道，這其中難保沒有情弊！」

一句話把胡孟剛噎了個張口結舌，忿氣塞胸。胡孟剛正因看出鏢銀被賊綴上，方才改道；不料反而做成了通匪的嫌疑。

胡孟剛冤苦難伸，聲音抖抖地說：「諸位大人，我們吃鏢行飯的，全仗眼力。一看見前途情形不穩，改途保重，乃是不得不然。況且我們在和風驛，便被匪人綴上，舒大人和張老爺也都在場親眼看見。」

說到這裡，一位鹽商插言冷笑道：「舒大人自然看見了，不看見還不覺得奇怪呢！我老實問你，怎麼你偏偏改了道，反偏偏遇上賊呢？」趙統帶也含嗔斥道：「胡孟剛，你實在是江湖上一個光棍，我早有所聞。你敢如此大膽，不但二十萬鏢銀拱手奉送賊人，還害得隨你們押鏢的張哨官身受重傷；我部下巡丁也死的死，傷的傷。你們鏢局究竟是管幹什麼的？你還有王法嗎？」

胡孟剛越聽越覺話往歪處問，氣得手足冰冷，強將怒火按了按，說道：「諸位大人在上，我們保鏢的，也是一種生意，全靠信用當先。多大的鏢局子，多有能耐的鏢頭，也不敢說一輩子遇不上意外事。不過既敢應鏢，就有打算。丟了鏢銀，我們具限找鏢。到了限期，找不回鏢，我們有原保在；幹鏢局的人自然破產包賠，哪能說到別的上頭！諸位大人話裡話外，硬把一個通匪的罪名給我安上，諸位大人請看！」說著，胡孟剛把腿上的傷一指道：「我若通匪，匪人還能傷我麼？我若通匪，我還回來做什麼？難道等著過堂問罪麼？況且諸位大人也不是地方官。保鏢、丟鏢、找鏢、賠鏢，這都是買賣道，沒有犯法。至於改道反遇上強賊，那也不是改道之過；乃是賊人拉的卡子太長，我們沒有闖出去；並非我故意自投羅網，自找倒楣。大人營中的官弁受傷，那也是他們應盡之責。他們老爺遇見了賊，自然要動手，動手就不免受傷。我們鏢局子的人，受傷的比大人部下的人更多，我能怨誰呢？我保的是鏢，不是保緝私營諸位老爺！」

緝私營趙統帶勃然大怒道：「好一個刁民，竟敢跟我頂嘴！我和公所諸位大人問問你，也是打聽明白了，好設法子緝盜追鏢。你這東西竟敢譏誚我開堂審問你了。你說我不是地方官，不能問你，是不是？好，來呀！」立刻簾外一陣應，走進來七八個官人，往前打千一站。趙統帶厲聲道：「把這東西捆起來，送海州衙門！」這七八個人喳了一聲，過去便要動手。

胡孟剛往旁一側身，雙目一瞪，雙手一封道：「大人，且慢！大人要送我，大人且把我的罪名說出來。大人說我通匪，請拿出通匪的憑證來。大人要曉得：保單上開的是誤了限認罰，丟了鏢認賠；沒有個丟了鏢，便替賊打官司的。」

趙統帶越發震怒，拍案催喝道：「捆上，捆上！這東西太狂妄了！你看他丟了鏢，還有這些理。」這趙統帶乃是武人，他因部下受傷，掃了他的臉；丟了鏢銀，還想替部下開脫責任。且聽張哨官一面之詞，說匪人出掠，鏢行退縮不前；還是自己首先驅殺，被賊包圍受傷。那些巡丁們又從旁作證。事實上，又確是張哨官先跟賊人動手的。因此趙統帶很惱怒，定要把胡孟剛扣押起來。

那綱總廉繩武卻另有心意，只重在找回鏢銀，不重在加罪鏢客。此時他起身勸道：「趙大人暫且息怒，不必與他慪氣，必與他公事公辦。」轉對胡孟剛說道：「胡鏢頭，這是沒法子的事。鹽課已失，匪徒糾眾傷官劫帑，事體非常重大。你就是能找鏢，也絕不是私了的事。胡鏢頭，你無論如何，必須到州衙走走。我們也不為難你，快過來謝過趙大人。」當下廉繩武極力敷衍了一回，趙統帶才強納住氣；遂將胡孟剛送到州衙，卻也沒有上綁。

趟子手金彪追蹤趕到海州州衙，其時早已過午，將近申牌。金彪連飯都沒顧上吃，到了州衙，內外打點。振通鏢局在地方上素來聯絡得不錯，州衙內頗有熟人，已將鹽綱公所報案原稟和緝私營的咨照，全都託人抄來。金彪又要求和胡孟剛見面。班房說：「現在不行。因為第一，還沒有歸押；第二，這二十萬鹽課是非常重案，州官已經傳諭，即刻要升堂訊問；有什麼話，明天再說。此刻看著素日的面子，先給胡鏢頭通個信倒行。」

金彪將上下打點明白，許下明天先送些錢來：「今晚無論如何，諸位要多照應，不可委屈了胡鏢頭。我們胡鏢頭還沒有吃午飯呢！」班房很客氣，說道：「金爺只管放心，有我們哥幾個，絕難為不著他。我們早給胡爺叫來一份酒飯了，你不用多囑。你們還是趕快想法子，找門路，疏通鹽綱公所。州衙這裡很不要緊，都是自己人，有什麼動靜，我們自給鏢局送信去。」

班房又特為安慰金彪，頓時叫來一個夥計說：「王頭辛苦一趟，去給胡鏢頭傳個信去，就說鏢局已經打發金爺來瞧看他了，問問胡鏢頭有什麼話沒有？」王頭答應著走出去，不大工夫回來，對金彪說：「胡鏢頭剛才說，教你們諸位同事多偏勞，趕快給雲臺山的俞鏢頭和雙義鏢店的趙化龍趙鏢頭送個信去，請他們快來。胡鏢頭家裡，也煩你們派人去一趟，好教他們放心。」

金彪聽了，又問：「還有別的話沒有？」王頭道：「胡鏢頭說，鏢局此時暫停營業，一切事拜託沈鏢頭、帳房蘇先生，跟金爺你們幾位照應著。好在明天你就可以跟他見面了。」金彪點頭稱是，又謝過了眾人，連忙奔回振通鏢局，時已掌燈。

鏢局中人三三兩兩，聚在一處，七言八語的講論，裡裡外外亂作一團。雙鞭宋海鵬、單拐戴永清和幾個夥計，受傷最重的，已延請外科醫生調治。這裡只剩下沈明誼、程岳兩位鏢師；還有振通鏢局兩位鏢客，是最近才從南路保鏢回來的，一位叫黑金剛陳振邦，一位叫追風蔡正。幾位鏢師匆匆吃了飯，只有黑鷹程岳是客情，身又受傷，把他留在櫃房歇息。其餘三人全忙著分頭找人、送信、托情；就是鏢局夥計，也派出六七個。到晚飯時，眾人先後回來。

雙義鏢店的趙化龍鏢頭，和胡孟剛交情很深；此時一聞噩耗，早不等人請，已先趕到，並邀來幾位同行。問明了失鏢情由，兔死狐悲，不禁都代胡孟剛扼腕。恰好趟子手金彪從州衙回來，把打聽來的情形，細說了一遍；又把抄來的鹽綱公所稟稿，拿將出來，眾人參詳了一回。大家見那稟稿措辭，竟是依著舒鹽商的祕信，裝頭加尾；意思之間，暗指胡孟剛有通匪之嫌。把他中途改道的事，故意說得很支離，彷彿別有用意似的。大家看了，一個個氣憤不過；遂照胡孟剛的話，公推沈明誼做主。沈明誼向趙化龍討主意。

趙化龍這人武功有限，交際很廣，在海州官紳兩面都叫得響。他手拿那張稟稿，沉吟良久道：「我想這事解鈴還須繫鈴人。除了大家趕緊設法追尋鏢銀以外，第一步還得託人，到鹽綱公所和州衙裡疏通一下，教他們放寬一步，先把胡大哥保釋出來；把這個通匪之嫌的罪名洗刷了去，以後再說別的。」

這計較，眾人都以為然。遂決計先找個狀師，擬具稟稿，內說：

振通鏢局素有信用，此次失鏢實出意外。鏢頭胡孟剛拚命護鏢，與匪苦鬥，勢力不敵，身受重傷；其情殊堪憫惻，決非押護不力。仰請恩准取保暫釋，俾令勒限尋鏢，以完公帑。

下面具稟人名，留下空白，由趙化龍、沈明誼明天出去，轉煩當地紳董，懇請聯名公稟，向州衙投遞。另由振通鏢局具名，給鹽綱公所的值年綱總廉繩武，去一封私信，懇他從中轉圜。這信由趙化龍拿著，預備親見廉繩武，當面遞出。又教司帳蘇先生，先預備幾百兩銀子，以便使用。又派人到胡鏢頭家中，安慰胡奶奶。

程岳對沈明誼說，自己決計明早動身，趕回雲臺山，敦請老師十二金錢俞劍平，出來找鏢；這話大家當然贊同。

到了次日黎明，黑鷹程岳顧不得創痛，騎上那匹白尾駒，急馳而去。他臨行說：「多則五天，少則三日，必將家師請來。」沈明誼送出街外，再三囑咐，務必快來。那匪徒留下的「劉海灑金錢」的圖畫，程岳也要了去帶著。

沈明誼和趙化龍帶了銀兩，先去探監；見了胡孟剛，細問過堂的情形。那州官頭一堂倒也沒有難為胡孟剛，只是再三叮問他：為什麼中途忽然改道？又問他：既然自承能夠討限找鏢，是不是確知賊人的下落？至於失鏢的情形和賊人的聲勢，只聽胡孟剛的申訴，並沒有細問；倒是賊首的相貌、年齡、口音，詢問得很仔細。沈、趙二人把外面的打算，一一告訴了胡孟剛。胡孟剛點點頭，精神很是頹唐。兩人安慰了一陣，急忙離開州衙，到各處托情。

這些紳董們聽說是二十萬鹽課遇劫，個個吐舌，不肯出名具稟；又關礙著情面，不便當面謝絕。有的說，叫他們轉煩馮翰林去，有的說：「等我找馮敬老、紀隱翁商量商量再講。」其中也有一兩個紳士，慨然答應出名；卻又資望不夠，只能副署，不能領銜。趙化龍是個爽快漢子，氣得直罵。只得人上託人，好容易從鹽道衙門，找著了那位最拿權的總文案李曉汀；由這人暗中使力，再轉託紳士，這才有人肯聯名上稟。事情雖已經耽擱了三天，還算辦得急速。州衙內上上下下，倒是呼應靈便；只要鏢局把鹽綱公所對付好了，州衙這裡滿沒難題。因此這個稟帖上去，暫時留中，未能批下來。只等鹽綱公所放鬆了口氣，州衙立刻可以掛牌出批，准其取保暫釋。鹽綱公所雖是商辦，頗有官勢；錢可通神，地方官沒有不敷衍他們的。趙化龍也很明白，仍煩鹽道衙門裡的李曉汀師爺，暗中疏通；與其將胡孟剛押在監牢，莫如放他出來，叫他具限找鏢。這樣說法，那值年綱總廉繩武倒也微有允意；不過還須和別位商量，這不是一個人能做主的。

沈明誼原想：聯名具保，並非難事；倒是俞劍平身經退隱，又不在城內，恐怕他三五天內未必肯來，就來也不能很快。卻不道江湖上的人，義氣最重；黑鷹程岳當天晌午回到清流港，第二天未到晌午，十二金錢俞劍平，便已身率三個弟子，策馬趕來急難；並邀來一個朋友，也是武林中知名的英雄，便是那鷹遊山的黑砂掌陸錦標。

十二金錢俞劍平，自從大弟子程岳押著鏢旗，相助鐵牌手，偕赴海州去後，逐日指教面前的三個弟子，習練武技，倒也沒把這事擱在心上。忽一日，門前啼聲嘚嘚，跟著啪啪一陣亂敲門環。俞劍平在屋門口，側耳傾聽。過了一會兒，長工持著名帖進來。還沒等稟報，早自後面跟進來一老一少兩個人。

那年長的人手裡提著纍纍墜墜幾個包兒，一面走，一面亂嚷道：「俞劍平俞老兄弟，俞劍平俞老兄弟，哥哥來看你了。」

俞劍平抬頭一看，不禁哧然笑了，雙手一拱道：「老陸，我一猜就知是你來了。狗大的年紀，硬要裝老大哥！」

這陸錦標今年四十六歲，比俞劍平小著七八歲。他生著滿臉絡腮鬍鬚，見人專好自居老大哥。朋友比他小的，他就管人家叫小兄弟；比他歲數大的，就管人家叫老兄弟。四十多歲的人，興致很好，歡蹦亂跳；生得矮矮的、黑黑的，練得一身好本領。綽號叫做黑砂掌，掌下頗有功夫。

當下他大笑著走了進來，回頭叫著那個少年後生道：「快走呀，小傢伙，快見見你大哥。呸，錯了，快見見你大叔。」又向俞劍平嚷道：「老兄弟，我把我的小子帶來了，給你們爺倆引見引見，你們往後要多親近親近。」俞劍平皺眉道：「什麼話！亂七八糟的，給我滾進來吧！」遂一拱手，把陸錦標父子讓到客廳。陸錦標將手中拿的東西，隨便放在凳上，伸了伸腰，一屁股坐在上首椅子上，手拍大腿道：「老俞，我給你找麻煩來了。」

俞劍平吩咐長工，打洗臉水，泡茶，並讓那少年後生坐下。這少年後生也就是十三四歲，生得胖胖的，圓頭圓臉，兩隻眼也圓溜溜的；站在一邊，樣子很怯生，一句話也不說，就坐在凳子上了，兩隻眼只管東瞧西看。俞劍平笑指少年道：「陸賢弟，這是你的令郎麼？今年幾歲了？」陸錦標看著兒子，對俞劍平道：「不是令郎，是他媽的小犬！十三歲了，人事不懂，比你可差多了。」俞劍平笑道：「胡說八道，跟你是一個模子，他叫什麼名字？」陸錦標道：「就叫陸嗣清。我說小子，見了你俞大叔，怎麼也不磕個頭，就坐下了？」陸嗣清羞羞澀澀地站起來，趴在地上就磕頭。陸錦標在旁數著說：「一個頭，兩個頭，三個頭；夠了夠了，多磕了一個了。」

俞劍平伸手拉起陸嗣清來，讓他坐下，對陸錦標道：「陸賢弟，你不在家中納福，帶著令郎，找我來做什麼？莫非又教弟媳給攆出來了麼？」陸錦標把手一拍道：「老兄弟，真有你的！你一猜，猜個正著。可是又對，又不對。」俞劍平道：「怎麼又對，又不對呢？」

陸錦標道：「我告訴你吧，我那大孩子，一出門十多年，毫無音信，也不知生死存亡。我就剩下他一個了，不免把他嬌慣了一些；只教他念了三四年書，就跟著我練點功夫。誰知這孩子，剛剛學會了巴掌大的一點能耐，便滿處給我招災惹事！常常黑更半夜，偷偷拿著一把刀，跳牆出去，偷人家的東西；誰要是惹了他，他晚上必到。淨偷也罷了，又常常拿鍋煙子，給人家塗鬼臉。再不然他就出去好幾十里地，管閒事、打抱不平。人家婆婆管童養媳婦，他也不答應；人家兩口子打架，他也要問問。不時教人家找上門來告狀。好在都是老鄰舊居，也沒鬧出大笑話來。哪知這孩子越鬧越膽大，前幾天不知為什麼，彌勒寺的和尚惹著他了，他竟把人家大殿上的銅佛像偷來一尊。這一下子，教你弟媳看見了，又打又罵，又要拿繩子勒死他。我去勸解，連我的臉也教她給抓了。」

俞劍平聽了，不禁哈哈大笑；細看陸錦標的臉，果有兩道血痕。又扭頭看那陸嗣清，低了頭，不住挖指甲。俞劍平笑道：「就抓一下子，也不要緊。你找我來幹什麼？」

陸錦標道：「她又何止抓，她還罵哩！」俞劍平道：「罵兩句更不要緊，那還不是家常便飯嗎！她罵你什麼？」陸錦標道：「她罵我什麼，那還有好聽的話嗎？」俞劍平道：「哦，我明白了。罵你爺們是賊根子，賊腔不改，對不對？」

陸錦標把鼻子一聳道：「真有你的，你一定是我太太肚裡的蛔蟲。怎麼她的話，你全知道了呢？你的耳朵好長啊！」俞劍平越發狂笑道：「有其父，必有其子。」手一拍陸嗣清道：「我的好侄兒，你真是肖子啊！」陸嗣清把眼瞪了一瞪，口中嘟囔了兩句。俞劍平回頭又問道：「老陸你受了太太的氣，大遠的找我來，意欲何為？莫非邀我去打抱不平。給你出氣麼？」

陸錦標道：「你那點能耐，還不夠挨我太太的一棒槌呢！我找你來，是想把這孩子送在你這裡，替我規矩規矩他；就算拜你為師，也省得我在家受氣。你要曉得，我天不怕地不怕，就怕你弟婦指著孩子罵賊種；讓街坊聽見，實在不雅！」

俞劍平看了看陸嗣清，搖頭道：「我這裡也不要小賊。」陸錦標道：「那可不行，你非得留下不可！你若不留下，你可提防我的。」

俞劍平含笑不答，把陸嗣清叫到面前，細細看他的骨骼神氣，覺得是個外面渾實、心裡有數的孩子；眉目間頗露出幾分秀氣，體質健強，倒是可造之材，只不解他為何生有賊癖；便拉著手，緩緩地盤問他。這孩子臉皮一紅，一字不說。俞劍平心想：「越這麼問，他越不肯說。倒是小孩見小孩，必定肯說實話。」遂把四弟子楊玉虎、六弟子江紹傑叫來，教他陪著陸嗣清，到箭園玩玩去；暗中命楊玉虎、江紹傑，設法套問他。

黑砂掌陸錦標看俞劍平已有允意，便要預備香燭，施行拜師之禮。俞劍平道：「這不忙。我得先考察考察你這位令郎的秉性，和他愛偷東西的病根。我能夠管得了他，我才敢收呢！」

陸錦標道：「你這個老滑賊，辦事真老辣就是了。你要考學生，我也不管。反正你得給我收下。」

四弟子楊玉虎、六弟子江紹傑陪著陸嗣清，各處玩耍。少年人見面，心情相近，言語投機。東說說，西講講，果然不到半天，陸嗣清便說出自己在家的行藏。

陸嗣清在家孑然一身，遊戲無伴，又受著父親的寵愛，便由著性子往各處亂竄。他又讀過幾年書，識得些字，見家中老僕時常拿著一本閒書看。陸嗣清起初磨著老僕，講給他聽；後來便自己看，這一看便入味了。少年原富好奇心，他飽讀過《水滸傳》、《俠義傳》、《綠牡丹》等這些說部之後，頓然起了模仿之心。他又是武士門風，髫齡習武，又略會飛縱輕身術，所以就想到處遊俠，要做個飛行俠盜。

他父陸錦標少時曾失身綠林，中年才洗手不幹。他現在這位太太姓張，乃是續弦，今年才三十歲，比陸錦標小著十六歲。次子陸嗣清，便是續弦夫人所生。

陸錦標的原配，乃是江湖上有名的女賊蔡白桃，只生下長子陸嗣源，便猝遇仇敵；一場苦戰，將仇人殺卻，她自己也負傷而死；拋下陸嗣源，年已九歲。陸錦標後來改業，受朋友慫恿，續娶張氏。那時陸嗣源已經十六歲；他卻追念亡母，不願父親續娶。後來繼母入門，這陸嗣源竟悄悄出走，一去十多年未歸。這張氏本是良家之女，進門第二年，便生了陸嗣清。後來才曉得丈夫是綠林出身，這婦人好生難過；生米做成熟飯，卻也無法。後見丈夫果已務正，她也撥開愁懷。不意陸嗣清小時還規矩，到十一二歲，忽然好起偷來。這婦人不由恨怒異常，苦苦的打罵，又罰跪，又不給飯吃，定要把兒子的賊癖管掉才罷。陸錦標因長子失蹤，本已心傷；次子挨打，他又護犢。兩口子每每因此慪氣。他那太太御夫有術，年齡又小，陸錦標又覺理虧，處處容讓著她。陸錦標在江湖上跳浪一世，反而被娘子軍制伏了。

楊玉虎、江紹傑和陸嗣清一面玩耍，一面閒談，才知道陸嗣清的賊癖不是天生的，乃是模仿的。陸嗣清說：「像咱們這大年紀，練好了功夫，難道耍著好玩不成？我們必定要到處遊俠，偷那不義之財，打那強橫之漢。二位哥哥別看我小，我莊上那個收租的沈順兒，他無故打那個拾柴的老鐘；我過去跟他評理，他竟罵我：『小渾蛋混開，看我踹死你！』我就忍不住了，教我躥上去，一個嘴巴，給打破鼻子。他這東西很壞，他不告訴我爹，單告訴我媽，教我挨了一頓打。我能饒他麼？」

楊玉虎笑道：「不饒怎麼樣呢？」陸嗣清道：「怎麼樣，我第二天晚上，就去偷他，還拿大磚把他的鍋砸了。」楊玉虎、江紹傑聽了，不由失笑。

陸嗣清又道：「可是這行俠仗義，也不是容易事。告訴你二位哥哥：我有一回看見一個女孩子，打一個小男孩，打得直哭。我就過去嚇唬她，不許她以大欺小。誰知教那丫頭竟唾了我一口。她說：『這是我兄弟，你管得著嗎？』我就說：『就是你兄弟，也不該欺負他。』這工夫，那個小男孩反倒抱著他姐姐的大腿，哭著罵起我來。我一想，還是人家有理，我就溜了。」楊、江二人把這話一一對老師說了。俞劍平笑了笑，覺得這也是小孩頑皮的常態，如是正確引導，很容易調教。這陸嗣清見有楊、江兩個少年在此學藝，他倒有了玩伴，比在家裡不時被他母親查考，倒還有趣得很，因此很願留下。

俞劍平說：「老侄願意在我這裡很好，你可得把好偷的毛病改改。你看楊、江二人，年經都比你大，功夫也比你好，他倆還不敢出去胡鬧。你這時正該好好練功夫，不可務外。練功是很刻苦的事，要持之以恆；下一二十年苦功，等到技藝學成，也懂得人生道理，再出去施展，就不致幹蠢事吃虧了。你要悶得慌，自有楊、江二人和你做伴，也可以出去玩耍，但不許生事。」陸嗣清低頭應了一個「是」字。

陸錦標便催他給老師磕頭，並認師兄。俞劍平道：「陸賢弟別忙，現在先把賢侄留在這裡半年，看他真收得下心去，咱們再認師。不然的話，他住兩天，忽然想家，倒麻煩了。你要知道，他才十三歲啊！」遂引陸嗣清拜見俞夫人。俞夫人丁雲秀也出來見過陸錦標。

從此，陸嗣清便留在清流港，和江紹傑住在一個屋裡；兩人有說有笑，很是熱鬧。見了俞劍平和別的生人，還是生辣辣的，沒有什麼話。每天早晨，在箭園學藝；他倒也很聰明，也肯用心。陸錦標放心不下，也住在俞鏢頭家中。他的意思，是人老愛子，要住個半月二十天，看陸嗣清能夠不想家，他才回去。

這一天午飯已罷，江紹傑和陸嗣清在箭園舞刀試劍。俞劍平、陸錦標坐在客廳裡，面前擺著象棋盤，兩人聚精會神地下棋。陸錦標連戰連北，已輸了六七盤；越輸越上火，越要下。

俞劍平想要歇歇，陸錦標只是不依。俞劍平皺眉說：「越是矢棋越難纏，一點不錯；我都頭暈了，陸大爺，你饒了我吧！」

陸錦標說：「不行，別說頭暈，就是天塌了，我也得撈回來。瞧著點，我可要踩象了。」俞劍平捻著長髯，捨命陪君子似的，繼續下棋。正下處，忽聽院內有人說道：「呦，大師哥回來了，你這是怎麼了？」俞劍平愕然道：「楊玉虎，你跟誰說話了？」

楊玉虎一面跑，一面說道：「師父，大師哥回來了。您瞧瞧他吧，他也不知是怎麼了。」

俞劍平吃了一驚道：「他怎麼回來得這麼快？」說著站起身來。那黑鷹程岳滿面流汗，遍體黃塵；挑門簾走了進來。俞劍平一看：程岳面色發黃，精神憔悴，渾似大病初起。俞劍平忙問道：「程岳，你怎麼了？」程岳慘笑了一聲，叫道：「師父！」

過去彎腰行禮，俞劍平伸手扶住，正要問話。程岳哎呀一聲，往後倒退，右手忙把左肩頭護住道：「師父，咱爺們栽了！」俞劍平變色道：「你說什麼？敢是你受了傷，在路上遇見事了麼？」這時陸錦標戀戀不捨地離開棋盤，說道：「程老侄，你從哪裡來？」程岳回頭，忙請了一個安，道：「是陸大叔，恕弟子無禮，我受了傷，不能給你老磕頭了。我是才打海州趕回來。」

轉身對俞鏢頭說道：「師父，二十萬鏢銀在范公堤被劫，我和胡老叔全都受傷。現在胡老叔已被海州衙門押起來了。咱們的十二金錢鏢旗當場被群賊拔走，指名要會會你老人家。」程岳一口氣說完，鞍馬勞頓，支持不住，身子往椅子上一靠，隨即坐了下去。俞劍平驟聞失鏢，把腳一跺說道：「胡二弟糟了！」

更聞鏢旗被拔，立刻鬚眉皆張道：「好孩子，難為你押護鏢旗，你越長越回去了！」

黑鷹程岳罕受師責，乍聞此言，面色倏然一變，微哼了一聲，頭側身斜，往椅子下溜去。陸錦標大吃一驚，急忙上前架住，回頭鬧道：「看他這樣，你不細問問，還抱怨他！」眾弟子一齊上前救護；半晌，程岳才緩過氣來。

俞劍平暫收急怒，上前撫視，勸道：「程岳，是我一時氣急，錯怪你了。你不要著急，你折在外面，我一定給你做主，把面子找回來。」

程岳不由含淚說道：「師父，弟子無能，有負重託，您就責備我，也是應該的，我還能往心裡擱麼？弟子著急的是，現在海州急等師父前去設法找鏢，我已經答應人家。從今早我一口氣跑回家來，連一口水也沒喝，我又受著傷。師父一聽鏢旗被劫，自然發怒。你老還不知那夥強盜的氣焰，夠多麼恨人呢！這強盜劫取鏢銀，指名要會你老；並且口口聲聲說，因為有咱們十二金錢鏢旗，才一定要劫。弟子一看這情形，才捨命和賊交手，一連戰勝他們三個。無奈為首老賊武藝驚人，黨羽又多；六個鏢師人人受傷，弟子也被他打中穴道，又教他手下人砍了一刀。賊人劫完鏢，單把我們的金錢鏢旗扣下，臨走還留下柬帖，指名要面交給你老本人。弟子力雖不敵，沒有輸口。弟子因看出賊人是專為我們師徒來的，所以唯恐給你老丟臉，當場就大包大攬，允許敦請你老人家出山，尋鏢報仇。你老看該怎樣？……」說著，程岳從身上把那「劉海灑金錢」的圖畫拿出來，呈到俞老鏢頭面前道：「師父請看。」

俞劍平一字不漏聽完，忙把柬帖接來一看：是一幅畫，畫著十二金錢落地，旁立一隻插翅的豹子，作回首睨視之狀。俞劍平略一過目，便已瞭然；立刻眉峰一挑，面色如鐵，嘻嘻連聲冷笑道：「十二金錢落地？哼哼，十二金錢落地不落地，這還在我！」手捏這張畫，仰面沉思，半晌不語。

黑砂掌陸錦標也聽明白了，過來拍著俞劍平的肩膀，叫道：「老兄弟，這插翅豹子又是誰呀？」俞劍平憬然說道：「插翅豹子？插翅豹子？」口中叨唸著，只是想不出來。因陸錦標叩肩連問，就信口答道：「我也記不清這插翅豹子是何許人物。程岳，我問你，這為首賊人既已劫鏢，可曾留名？」程岳道：「沒有，他只在我受傷倒地之時，由他手下人將我們金錢鏢旗，從趟子手金彪背後奪去；然後丟下一個拜匣，裝的就是這張畫。初交手時，弟子也曾問他萬兒，再三拿話擠他，他們不說；只說回去問你師父，自然明白。莫非師父也不知道麼？」

俞劍平搖搖頭，問道：「這盜魁怎樣個長相，多大年紀，哪地方的口音，看來派像哪一路的？」鐵掌黑鷹一一說了，俞劍平更覺得惶惑，思索道：「會點穴，使鐵煙袋，六十來歲，豹子眼，遼東口音，真真怪道，我何嘗到過關東？」陸錦標也很納悶道：「也許是你手下的敗將，特邀來能人，跟你找場的？」俞劍平道：「那就說不定了，胡鏢頭現在怎樣了？」答道：「下在州監了。趙化龍趙鏢頭正忙著具保，還沒辦好哩。」

俞劍平沉吟了一會兒，把那張畫看了又看，忽然往桌上一丟，厲聲叫道：「李興！」

長工李興慌忙應著進來，俞劍平斬釘截鐵說道：「教老吳備馬！明天我帶人到海州去。」轉回頭來，對陸錦標道：「陸賢弟，你若閒在，明天陪我同去一趟。那鐵牌手胡孟剛現在難中，你不衝著他，也得給我幫個忙。」陸錦標道：「我這才是自投羅網！我不去，你也不能讓我歇著，咱們說走就走。老兄弟，我曉得你的金錢鏢旗教人家拔了，你一定要去找場。你倒說得好聽，又為搭救胡孟剛了。別看我從前跟胡孟剛有點過節，我還是一定要幫幫他，我可不是衝著你。可有一節，我那孩子怎麼樣？你收他不收？你若不收，我就不去。」

俞劍平心中怫鬱，顧不得和陸錦標鬥口，信口答道：「收收，一定收。」他遂把程岳臂傷親自解開，驗看了一遍；幸而創痕雖重，未傷筋骨。俞劍平拿出自家特配的刀創藥，重給敷治。程岳意欲隨師，重返海州。俞劍平再三勸阻，教他在家好好養傷，隨後趕去，也不為遲。好在這一去，哪能就先用武，自然先保救胡孟剛。

俞劍平回到後宅，對妻子丁雲秀說了。丁雲秀也猜不出這插翅豹子是何等人物；便忙著預備充裕的盤川、簡單的行囊，應用兵刃也都打點好了。晚飯以後，俞劍平略將家事安排了一回；遂命管事先生寫了幾封信，特遣專人，送在江寧、鎮江。

這一夜，俞劍平和陸錦標、程岳同宿在客屋，把劫鏢的幾個賊人的年貌、兵刃、口音，詳細問明；又講論了一回，隨即安寢。次日天色未明，俞劍平邀著陸錦標同行，另帶二弟子左夢雲、四弟子楊玉虎、六弟子江紹傑。那陸嗣清因新來年幼，便教俞夫人丁雲秀留在家裡，即由師娘教他武功。俞劍平心急有事，策馬疾行，未到晌午，已進了海州城。

沈明誼恰隨趙化龍出去奔走營救，振通鏢局內只有戴永清、宋海鵬兩個受傷鏢師。其餘夥計，有的派出去送信託人，有的躺在床上睡午覺；整個鏢局冷冷清清，已被慘霧籠罩。

俞劍平直到鏢局下馬，恰有個夥計看見，忙報進去。戴永清裹創出來迎接，司帳蘇先生也上前照應；自有別的夥計，將馬牽過去。俞劍平讓黑砂掌陸錦標先行入內。歸座遜茶之後，戴永清道：「某等無能，坐令鏢銀被劫，又累得賢徒負傷，十二金錢鏢旗被拔。老鏢頭在家納福，平白給你老添煩，很覺得對不起。我們正想老鏢頭為人慷慨，急友之難，此次必然親自出馬。今早沈明誼大哥還算計日數，估摸你老總得後天才能趕到。沒想到你老一聞噩耗，拔腿便來，無怪江湖上俱都頌揚你老人家義氣干雲。」

俞劍平正在遜謝，黑砂掌陸錦標已然發話道：「老俞，你在這裡敘話，我出去遛遛。」戴永清忙說：「這位貴姓？恕我眼拙，失於接待。」說著站起來。俞劍平說道：「我也忘給二位引見了，這就是鷹遊山的黑砂掌陸錦標，這位是戴永清戴鏢頭。」

戴永清聽了，訝然暗想：「原來這人就是黑砂掌，此君與胡鏢頭素有舊嫌。今日到來，莫非是俞鏢頭邀出相助的麼？」

他恭恭敬敬，抱拳行禮道：「久仰陸老英雄武功超越，今日幸會。」陸錦標把手一伸，學著戲詞道：「免禮落座！」戴永清不由愕然。俞劍平笑道：「戴鏢頭不要理他。他是個半瘋，受太太的氣折磨的。」陸錦標翻眼道：「什麼話！你敢在生朋友面前泄我的底？我倒沒聽說，你又成了慷慨人了。」

俞劍平道：「算了！算了！咱們談正經事。胡二弟被押在監，鏢銀還沒有訪出線索，我們要趕快設法。我想先到州監看看胡賢弟去。」戴永清道：「老鏢頭遠來辛苦，用過飯再去。你老稍等一等，沈大哥和趙鏢頭也快回來了。」司帳蘇先生忙吩咐人，叫來一桌酒席，讓陸錦標、俞劍平上座，俞門三個弟子分坐兩旁，戴永清等在下首相陪。正吃著酒，那沈明誼已和趟子手金彪匆匆回來，跑得滿頭大汗。進門來，一見俞劍平已到，沈明誼把滿腹煩愁俱都撥開；忙上前見禮，跟著坐下，一同吃飯。敘問起來，才知雙義鏢店的趙化龍鏢頭，今日已親去拜訪綱總廉繩武，還不知結果如何。

飯後，沈明誼陪著俞劍平，到州監探看胡孟剛。監獄頗有幾分照應，竟沒給胡孟剛上刑具。胡孟剛見俞劍平來得這麼快，心中感慚交迸，含淚說道：「俞大哥，我真真對不住你！」

俞劍平忙拉著他的手，溫言慰藉良久。談了一會兒失鏢的情由，議了一回托情的辦法。俞劍平力勸胡孟剛安心靜候：「我俞劍平，就是給人挨門磕頭，也得把賢弟先保出來。因為這強徒是指名衝著十二金錢來的。胡賢弟，你望安，滿有我。」

鐵牌手扶傷入獄，又經氣苦，雖只幾天，人已瘦削一半；聽了俞劍平一番話，心境頓開，便問：「俞大哥，這找鏢的事，你可有頭緒麼？」

俞劍平道：「倒是這查找鏢銀、追緝賊蹤，怕要大費手腳。那插翅豹子，程岳一回去，就對我說了。我卻再三尋思，竟猜不出這麼一個人來。胡賢弟你當知我素日為人，在江湖上固然屢經風險，卻未敢多結怨仇，綠林道中也交下不少朋友。年輕時世情不透，無意中或者得罪過人，但事情得了便了。中年以後，更未作過絕情事，凡事都留著餘地。怎麼偏偏在我歇馬之後，忽然冒出這麼一個勁敵來？我實在覺得離奇。」

俞劍平手捫額角，又道：「為了這個緣故，既然憑空跳出這麼一個無形無影的仇人來，倒教我一時感著無從下手；只好保出賢弟之後，我們再下心去訪。好在二十萬鏢銀被劫，五十個騾夫被裹，這是棉花中包不住火的事，必不難踩訪，賢弟儘管放心。但不知出事之時，你派人跟蹤綴下去沒有？」

胡孟剛道：「我本想當時跟下去，無奈那押鏢的鹽商怕我跑了，直把我鰾回海州來。出事第二天天沒亮，我就派了趟子手張勇和熟悉范公堤附近情形的兩個夥計，跟蹤訪下去了。」

因問沈明誼道：「他們三人也去了好幾天了，可有訊息麼？」

沈明誼矍然道：「可不是，這幾天竟忙著托情保救，把找鏢的事丟在腦後了。張勇三個人至今還沒回來，也沒有信。你老請想，他們得往各處亂摸，沒有十天、八天的工夫，怕回不來。咱們現在還是第一步先辦保釋，等著討限具保的事辦妥，一切都好下手了。」俞劍平連連稱是，續談了幾句話，告辭出監；又重託了衙門中的人，然後親赴各處，拜訪朋友。海州有名的紳士馬敬軒，曾受過俞劍平的好處，俞劍平特去找了一趟。

到了下晚，俞劍平回到振通鏢局，那雙義鏢店的鐵槍趙化龍坐候已久，正和黑砂掌陸錦標談得熱鬧。兩人本是舊相識，又同是戲迷，交情最好。陸錦標一生逢人便開玩笑，獨對趙化龍還算客氣；因趙化龍的大師兄是陸錦標的姑丈人，論輩分，陸錦標還是晚輩。

趙化龍見俞劍平進來，慌忙前迎了幾步，抱拳道：「俞鏢頭，一年多沒見了。你看胡二爺一生厚道，不想遭這逆事！老鏢頭在家納福，竟也為朋友遠道赴難，真是令人可佩。」俞劍平嘆道：「我自顧年力漸衰，方才歇馬。沒想到臨收舵，到底遭這一場風險；把十二金錢鏢旗也教人拔了，還弄得胡二弟身陷囹圄。這都是命裡注定，該著受累著急！」趙化龍道：「俞鏢頭老當益壯，這一次仗劍出山，為的是江湖義氣。在下願聞高見，該如何下手？」俞劍平道：「自然先保人，後找鏢。我聽說趙鏢頭連日奔走，頗有眉目。小弟在此人地生疏，呼應不靈，我靜候你老兄的指教。好在彼此全不是外人，有主意大家參酌。」黑砂掌陸錦標嗤道：「哪來的這些酸文假醋？你趁早脫了褲子放響屁，來個痛快吧！胡孟剛還在監裡蹲著呢。」

趙化龍看他一眼，將雙肘拄著桌子，對俞劍平說道：「現在別的倒好說，就難在保釋上面了。我今天晌午，拿著振通鏢局的信，親去拜訪值年綱總廉繩武；連去兩趟，他才肯見。看那意思，他倒也不一定願把胡二哥扣在監中，他仍願意早早把鏢銀找回來；說是素日與胡孟剛無嫌無怨，何必非押他不可？只是，據說胡二哥和緝私營統帶吵起來了，才把事情弄僵。緝私營老趙是個老粗，倒也好說。不過綱總那一面，七嘴八舌，人心不一。內中有一個譚綱總，跟押鏢的舒鹽商是親戚，堅持要把胡二哥扣監追賠。這裡面還關礙著地面上的責任，因此有人授意給州官，要往通匪罪名上問。幸虧州衙裡，胡二哥素有熟人，州官為人還算明白，所以現在還能挽救。不過一入州監，再想放出來，必得公事上有個交代。鹽綱公所那面，也必定疏通好了才行。我和沈師傅裡裡外外，忙了這幾天；他們的意思，以為若把胡二哥放出來，教他具限覓鏢，一者怕他跑了，二者他們也信不及胡二哥有找回鏢銀的力量。廉綱總說得很明白，胡某若有奪回鏢銀的能為，這鏢銀就不會失落了。說來說去，煞費唇舌，廉綱總直到末了，才吐出口風來：必須地方上有力紳董出名擔保，還得我們鏢行中知名人物出頭，代擔找鏢的責任；如果逾限追不回鏢銀來，必得有保人認賠。若能辦到這幾樣，廉綱總才肯轉向別位綱總商量。我當時已經全答應下了，他教我明天晚半天聽信。」

俞劍平聽罷，慨然說道：「在江寧我倒認識不少的紳董，在海州熟人不多。我剛才倒也託了一兩位。至於鏢局本行的保人，趙鏢頭和我，也就是義不容辭。我還可以另邀兩位朋友。就請趙鏢頭費心奔走吧！」當下議定，趙化龍告辭。

到了次日，俞劍平等候趙化龍回話。趙化龍沒有來，海州和勝鏢店的楚占熊帶過話來，說明天才能聽準信。直到隔天過午，趙化龍方到振通鏢局，一見面就搖頭道：「想不到這事竟這麼難辦！廉綱總親領我去見各位綱總，他們說：『這回胡某人的鏢局一敗塗地，信用全失；你們就說出天花來，我們也不敢信他能找鏢。』後來我說已邀出江寧安平鏢局俞老鏢頭，相助找鏢。他們就說：『這回具限找鏢保單，必得俞鏢頭出名，跟地方上紳商聯保。』我想這就可以了，我就立刻答應下來。誰知又有一位綱總從旁出來挑剔，說是空空一張保單，恐怕二十萬鹽課太沉重了，擔保不起來吧？這時那位譚綱總就說：『這樣辦，把姓胡的暫時釋放出來，把他的家眷放在監裡作押；如此一來，我們就有把握了。』俞鏢頭，你說這多麼可惡！」

陸錦標勃然大怒道：「這些鹽商真真可恨！不用他們臭美拿捏人，我今晚找到他家，一人給他一把火，燒他娘的！」俞劍平攔道：「你可別生枝節，這不是動粗的事。由我出名立保單，我也幹，事到如今也說不得了。只是這押扣家眷的話，還得趙鏢頭設法斡旋一下，這太拿咱們不當人了。」

趙化龍喟然嘆道：「卻也難怪，這半年來，鏢行迭次失事，至今多半沒把原鏢找回來的，這些鹽商自然有一番顧慮。」俞劍平點頭道：「不過此事你我不好做主，我們問問胡二弟去。」又對陸錦標說：「你大遠的來幫忙，你也看看胡二弟去麼？」陸錦標搖頭道：「你們去你們的，我自己聽戲去。這時我去探監，倒教胡老二難堪，好像我故意奚落他似的。反正到了找鏢的時候，你們教我到哪裡去，我就哪裡去；教我幹什麼，我就幹什麼。」遂叫著俞門弟子左夢雲、楊玉虎、江紹傑道：「小夥子，大爺帶你們聽戲去。」左夢雲恐怕師父臨時有事差遣，推辭不去。陸錦標披上長衫，飄然自去了。

俞劍平和趙化龍再到州監，見了胡孟剛，將具限找鏢、須押家眷的話，委婉說明了。胡孟剛雙目一張，心如刀扎，半晌不言語。俞、趙也是一陣悽慘，但事已至此，不得不辦。胡孟剛道：「我的事全憑二位主持，我此時方寸已亂；我一天出不去，一天沒法子辦。」於是趙化龍又到鹽綱公所；那海州紳士馬敬軒，也坐小轎，親去了一趟，趙化龍好話說了許多，才算大致定局。

俞劍平換上衣服，由趙化龍與和勝鏢店楚占熊陪著，一同面見值年綱總廉繩武。廉繩武很是客氣。俞劍平說到自願開具保單，廉繩武回手拿出兩張草稿來，一張上面寫著：「具保單人某某等，今因振通鏢局鏢頭胡孟剛，承保鹽帑二十萬，於某年某月某日失事，鏢銀全失。立保單人情願具限代找鏢銀，言明限期由某日起十五天。如逾限不能找回，具保單人情願與胡孟剛變產掃數照賠，決無拖延⋯⋯」上面具保單人空著三個人名，下面「與胡孟剛變產照賠」一句，不知是誰，用墨筆把「與胡孟剛」四字圈去。俞劍平心知這是他們把立保單人責任加重的意思。

另外一張草稿，上面開著幾個條款：

一、限期半個月，逾期應由具保單人照數賠償。

二、中保人須三位紳董，九家連環鋪保，須擇殷實商家。

三、保單應呈州衙立案。

四、胡某釋出找鏢，應由伊家屬代為押監；一俟鏢銀全數找回，再行報官開釋。

五、尋鏢時，須稟請州尊，派得力捕快，跟同踩訪。

這幾個條款非常嚴苛，俞劍平和趙化龍四目對視，簡直無法接受。廉綱總反倒勸道：「俞鏢頭，這是沒有法子的事，我們公議辦事，就是這麼麻煩，不能全由我一人做主。我也知道這鏢銀數目如此之巨，劫鏢的必是非常大盜，半個月限期，未必找得回來。但是到了半月，諸位再請展期，想必不難。」

趙化龍皺眉道：「不但這限期太短，就是這保單，由我和俞鏢頭、楚鏢頭三家出名，也不算什麼。所難的就在這九家連環鋪保。我們海州殷實的商舖，才有幾家呀？到外郡去找，這事又很緊急。廉大人，你老務必從中為力。我們也是給朋友幫忙，辦得通才敢辦呢！」

趙化龍又對俞劍平、楚占熊說道：「昨天講得好好的，不知怎麼又變了？」廉綱總心中自然明白，仰著頭想了想道：「你們三位先將保單立好，你們儘量找鋪保去，就是差三家兩家的，到臨時我再設法疏通。」俞劍平仔細盤算了一回道：「這半個月限期，實在展不開工夫。廉大人請想，失事地點在范公堤，匪徒未必就在附近。范公堤距此就是四天的路，來回便是八天；還剩下七天的工夫，如何找得回鏢銀來呢？剛才廉大人說得很聖明，劫鏢的必是非常大盜，屆時好好討出固妙；不然的話，就得武力奪回，那豈是幾天能辦得了的？」

廉綱總搖頭道：「我也不是不知，無奈我一個人也拗不過他們的意思呀！」說到這裡，將聲音放低道：「你們只管找保去；保限先空著。依我想，還是趙鏢頭拿著這個草底，找一找鹽道的李師爺和馬敬老。有他們一句話，公所裡、州衙裡，都不能駁他們的面子。咱們都是熟人，我絕不是推託；我身在局中，說話反倒困難。必得外面有人提倡，我再一敲邊鼓，他們也就沒得說了。」趙化龍尋思著，這話也很對；遂和俞劍平拿了保單底稿，辭了出來。

俞劍平親去找當地著名紳士馬敬軒，趙化龍便去托鹽道總文案李曉汀。雙管齊下，果然由這兩人親到鹽綱公所，囑託了一番，得將限期改為一個月。這私下里打點妥帖，然後又到州衙，把保單托衙門內的當案師爺，轉呈州官，並通了細情。果到第二天，便將紳董先遞的那張公稟批示下來；無非說：「據稟已悉，准將胡孟剛暫予釋出，限於一個月內，迅將鏢銀如數追回；仍將該鏢頭之家屬，暫行寄押在監。一俟該鏢局於一個月限期內，將鏢全數繳清，即行取保開釋。」

到了開釋胡孟剛的這一天，鹽綱公所的值年綱總，親到州衙。鏢行這邊，也由俞劍平、趙化龍、楚占熊三個鏢店的鏢頭，和兩位紳董、六家鋪保，偕同到了州衙，將所立的保單，當堂呈案。多虧了鹽道李文案和馬敬軒的情面大，把寄押家屬的話說得含混些，胡孟剛的髮妻才免了牢獄之災。只由胡孟剛的一個兒子、一個侄兒，替他收在監內。

一切事情預備舒齊，州官這才升堂，從監中提出胡孟剛，當堂交保人領出。胡孟剛這一出來，他的一子一侄，立刻收到監中。可憐胡孟剛在江湖上闖蕩這些年，也算飽嘗世故的了，目睹嫡親的子侄代他入獄，也不禁老淚滂沱，精神沮喪。

胡孟剛的兒子名叫胡同華，今年才十七歲，生得很單弱，並不會武功，是在一家商店學徒。侄兒名胡同英，今年二十五歲，生得強壯粗豪，膂力方剛，頗有他叔父的氣派，武技也頗可觀；此時含笑入獄，氣度昂然。胡同華戀父情殷，含著淚叫道：「爹爹放心，你老只管安心找鏢，不用惦念我。」胡孟剛點了點頭，已經說不出話來。俞劍平忙勸道：「胡二弟，抖起英雄氣概來，咱們趕快把鏢找回要緊，你不要心亂。」

俞劍平這人，越逢艱難，越能鎮靜；當時把胡孟剛送回振通鏢店。胡孟剛與趙化龍商議，先擇要緊的紳董家，去了三四處，道謝道勞。其餘的地方由趙化龍、沈明誼代去。又在海州會芳樓備了酒宴，普請具稟的紳董、作保的商人和所有奔走出力的人。應酬已畢，把個胡孟剛累得滿頭出虛汗。因為他身上傷痕並未好，又坐了幾天監。

到了下晚，這才在鏢局中設了幾桌席，把這些出力的鏢行同業，自俞劍平、趙化龍、楚占熊、陸錦標以下，以至本鏢局的沈明誼、戴永清、金彪諸人，都邀入座中。俞劍平再三勸阻，說是自己人，用不著這些。胡孟剛搖頭道：「禮不可缺，咱們也有好些話，要聚合商計。」趙化龍也以為然。這一次陸錦標來得很漂亮，胡孟剛才回鏢局，他就忙搶過來，拉著手問話，很親熱了一回。俞劍平也將陸錦標相助找鏢的話說出，胡孟剛強笑著稱謝。

酒宴擺好，時將黃昏，胡孟剛便請陸錦標上座。陸錦標人雖詼諧，卻熟練人情，堅讓俞劍平上座。酒過數巡，胡孟剛向眾人稱謝道：「小弟無能，遭此逆事，承諸位兄臺破死力保救，幸得洗去通匪的罪名；這裡面還有遠道趕來慰助的。我胡孟剛粉身碎骨，感激不盡。只是說到查找鏢銀，限期只有一個月，還得拜求諸位兄臺鼎力幫忙，拔刀相助。應當怎樣入手，也請諸位仁兄指教。」

趙化龍忙道：「胡二哥，咱們用不著客氣，這是咱們自己的事。據我拙想，劫鏢賊人武藝出眾，顯見是個勁敵。他竟敢持刀傷官，將二十萬巨金一舉劫走，他那堆子窯必很僻險，查找自然不易。我們大家既然群策群力，來找鏢銀，就該推出一位首領，做一個主謀，我們大家全聽他的調遣。誰訪得消息，誰挖出門路來，都報知這個首領。就是誰想出好主意，也得跟這一位接頭，如此方不致群龍無首，亂作一團。」

趙化龍還沒說完，大家哄然誇讚道：「好！」俞劍平剛要推舉人，那黑砂掌陸錦標搶先叫道：「我推老俞！他這小子眼皮寬，耳朵長，手爪子又硬。」

俞劍平和陸錦標本是並肩坐在上首的，俞劍平眉頭一皺，伸出二指，向陸錦標肋下一觸。陸錦標哎呀一聲，跳起來道：「好東西，你怎麼動手動腳的？當著這些人，你也不怕人家笑話，越老越不正經了。」引得大家不由哄笑起來。趙化龍道：「陸四爺，這可該罰你三杯，咱們說正經的。」陸錦標道：「我還是推老俞，老俞是老兄弟麼。」俞劍平道：「我看這件事，還是請胡二弟主持，我們全聽他的。」

趙化龍道：「不然，不然，你老千萬別推辭，這個軍師非得你當不可。我們胡二哥現在好像就是劉先主。出主意，調派人，全得聽您的。怎麼說呢？咱們都是自告奮勇，來幫胡二哥的忙的，咱們鏢行是禍福同享。胡二哥是個主體，可是臨到遇上事、調遣人的時候，他可就不大方便了。我們必定從咱們這些幫忙的人中，推出一位來，由他支派誰，誰就得幹。這位必得武技驚人，年高有德，足智多謀，交遊廣闊才行。」趙化龍的話，暗中就是要推舉俞劍平。

俞劍平聽了，方要站起來說話，陸錦標早在椅背後，伸雙掌一按道：「哈哈，老兄弟，乖乖地坐著吧。這是你的事，你辭不開，別裝蒜。」俞劍平道：「放手，你又要使你那一手鐵砂掌麼？偌大年紀，還像小孩子一樣，我可要管教你了。」說著把一隻筷子捏到手中，向陸錦標一點。陸錦標道：「來了，來了！」趕緊鬆手閃開。

武夫性情直率，俞劍平略為遜讓幾句，便也答應了。大家一面喝著酒，一面商量分途查鏢，分擔職事。鐵槍趙化龍有言在先，他自己武功不濟，鏢店又離不開人，一面抱歉，一面說明派師弟鐵矛周季龍替他。

這周季龍正在壯年，可說是趙化龍的師弟，也可說是趙化龍的徒弟。周季龍為人很英悍精強，一向就在雙義鏢店做事；雙義鏢店的字號便是這樣取的。俞劍平等都知道趙化龍是個交際好手，做鏢行買賣也得訣竅，只是武功早已擱下了。他和他的師弟就好像一文一武似的；既有他師弟出來相助找鏢，比趙化龍自己出馬還得用。

俞劍平便將海州留守的事託付了趙化龍，讓他不時到振通鏢局走走。在眾人出發之後，各處如有報信來的，統請趙化龍和振通鏢局因傷留守的宋海鵬、戴永清等，妥商辦法。並就近應付州衙、鹽綱公所，怕他們不時來催促，好有人答對他們；訪得的情形，也好通知他們，省得他們不放心。出發的人每到一地，也必留下落腳處給趙化龍。

頭一批出發找鏢的人，就是俞劍平、陸錦標、胡孟剛、楚占熊、周季龍、沈明誼、蔡正、陳振邦，共八位鏢師，和俞門三個弟子左夢雲、楊玉虎、江紹傑；即日馳赴淮安府范公堤附近，查訪已失的鏢銀。第二批出發的，是黑鷹程岳、雙鞭宋海鵬、單拐戴永清等，一俟傷癒，再行趕去。胡孟剛、沈明誼兩人也都負傷，連日憂勞奔走，本已不支。但因一者是主體，二者是當場目睹賊蹤的人，所以必須偕往。俞劍平就留他稍歇幾天，他們也不肯。至於張勇一行，綴鏢未返，現在也不等他了；何時回轉，再催他們趕來。另外又從當日在場的鏢行夥計中，挑選了幾個年輕善走、地理熟悉的人，以便跟隨作眼，並傳送訊息。

大家商量了一個更次，大致辦法已定，決於次日出發。那州衙派來的捕快二名，當日拿著公文來到；自然說是相助緝盜尋鏢，實在是鹽綱公所請來的監視人。胡孟剛把這兩個捕快打點了，說了幾句客氣話。俞劍平又請胡孟剛把司帳蘇先生請來，預備了筆墨紙張，教胡孟剛、沈明誼口念，蘇先生筆寫，寫的是范公堤劫鏢盜首和他那幾個副手的年貌、口音，所用的兵刃和嘍囉人數，另外註上失事的地段和月日。一共寫了三五十張，拿著分散給楚占熊、周季龍等人；凡是失鏢時沒在場的，都有一張。這倒不是專給楚占熊等人預備的，假如他們輾轉託別人代訪，便用得著這單子了。

黑砂掌陸錦標等著大眾分派已定，便對俞劍平說：「你們這一夥二三十口子，一哄趕到范公堤，沒的不打草驚蛇。我是不跟你們去的，你多給我兩張單子，我單人獨馬，自己向別處踩訪去。你們也不用問我往哪裡去，我也不用帶眼線，反正咱們定規一個地方接頭就是了。」

俞劍平笑道：「本帥大令已下，不許你攪鬧大堂；不然的話，我把你趕出去。」陸錦標道：「不用你趕，我說溜就溜。」

俞劍平道：「那不行，我還沒說完呢！趕出去之先，還得捆打四十軍棍哩，趁早給我歇著吧！咱們到了出事地點，查訪好了；自然大家分散開去找。你此時忙什麼？」黑砂掌陸錦標圓眼珠翻了翻，也就不言語了。

次日破曉，大家起來，各帶隨身兵刃，一齊上馬。趙化龍、戴永清等送出門外。趟子手金彪一馬當先，在前引路，眾位老少英雄策馬緊隨其後。十二金錢俞劍平身佩三尺八寸利劍，暗藏十二隻錢鏢，跨追風白馬，身披藍綢袍，腰繫醬紫帶；蒼須飄灑，精神矍鑠，轉身向趙化龍、戴永清舉手。趙化龍道：「但願老鏢頭此去，馬到成功。」

俞劍平含笑道：「謝你吉言，多則一月，少則二十天，我們一定設法尋回鏢銀。」說罷作別，拍馬馳去。

曉行夜宿，沿途訪問；逢店打尖，鏢頭們便趁空找店夥攀談；也有的到店外，跟街頭閒漢，拿話引話，套問賊蹤。但這二十萬鹽鏢失事，早傳遍了蘇省，官廳緝捕文書，已經傳下來。鏢行忙著尋鏢，地方官也忙著緝盜，並且懸出賞格來。各地居民在鄰里間，固已傳為談資。但若有異鄉生人打聽，立刻答說：「不知道。」再問就說：「我們這裡很平靜，從來沒有鬧過賊。」因此訪探賊蹤，反多了一層困難。俞劍平告誡各鏢師：「不可逢人亂問。最要緊的，還是找江湖上的同道，他們眼睛也真，口舌也實，絕不會拿影響之談，來貽誤我們。」眾鏢師稱是。

不一日來到漣水驛，便是失鏢地方的前站。當晚落店，胡孟剛對俞劍平說：「我們是奔阜寧，直往范公堤踩訪下去；還是往大縱湖左近，打圈掃探呢？」俞劍平想了一想，道：「據沈明誼鏢師說，此賊恐怕不是水寇；他既在范公堤劫鏢，他的堆子窯，未必就在近處。我們先吃飯，這須仔細核計一下。」

漣水驛並不是大地方，也沒有鏢店，只有兩位會武的人。

一位設場授徒，數年前曾在俞劍平江寧安平鏢局住過閒。另一位，現給一家當鋪護院，舊日受過胡孟剛的照應。俞、胡親找這兩人，想打聽一些消息。這兩人雖粗通技擊，卻與綠林道向少交往，問他們是什麼也不知道。俞、胡索然失望，回居店中。

到了晚飯以後，商量分途踩訪的路線，各鏢師都湊到一處。唯有黑砂掌陸錦標，拉著俞門弟子楊玉虎、江紹傑，又說又笑，正談得熱鬧。說的全是陸錦標少年時淘氣惹禍的故事，引得兩個少年睜大眼睛，喜滋滋地聽。

俞劍平請他過來談話，陸錦標躺在床鋪上搖手道：「還是那句話，你教我怎麼著，我就怎麼著。我不愛聽你吹鬍子瞪眼睛的講道。你們商量你們的，商量好了，告訴我就結了。」他還是拉住楊玉虎、江紹傑不放，並且掏出棋子來，逼著兩個小孩陪他下棋。

俞劍平無法，只得不理他，且同別人商量正事。他們商計就由漣水驛分路：鏢頭楚占熊、周季龍、沈明誼三位，帶幾個夥計，徑訪鹽城、東臺一帶，再折回來，往濱海之區查訪下去。黑砂掌陸錦標和鏢師蔡正、陳振邦，跟趟子手金彪，帶幾個夥計，從漣水驛奔淮陰、淮安，往南踏訪，至高郵，折向東行，到興化州一帶。然後兩路齊到鹽城聚會。因為事情緊急，踩訪須快，暫定十天為期，不論訪得與否，要先派人回來報信。

俞劍平和胡孟剛兩人，多帶鏢行夥計，專踩訪失事地點的四周；由阜寧縣境起，到鹽城縣境終，東到范公堤以東，西到大縱湖。總而言之，楚、周、沈訪東線，陸、蔡、陳訪西線，俞、胡二位專訪中路。俞門三個弟子，只有左夢雲技業可觀，堪當一面。楊玉虎、江紹傑只是十幾歲的孩子，沒有多大閱歷。俞劍平便派他三人，偕同鏢局夥計，到各府州縣碼頭，一來投信，二來打探，順便邀請江湖上好友，前來助訪鏢銀。

商定，次早由店房動身，遍找黑砂掌陸錦標，蹤影不見。

楚占熊微笑道：「這位陸四爺別是溜了吧？」俞劍平道：「不能呀！他

這人雖然嬉皮笑臉，卻一向待人熱誠，哪有中途撇腿的道理？」周季龍道：「就怕他單人獨騎，自己尋訪下去了。」沈明誼道：「著啊，快看看他騎的馬在不在？」果然到馬房一尋，陸錦標騎的那匹烏騮駒已竟沒有了；而且楊玉虎、江紹傑的兩匹馬也不見了。

俞劍平著急道：「難道這兩個孩子，也教他給蠱惑走了不成？」急招呼店家盤問。店夥抄著手說道：「四更的時候，那位黑圓臉的達官跟那兩位少鏢頭，騎著馬先走了。還給俞老達官留下了話：他們先行一步，十天以內，準在鹽城見面。」眾人聽罷，俱各愕然。胡孟剛更覺不悅，因為他素與陸錦標有過嫌隙。俞劍平也很不快，忙叫過二弟子左夢雲來，細問他兩個師弟，可有什麼話透露出來沒有？

左夢雲道：「沒有，只是前昨兩天在路上的時候，陸叔父一味誇說他年輕時冒險的行藏，並且說：『像這回查鏢銀，若在我十七八歲的時候，我早就偷訪下去了。』楊玉虎師弟好像聽著很動心似的，江紹傑師弟也露出躍躍欲試的神氣。我曾聽他說：『陸叔父您別小覷我們呀！』弟子當時曾私勸過師弟，教他不要胡鬧。江師弟只笑笑說：『我沒有胡鬧呀！』」

俞劍平咳道：「得了，陸錦標這個搗亂鬼，一定拐著兩個孩子，自去尋訪鏢銀去了。萬一出了閃錯，我如何對得起江、楊兩家的父兄啊！這陸老四真真不是東西，一向慣會無事生非。我若不因他心腸熱，功夫好，也不敢邀他出來幫忙。誰知他果然玩出新花樣來了。」

楚占熊、周季龍道：「那也不見得準有閃錯，他也是老江湖了。好在十天以內，就可在鹽城見面，咱們走吧！」遂仍按原議，分三路尋訪下去；只不過西路少了一個好手，往各處投信的事，只由左夢雲一人趕辦罷了。

這三撥人每遇綠林潛伏之處，或投名帖拜山，或改裝密訪。若遇鏢行同業，就掏出劫鏢群盜的年貌單子來，托他們代訪，所有車船店腳各行，也都應問的必問。

十二金錢俞劍平、鐵牌手胡孟剛帶著八九個夥計，跟著兩個捕快，由漣水驛先赴阜寧。阜寧城內有一家永和客店，店主白彥倫頗工技擊，在店後設著把式場子，還充當阜寧縣民團教練。俞劍平、胡孟剛投到永和客店，定了房間，便投遞名刺。店夥初疑他們是做公的人，一見名帖，方知是安平、振通兩位鏢頭，急忙報給櫃房。管帳先生素知東家習武好交，忙過來應酬，又趕緊報知東家。

不一時，白彥倫帶領二子，衣冠楚楚，前來相見道：「二位兄長，江寧一別，忽已六七年，卻喜二位精神如舊。」寒暄已罷，白彥倫偷問道：「我聽說俞老哥已經歇馬，今天二位遠道光臨，是保鏢路過，還是有何事見教？」

俞劍平道：「賢弟，你可聽見十來天以前，范公堤劫鏢的事情麼？」白彥倫道：「頭幾天恍惚聽人傳說過，有二十萬鹽課被劫，我當時還不大信。後來聽見縣裡傳諭，才曉得竟是真的。我這小店已有做公的前來關照過，如遇有情形可疑的人，教我們多加留意。二位可是應邀出來，代查賊蹤的麼？」

胡孟剛道：「咳，白賢弟，這鹽鏢便是我們兩家保的。我們現在是被官差押著，具限尋鏢！」

白彥倫大驚道：「這還了得！」俞劍平道：「白賢弟在此處人傑地靈，我跟你打聽打聽，附近可有什麼強人出沒？那個疙瘩劉劉四愣，現在還在北境安窯麼？」白彥倫答道：「劉四愣早已離開此地了。聽說他已被官軍所傷，他手下那一夥人，也大半潰散；只剩二三十個人，由他們二舵主率領著，竄到魯南去了。劉四愣就在此處，料他也沒有膽量敢劫鹽課。既然這是二位兄長的事，待我托幾個朋友，給掃聽掃聽。」

俞劍平道：「我們限期很緊，我打算安下兩個鏢局夥計，留在貴店；

就煩賢弟費心，代為加緊查訪一下。他們兩個一來就便聽信，二來也可以出去尋訪；無論有無形跡，五六天內，務請賢弟打發他兩人趕我們來，我們定規都在鹽城接頭。」白彥倫道：「兄長不用忙，我現在就煩人到四鄉打聽去。」遂將群盜年貌單，照抄了十幾張，立刻派人分送出去。

俞劍平、胡孟剛不能久待，只在阜寧耽擱了一天，即時向范公堤出發。緣因響馬作案，總是迎頭打劫。既在范公堤失鏢，匪人潛伏之地故此阜寧附近，用不著細訪；況且既有白彥倫代探，更無須在此坐候。俞、胡二人策馬疾行，當日晌午，已抵范公堤出事地段。西一面湖光帆影，東一面麥畦竹塘，夾著這范公堤細柳，景物依然清秀，風光依然明媚。胡孟剛睹物感懷，指給俞劍平看道：「你看，事隔多日，一點痕跡也沒有了。這一夥強徒由打和風驛，就派下踩盤子的，直跟到這裡，方才動手，扯得線真算長極了。他們的堆子窯，依我猜想，未必就在南面，恐怕在大縱湖附近居多。大哥你看，這路邊的幾塊石頭，還是他們搬來的呢！」

兩個人說著話，一齊翻身下馬，在這失鏢的所在，前前後後查勘了一遍，又登上高處，向四面望了一回，陂塘起伏，竹柳掩映，果然地勢險隘。俞、胡二人都懂得綠林道的手法，當下按照地勢的曲折，揣度著強人安樁布卡的情形，在那竹塘後面一帶荒崗附近，仔細搜查。可惜隔日太久，再尋斷箭殘兵，已不留一點遺蹟。只在崗後一座荒廟中，尋見了一些馬蹄印，但也難以斷定必是賊蹤。

俞劍平、胡孟剛兩人暫在附近白馬渡打店，對帶來的鏢行夥計，吩咐了言語；教他們分為五撥到各處查詢。最要緊的是茶寮酒肆、妓館逆旅，以及荒村孤廟，都可留神掃聽，俞、胡心想：劫鏢之賊，人多勢眾，又將五十個鏢馱子，連騾夫一齊裹走，其聲勢浩大，必然惹人注目。就算他夜間劫鏢而去，沿路居民也必聽出動靜來。俞劍平、胡孟剛因這白馬渡，並無熟人可找，略歇了歇，便相偕出去親訪。料到賊人劫鏢，必不能公然晝行，也必不走通行大路；兩人便擇隱僻小道，找那沿路人家，繞著彎子探聽。

卻是奇怪：這夥強盜人數如此之多，竟打聽不出一點動靜來，而且探問結果，本處也並沒有大股土匪橫行。直到下晚，那派往上崗、湖堆兩地踩訪的夥計，先後回店。內中有一人道：「在湖堆遇見一個看墳的，據他說十幾天前，半夜時候，彷彿聽見成群的人馬踐踏聲音，從他們墳園後面繞過去；直過了好一會兒，才聽不見動靜，估量著人數很不少。」胡孟剛聞得此言，怦然動念。又有一個夥計報告說：「據上崗路旁藥王廟的老和尚說：『七八天頭裡，有一夥騎馬的過路客，足有好幾十人，從他們廟前抄過。』問他時間，說是天剛破曉。」像這些話仔細一推敲，多半是些模糊印象之談，不是日期不符，就是路線不對。俞劍平對胡孟剛說：「找鏢本非易事，我們且往湖堆親踩一趟。」仍吩咐夥計往范公堤東面，再去打探。

俞、胡二人撲奔湖堆，找到那個看墳人，細加盤問。據他說：「那人馬喧騰聲音，彷彿是由東南往西北走，日期記不很準，大概也有十一二天了吧。」更找到附近人家，打聽他們：可曾在某夜某時，聽見過、看見過大幫步騎的旅客，從此路過麼？沿路連問了幾處，什九都說不曾理會。僅只一個閒漢，說是：「有一天晚上，正在賭錢，出來解手，聽見東南角上，突突踏踏，過了一撥人馬，好像人數不少。大概在三更以後吧？夜靜了，那動靜很不小，後來彷彿往西去了。」

俞、胡兩人商量著，既有兩個人所說略同，似乎有點影子，便依了這個大概的方向，往大縱湖一帶探訪下去。卻是一路上越問越覺不對。直費了多半天的水磨工夫，才訪明全與鏢銀無關。這夥夜行人，不過是二三十個接官差的兵丁；日期更不符，乃是近七八天的事。這一來，倒把線索問斷了！

胡孟剛又煩惱起來，俞劍平卻聚精會神地打主意，找熟人。在白馬渡附近，用盡方法，搜查了六整天，實在茫無頭緒。俞劍平方對胡孟剛說：「莫如我們徑奔鹽城。」鹽城地當范公堤中段，距失鏢之處既不甚遠，又是衝要地點。並且城內還有一家鏢店，乃是江寧永順鏢店的聯號，字號是永利鏢局。鏢頭黃元禮，又是俞劍平的故人子弟。他遂與胡孟剛離了白馬渡，徑投鹽城。進城落店；店內盤查得很嚴。

俞、胡在店稍歇，便找到永利鏢局。鏢頭黃元禮恰不在櫃上；黃元禮的師叔單臂朱大椿新從南方回來，正在鏢局。朱大椿從前和俞劍平交誼很深。當年他保鏢到九江，被一群水寇圍住，眼看失事；多虧俞劍平將十二金錢鏢打出五隻，才嚇走群盜，以此很感激俞劍平。此時一見俞、胡的名帖，連忙迎接出來，殷勤款待。

問起黃元禮來，朱大椿道：「我這師侄被人邀往鎮江，已去了六天。緣因近來路上不大平穩，有一位鄉紳送家眷到鎮江，特邀黃元禮護送，故不在此地。俞大哥打聽他，可有什麼事用他麼？他不在這裡，還有我哩！大哥有話只管吩咐，咱們患難弟兄，管保比他們年輕人辦事牢靠。」又見俞、胡空身而來，問明已住在南關客店。朱大椿大嚷起來，道：「老大哥，你這可是罵我！你怎麼不一直到鏢局來住，反倒打店？」一迭聲催著夥計：「快把二位老鏢頭的行李，搬到咱們這裡來。」

俞劍平微笑道：「朱賢弟還是這麼熱誠，我們還帶著好幾個夥計呢！覺著人太多，住在鏢局不方便。」朱大椿道：「什麼話，什麼話！我們這裡有的是地方。」立刻派人把眾人接到鏢局，勻出三間屋子來，把俞、胡一行留下；又叫來酒席，給俞、胡接風。

直到飯後，朱大椿方才細問俞劍平的來意。俞、胡將失去鏢銀、查訪不著的話說出。

朱大椿大為著急，想了想道：「二位老哥且放寬心，咱們大家想法。

失事地點既在范公堤，賊人反正出不了江北。就怕如此巨帑，賊人一經得手，必不再做買賣；他定然銷聲匿跡，躲避緝捕。他們此時也必不敢擅離巢穴，運贓出境。我們這小鏢局，也有幾十個夥計，我就暫不兜攬生意，派他們分道出去查訪。依我想，此賊敢於劫取鹽帑，恐怕是外來的強人，或是新上跳板的綠林道。但凡老江湖，都不願動官帑，自找麻煩。我們還可以托綠林道上的朋友，代為查訪一下。憑大哥十二金錢的威名，江湖上知名的英雄，總得有個關照。我們何不大發請柬，邀請通省豪傑聚會，即席查問一下呢？」

胡孟剛眼望俞劍平說道：「朱仁兄這個辦法，倒是很好，我們何不聯名試一下？」俞劍平沉吟道：「我已經發出一批信去了，至今還沒見回音。此賊指名找我尋隙，恐怕是外來的強寇。本省綠林道，怕未必曉得他的來歷哩！」朱大椿道：「休管他，我們姑且試試看。」

胡孟剛也一力催促。俞劍平便道：「既然如此，倒也不必邀請人家來。我們只擇江蘇和鄰省的鏢行同業，跟江湖上知名之士，把失鏢情由，劫鏢人的年貌、黨羽開個清單，附上信柬，托他們代為留心。有那交情近、武功強的，和有閒工夫、能分身的，信上也可以附上幾句，邀請出來相助。接頭地點就在鹽城，我們便借永利鏢局為聚會之所。信來信往，全都投到此地。不過這一來，卻給朱賢弟和黃鏢頭添麻煩了。」朱大椿道：「俞大哥，不要這麼說，小弟應當效勞。」

這一天，擬好了信稿，由俞劍平、胡孟剛、朱大椿具名；趙化龍、楚占熊、周季龍、黃元禮雖不在此地，也替他們具了名。一共是五家鏢局，七位鏢頭。請來幾位書手，代繕出二百來封信札；只江蘇一省，便發出一百多封。鄰省如魯、浙、豫、皖，也寫了幾十封。立刻挑選年輕力健的鏢行夥計，或騎馬或步行，分路投去。先投到通都大邑的鏢行朋友，再請他分送到別處。至於山林湖澤潛伏的綠林豪客，備下禮物，專人送去；以禮奉詢，請他相助代訪，這也是江湖上的規矩。發信以後，俞、胡仍舊到處查訪。朱大椿很是熱腸，連日陪伴著一同出去。

鹽城縣東南鄉趙新莊，有一個土豪，名叫霍四閻王，在當地招娼開賭，交結匪類，坐地分贓。朱大椿陪著俞、胡，親往拜訪。這霍四閻王倒是外場朋友，打聽起失鏢的事情，就說道：「近日也聽人念叨過，只是也不知道這個插翅豹子是哪一路的強人。既是三位下顧，總是瞧得起我，容我隨時留神代訪。得著準信，一定先給朱老鏢頭送去。」

鹽城縣附近，還有一幫腳行，是個祕密會黨，在地方上很有勢力。俞劍平、朱大椿前往拜訪會首。這會首說：「近來范公堤一帶，也有同幫弟兄往來，卻沒聽說有這麼聲勢浩大的強人，在近處盤踞。」還有鹽城縣鄰近，窩藏著的幾桿子游匪，不過三二十人一夥，匪首也沒有什麼能為。朱大椿派手下趟子手也去打聽過了，都說不知道劫取鹽課的匪人是誰。

轉瞬之間，俞、胡已在鹽城一帶耽誤了四五天，連一點影子也沒訪著，而且張勇一去無蹤，東路訪鏢的楚、周、沈三位鏢頭，西路訪鏢的蔡、陳二位鏢師，算計著該有信來，也至今毫無消息。胡孟剛如熱鍋螞蟻一樣，很是著急。

這一天，胡孟剛和俞劍平商量，要再到大縱湖一帶，重去勘查一回。忽然，周季龍趕至鹽城，找到永利鏢局。俞、胡慌忙迎接進來，問他：「一路查訪的情形如何？楚占熊、沈明誼兩位，緣何不一齊來？」

周季龍說道：「小弟三人一同由漣水驛出發，沿途查訪，直到東臺，未得蹤跡。後來折到海濱一帶，在老龍河口地方，遇見四個情形可疑的人。看外表土頭土腦，穿著毛藍布短衫，背著小包袱；每人手裡拿著一根短棒，乍看像是木頭的，實在卻是鐵的。他們搭幫走著，東張西望，滿臉是汗。楚占熊楚二哥留了神，我們三人一同綴了下去。這四個人竟無意中說出幾句江湖黑話。我們至此更不放鬆，一路暗跟；探明這四個人，乃是潛伏在老龍口北邊的一群強寇。為首強盜，叫做赤面虎范金魁；嘯聚著一二百人，專劫商船，並勾結鹽梟，販賣私鹽。有時候也到內地，在水路上做買賣。我們下功夫，探訪他們的近日情形；探得他們確曾在十幾天前，全夥出去作案，至今潛藏巢穴，迄未出來。現由楚占熊楚二哥和沈明誼沈大哥，備下禮物，前往拜山。我本想跟他們一同去，只派一個夥計給你們二位送信。沈明誼大哥說我走得快，一定教我來，我只好連夜趕到這裡來了。」原來周季龍健步善走，一日夜能行三百餘里，還有歇著的工夫。

俞、胡聞信，大為驚喜。俞劍平忽然皺眉道：「這赤面虎范金魁，我也彷彿聞得他的名字。他是老江湖了，怎麼膽敢劫取官帑？況且他和我素無嫌隙，為何拔取我的鏢旗呢？」胡孟剛道：「天下的事，難以常情推測，他的外號不是叫赤面虎麼？這和插翅豹子頗有點關合，他又是曾在十幾天前做過案的。不錯，這什九是他了，我們趕緊接應沈、楚兩位去吧。」朱大椿也道：「既有這條線索，且去看看。不過，我想范金魁未必有這大本領吧？」俞劍平、胡孟剛、周季龍、朱大椿四位鏢頭，立刻策馬出離鹽城，趕奔老龍口。偏偏事有湊巧，他四人才跨征鞍，走出城外不到七八里地，後邊有兩匹快馬如飛追來。

俞劍平立馬等候，來的是派往西路尋鏢的一個鏢行夥計，名叫謝二的，由鹽城永利鏢局的趟子手引領著趕來。馬到近前，眾人相會，一齊下馬，投到路旁柳林敘話。胡孟剛道：「謝夥計，你和蔡正、陳振邦兩位鏢師，往淮陰、淮安一路，查訪的結果怎樣？可是有了頭緒麼？蔡、陳兩位現時又在哪裡呢？」

謝二滿面喜色，說道：「老鏢頭，請你老放心，我們已經尋出一些線索來了。陳、蔡兩位鏢師正在那裡，盯著探訪細底呢！因為你老定規的日限到了，所以先打發我來送個信。」

第五章

酒樓訪盜跡過耳傳訛　荒寨拜山酋利口啟隙

周季龍在旁一聽，不覺愕然道：「你們可訪出劫鏢的是赤面虎麼？」謝二一愣道：「不是呀，劫鏢的叫做豹子飛。」

俞劍平、胡孟剛齊聲問道：「什麼豹子飛！豹子飛又是幹什麼的？」謝二道：「豹子飛大概是江湖上一個無所不為的匪類，一向在寶應湖附近潛伏。」

事情是這樣：蔡正、陳振邦兩位鏢師和趟子手金彪，率領幾個鏢局夥計，由漣水驛起程，往淮陰、淮安一帶查訪下去。

淮陰地方向稱盜藪，很有不少的設窯立櫃的綠林豪客。蔡正、陳振邦擇那有名的寨主，備具名帖，拜訪了幾家，都不曾得著鏢銀的下落。後來到了高郵，才在酒樓中，遇見兩個雄壯大漢，神頭鬼臉地說話。

後來這兩人酒喝多了，話越說聲音越大。內中一個黑胖漢子，拍桌子打板凳的說：「你這傢伙太沒有膽，你還想發外財？我告訴你，咱爺們是豁出一身剮，敢把皇爺打。就怕你小子沒能耐，沒膽量。若有膽量的話，這世上遍地都是白的銀子，黃的金子，到處都能發財；不信你就跟我走。你想人家豹子飛，也沒生上三頭六臂，人家就憑那兩手，膽子稍為壯點，朋友稍微多點，就把一二十萬銀子，手到拿來。擱著你這傢伙，嚇也嚇死了！」對面那個高身量的壯漢就說：「你小子只管說，嚷個什麼？人家豹子飛有膽，有本領，又不是你有本領呀！人家憑空得了一二十萬銀子，又不是你得的呀，你摸得著人家的錢邊麼？人家吃肉，你喝不著湯，替人家吹牛做什麼？我雖不濟，一槍一刀，自混自吃。咱們到底誰夠英雄，誰是狗熊？」

黑漢紅著臉大聲道：「你不用拿話堵我，人家發財，怎麼不與我相干？你瞧我摸不著他的錢邊麼？你瞧瞧這個！」氣哼哼把凳子上的包袱打開，從中拿出兩封銀子來，指著說道：「這就是人家豹子飛送給我的。你這傢伙也開開眼，瞧見過這麼大的元寶麼？」

兩個大漢喝醉了酒，一句遞一句地拌嘴。言者無心，聽者有意。蔡正、陳振邦互使眼色，留神細聽。兩個醉漢嚷鬧了一陣，算還飯帳，踉踉蹌蹌走去。蔡正、陳振邦也忙付了飯帳，暗暗跟下去。直跟到鼓樓，這兩個大漢方才分途，蔡、陳也忙分途綴去。那黑漢投奔北關一家安寓客棧。蔡正記好了地方，急急回店。少時陳振邦回轉，問起來，那個高身量的漢子，就住在賭坊之內。

蔡、陳都覺得那個黑漢的話最為可疑，忙把金彪找回，也遷到安寓客棧內，暗中窺察黑胖漢的形跡。蔡、陳已斷定他決非良民；只是金彪認不清此人是否就是劫鏢的匪徒。蔡正設計套問，此人口風很嚴。陳振邦故意提出豹子飛的名字來。此人面色一變，立刻說：「不知道。」蔡、陳早從店家口中打聽出豹子飛是寶應縣境內的一霸。正待想法勾探真情，黑漢忽然覺察出不對來，次日一早，突然離店而去。蔡正、陳振邦、金彪三人，慌不迭地追下去，仍派遣鏢行夥計謝二馳奔鹽城，給俞、胡兩位鏢頭送信。

俞、胡聽完謝二的報告，心中非常猶豫，竟不能判斷這豹子飛和那赤面虎究竟誰是劫鏢之賊。在柳蔭下，和朱大椿、周季龍計議了一回，唯恐顧此失彼；只得由俞劍平和周季龍偕往老龍口，由胡孟剛和朱大椿偕往寶應湖。胡孟剛、朱大椿由謝二引領，經由水路，穿過大縱湖，直抵寶應湖。按照約定的地點，找到蔡、陳二人。一見面，蔡、陳露出很抱愧的神色來，道：「白白勞動老鏢頭遠道趕來，我們前天已派人追下謝二去了，老鏢頭竟沒遇見麼？」胡孟剛道：「這怎麼講？」蔡、陳道：「說來太是笑話。我們因那黑胖漢子話露破綻，一直跟他到這裡來，訪知那個豹子飛，原是此地一個土豪。他也不叫豹子飛，他實在姓鮑，名叫鮑則徽。他倒的確是個耍胳臂的漢子，手下有一二百個黨羽，專做些無法無天的勾當。只因最近他發了一二十萬橫財的話太對景了，我們才費了九牛二虎之力，到這寶應湖明訪暗探。前天才探明鮑則徽近來管了一檔子閒事，每年可有十來萬的進項，只是與鏢銀絲毫無干。我們白費了一回事，反又勞動老鏢頭。這實是我弟兄顢頇無能之過。」

原來這寶應湖和大縱湖、高郵湖相銜，湖中出產甚豐。向有一夥人物，包攬車船運腳，不許他人插手。大利所在，每因爭奪碼頭，引起糾葛；械鬥纏訟之事年年不斷。這其間有一個叫曹向榮的，和官府陰有勾結，又倚仗著雇來的一群打手，把碼頭硬奪過來。失掉碼頭的人叫做諸宏元，恨氣不出，又重金聘來拳師，邀期械鬥；不幸再次失敗，身負重傷。後來訪聞鮑則徽有膽有謀，又有黨羽，便托出人來，請他助拳；情願將碼頭上的好處，每年不下十一二萬，平均分成兩股，常年送給鮑則徽一股。

鮑則徽素來是吃賭局娼寮的，一聞有利可圖，立刻糾黨向對方曹向榮叫陣。一場群毆，鮑則徽大獲全勝。對方自不甘心，用盡方法報仇；鮑則徽預有布置，先發制人，這碼頭公然被鮑則徽占有。他卻散布黨羽，總攬一切，那個諸宏元直如引虎拒狼，和曹向榮鬧了兩敗俱傷，漁翁得利。

至於蔡、陳遇見的那個黑胖漢子，也就是鮑則徽的一條走狗，一向靠著鮑則徽，無惡不作。蔡正、陳振邦兩人，費了很大氣力，才探出真情，原來與鏢銀完全無關……

胡孟剛沒等他倆說完，早將一團熱望澆了滿盆冷水，呆呆坐在那裡，一語不發。蔡、陳二人更覺慚愧之至。還是單臂朱大椿在旁勸慰道：「兩位師傅也不必介意，這訪鏢的事全仗瞎碰，哪能十撈九準？胡二哥，打起精神來，咱們再摸。別看這邊撲空了，還有老龍口那一路呢。胡二哥不是想到大縱湖，再訪一趟麼？咱們何妨就由這裡翻回去？」

胡孟剛嘆了一口氣，吩咐蔡正、陳振邦，仍舊分路到各處查訪。胡孟剛即同朱大椿，由寶應湖轉向大縱湖。凡是沙溝、湖堆、密林和湖中的小島，都留意踩訪過了，費盡心機，並沒打聽出一點頭緒來。道路上儘管哄傳劫鏢的事，卻沒人能說出何處有一二百人成夥的新來大盜出沒；也沒聽說曾有成夥匪人過境。胡孟剛細數一個月限期，早已耗過了十二三天了；說不出心中的焦灼，只是有力氣沒處施去。

胡孟剛還想往別處查訪下去，單臂朱大椿道：「我們現在越訪越遠，連個影子也撲不著。依我想莫如趕回鹽城，看看俞劍平大哥訪的那個赤面虎究竟如何。還有我們發出的那些信，也許得著點線索。」胡孟剛想不出更好的法子，只好依言折回鹽城。胡孟剛到了鹽城，那邊俞劍平也已垂頭喪氣，折回了鹽城。

俞劍平由鏢師周季龍引領著，撲到海濱老龍口附近。其時鏢頭楚占熊、沈明誼已經設法探明赤面虎范金魁的窩藏之所，是在老龍口北邊，一座荒澤亂崗交錯的地方，地勢很荒僻。赤面虎在那裡嘯聚著一百多個亡命之徒，專做販私鹽的生意，有時也打家劫舍。楚占熊、沈明誼按照江湖道的規矩，具名帖禮物，帶一個鏢行夥計，前往投帖拜山。

這赤面虎范金魁最近做了一水買賣，忽見外面投進兩個鏢局的名帖，心中陡生疑忌。他與手下黨羽商議道：「咱們好容易得了這筆大油水，如今竟有鏢行登門拜山，說不定是失主轉託出來說項的。但事前既與他們鏢行無干，如今強來出頭，我們是見他不見呢？他若說出江湖上的門面話，我們是讓他不讓呢？」副舵主小陳平秦文秀答道：「若說這和勝鏢局跟振通鏢局，在海州一帶，倒也叫得很響，但素常跟咱們很少往來。他們如今雙雙拜山，必非無故。依小弟之見，大哥不必見他；待小弟先出去探探他們的口氣，再相機應付。禮物倒不必收他的，大哥以為如何？」赤面虎道：「這樣辦很好，賢弟要對他們客氣些。」小陳平答應了，吩咐手下嘍囉，把來人請入。

楚占熊、沈明誼帶著鏢行夥計，進入匪窟第一道卡子，曲折來到一座破廟前。廟後的三間房收拾得很乾淨，是賊人放卡的常駐之所。小陳平衣冠楚楚，在那裡相候。沈明誼細看這位舵主，黃瘦面皮，高身量，三十多歲年紀，兩隻眼很精神，說話是江北口音。兩方見禮落座，互道寒暄，說了些個久仰久仰。小陳平秦文秀道：「小弟們伏處海濱，難得與江湖上知名英雄相會。兩位鏢頭遠道光顧，想必有事賜教。咱們都是道上的人，有話二位盡請明白見告。」

楚占熊暗想：「這位倒是個爽快漢子。」便道：「弟等久聞赤面虎范舵主的英名，深懷親近之心。我弟兄便道過此，一者是專誠拜謁，將來好求個照應；二者還有點閒事，要在范舵主駕前討教。還請你老兄費心轉達，務求一見才好。」小陳平眼珠一轉道：「我們范大哥最近有點私事出去了，恐怕沒有十天半月的工夫，不能回來，既勞兩位光顧，總是看得起我們弟兄；等他回來，我一定轉達。所賜重禮，我們大哥不在，我也不敢代領。」說著站起身來，又復坐下，意思是催二人就走；可是仍吩咐手下嘍囉獻茶，又催快給兩位鏢頭擺酒。

楚占熊不悅，暗向沈明誼遞一眼色。沈明誼認不得這位小陳平當日劫鏢時是否在場。沈明誼遲疑一會兒，雙手抱拳道：「秦舵主不要多禮，我們弟兄遠道拜山，渴望一見范舵主。秦舵主既說他不在，彼此初次相會，我們也不好強求。不過在下慕名遠來，實有一點閒事，要奉懇范舵主，念在江湖道的義氣上，多多幫忙。綠林道和鏢行雖是隔行，究竟是武林同道；還請秦舵主費心，能把范舵主邀來一談才好。好在我們不過是打聽一點閒事，貴寨能幫忙更好；不能幫忙，肯指示給一條明路，在下也就感激不盡了。」

小陳平秦文秀微微一笑道：「剛才說過了，我們范大哥實不在此處，我還能瞞兩位麼？就是范大哥在此處，有事也與小弟商量。我們這臺戲，是范大哥和在下兩人唱。兩位如果不忙，就請用過飯再走。」說著，對嘍囉們嚷道：「教你們擺酒，怎麼這樣慢慢騰騰的！等著客人走了，你們才忙麼？」

楚占熊、沈明誼這才聽出，這小陳平竟有些醋味。楚占熊便站起身來，向小陳平道：「秦舵主不必客氣，也不必催他們，我們這就告辭。可是，我們大遠的來了，若不把來意說出，倒像我們見外了。」小陳平拱手道：「二位有話，只管吩咐。」

楚占熊道：「秦舵主可曾聽見十幾天前，范公堤地方，有一批鹽鏢中途失事的話嗎？」小陳平道：「這倒不曾聽見。」楚占熊道：「這一批鹽鏢共計二十萬，由我們兩家同業雙保著，行至范公堤，被綠林道上百十個朋友，邀劫了去。因為案關公帑，牽連甚大，訪聞這失去的鏢銀落在海濱附近。我想赤面虎范舵主和秦舵主，都是久在江湖上闖蕩的外場朋友，或者曉得此鏢的下落，所以遠道來訪，敬求指示一條明路。在下管保能讓朋友面子上過得去，絕不能讓人家落個白忙。」

小陳平沒等話說完，連連搖頭道：「楚鏢頭，你老這可是訪聞錯誤，問道於盲了！我們哥幾個在這裡混，也不過是雞毛蒜皮，隨便拾落點，聊以餬口罷了。像這二十萬鹽鏢，莫說摸一摸，我們連看也不敢正眼看啊！」

小陳平話頭很緊，楚占熊、沈明誼再三探問，小陳平矢口咬定不知。末後楚占熊實在急了，便說出：「訪聞十幾天前，貴寨曾經全夥出去，也許曉得劫鏢人的下落。能費心說項更好，或指點出線索來，我們自己設法託人也行。」

小陳平聽了這話，怫然不悅道：「兩位這樣查考我們，可未免太難了！咱們素不相識，我的話已經說盡。劫鏢的事與我們無干，我們也不知道。

就知道，我們也無須給別人泄底。二位問我們十幾天前，出去做過案沒有？不錯，何止十幾天前？我們一天不做生意，一天就挨餓麼！」

楚占熊也怫然道：「秦舵主，這是我們來得冒昧了！就此告辭，咱們後會有期。」小陳平微微冷笑道：「恕不遠送，咱們後會有期！」將手一擺，兩個嘍囉立刻出離廟外，徑直向總寨奔去。這裡楚占熊、沈明誼也嘻嘻的冷笑了幾聲，雙雙站起身來，兩拳一抱道：「再見！」扭轉身，大搖大擺，走出廟外。廟內外，已布滿了四十多個嘍囉，各執明晃晃的兵刃，分立在兩旁。楚、沈泰然自若，空著兩隻手，從刀槍叢中穿過。那小陳平秦文秀也空著手，從後邊送出來。

楚占熊、沈明誼已到廟外，鏢行夥計牽過馬來。小陳平放出客氣的面色，打躬施禮道：「兩位鏢頭勞步了，請慢慢地走。」楚、沈飛身上馬，在馬上抱拳道：「請回，請回！」將馬一拍，往原路便走。鏢行夥計上了馬，在後緊隨。小陳平吩咐手下嘍囉：「在前開道！」立刻有四個嘍囉騎著馬陪伴，直送出頭道卡子，到一荒僻地方，嘍囉忽然喊道：「兩位鏢頭慢慢地走，恕我們不遠送了！」帶轉馬頭，抄過一帶荒林回去了。

楚占熊、沈明誼急向四面一望，荒崗叢澤，毫無人蹤。楚占熊問沈明誼道：「沈大哥，你看此事如何？」沈明誼道：「劫鏢的是他們不是，倒也難說；不過，這場是非一定要找上了。」

楚占熊道：「哼，恐怕道上就有等咱們的。」

沈明誼點頭不語，兩人只顧拍馬疾行。走不到六七里地，斜刺裡有一抹叢竹，竹後隱隱有人影閃動。沈明誼道：「楚仁兄留神！」一語未了，突躥出七八個大漢來，各持刀矛短棒，把路口一橫叫道：「站住！」

楚占熊大笑道：「諸位才來麼！」立刻與沈明誼勒住了馬，卻是手中各無兵刃。但凡鏢客拜山，不能身藏兵刃，綠林道也不能當場加害，若是登山藏刀，那就是有意尋隙；一進山寨，必不容他好好出來。

楚、沈徒手拜山，和小陳平言語失和，心知小陳平必在前途下卡，要阻難自己。兩人目注眾賊，正待離鞍；突從側面一座荒墳後，又長出兩個人影，把手揚了揚；倏有兩道白光，直向馬上打來。

這一下來得突兀，楚占熊、沈明誼只注意林邊賊黨，沒想到側面也有埋伏。剎那間暗器臨頭，沈明誼忙一偏身，將暗器抄在手內。楚占熊剛剛翻身，才欲下馬；耳畔忽聞破空之聲，急忙趁勢施「鐙裡藏身」，也將暗器讓過。沈明誼勃然大怒，將手中接來之鏢一掄，嗖的還打回去。身軀就勁一翻，唰的跳下馬來；手中既無兵刃，急將長衫一甩，纏在手中。楚占熊也已雙腳點地，卸下長衫，聳身一躍，直向發鏢的人衝去。

截路的八個強賊，一擁上前。沈明誼把那長衫纏在手臂上，施展少林派三十六路擒拿功，沒入賊叢；如走馬燈一般，用浮沉、吞吐、封閉、擒拿、挨幫、擠靠、閃展、騰挪，安心奪取賊人的兵刃。恰有一賊，揮短棒橫腰掃來；沈明誼一伏身，啪的一個掃堂腿。賊人急閃，沈明誼早已撲到面前；劈胸一掌，「惡虎掏心」，擊中敵人。賊人仰面而倒，手中木棒立被奪過。背後早又有二賊，一掄刀，一揮棍，直向沈明誼後路攻到；側面敵人，也刀矛齊下。

沈明誼唰的一個箭步，躥開一旁；重翻身，將短棒一指，喝道：「著！」迎面持斧一賊急忙往右一躥。恰有另一賊，把刀舉得高高的要砍；出其不意，被這持斧同夥一撞，險些砍傷自己人。兩個賊嚇得齊往兩邊一跳。

這倒給沈明誼閃出工夫來；唰的一棒，使盤打功夫，照那持斧賊人打來。賊人閃避不及，哎呀一聲，栽倒地上，急翻身要起；沈明誼又一棒，照敵人右臂搗下，將那柄斧子打落在地。沈明誼趁勢一個箭步躥到，伏身將斧奪過。

此時又有一賊，挺矛刺來。沈明誼往旁一閃，掄斧砍矛，刮的一聲響，矛柄折斷。沈明誼一順棒，疾向賊人丹田戳去。賊人吃了一驚，忙一錯步。沈明誼將棒一轉，又是一個盤打，啪的一下，把賊人掃了個正著，直栽出三四步。

展眼之間，八個賊人，被沈明誼打傷三個，打退三個。那邊楚占熊卻遇見兩個勁敵。

埋伏在墳後的，乃是赤面虎手下兩個頭目，一個使刀，一個使桿棒，使刀的會打暗器。兩個人一個揮刀近取，一個舞棒，專走下三路，把楚占熊圍住。

楚占熊武功矯健，捻雙拳與這兩賊揉戰。那使刀的面黃力猛，手法很快；揮刃照楚占熊右肩頭，斜插柳掃過去。楚占熊急向旁一閃，劈面還擊一拳。那使桿棒的掄棒「玉帶纏腰」，橫打過來。楚占熊忙一聳身，躥起一丈多高，賊人的桿棒走空。楚占熊繞步欺身，到敵人背後，「葉底偷桃」，右掌直擊敵背。

使桿棒的賊見一招落空，順手帶轉桿棒，抖一抖，翻身捋棒，唰的展開一招，照楚占熊頭頸纏去。那使刀的賊又趁空掄刀，前趕一步，對楚占熊後心扎去。楚占熊身法駿快，讓過一招，立刻還過一招，如生龍活虎般，腿掃拳擊，絲毫不亂。來來往往，楚占熊迎敵兩賊，全仗著眼神足、拳法俐落。卻是這兩賊，各有得手兵刃在握，一招跟一招，夾擊楚占熊。

戰夠多時，恰值那使桿棒的賊一棒打空，使楚占熊得了一個破綻，捻雙拳，迎面晃了一晃，掣轉身，用力蹬一腿，踢向賊人的小腹。這賊也很了得，忙一擰身，閃過要害，左胯被踢著一下，身軀晃了一晃。楚占熊更不容緩，身子偏了偏，唰的又飛起左腿，嘭的一下，使桿棒的賊人一溜栽倒。

那使刀的賊又如飛躥來，鋼刀斜舉，直掃敵肋。楚占熊早聞得金刃劈風之聲，更不回頭，下盤用力，突躥出兩丈；然後挺然直立，翻身還攻敵人。使刀的賊已一抹地趕到，兩人又鬥在一起。

那使桿棒的賊「鯉魚打挺」，躍起身來，雖被踢中兩腿，俱非重傷；立刻抖擻精神，怪喊一聲：「好小子，竟敢踢我，你就別想走了。」右手持桿棒，左手一捋，重又衝殺過來。兩個賊照舊把楚占熊圍住。楚占熊勃然大怒，施展開身手，雙拳如穿花舞蝶，身軀如淩空飛燕，與這兩賊反覆撲鬥；用盡心機，想奪取敵人的兵刃，只是奪不著。這兩賊很是潑皮，各挨了好幾拳，滿不介意，刀棒齊上，一心要傷楚占熊。

正在纏戰不休，那沈明誼已奪得敵人兩件兵刃，拋開了那群笨賊，一眼望見楚占熊勝負未決，忙躥來助戰。楚占熊叫道：「沈大哥，把那棍子給我，待我收拾這兩個不要臉的賊，挨了打還不認輸。」沈明誼應聲搶入戰圈。楚占熊縱身躍出圈外。沈明誼不待敵人追到，喊一聲：「楚仁兄，接著！」將木棒橫空拋去，楚占熊躥身一躍，接在手內。那兩賊已沖過來，未容近前，沈明誼早掄利斧，劈面擋住。

楚占熊接棒在手，如虎生翼；左手握棒腰，右手握棒梢，按行者棒，施展開去。沈明誼敵住那使桿棒的賊人。楚占熊尋鬥那使單刀的賊人，一條棍棒掄得嗖嗖生風。只走了十幾個照面，便顯出功夫的深淺來。使刀的賊只有招架之功，更無還手之力。楚占熊大喝一聲：「著！」木棒一點，搗中敵人前胸。賊人眼冒金花，咽喉發甜，險些吐血，急擰身一躥，道：「風緊，扯活！」那使桿棒的賊聞敗發慌，抽身要退；被沈明誼利斧逼住，急切間退不出身。這賊一個失神，被沈明誼嚓的一斧削去，手臂上冒出鮮血；嚇得這賊躥出一丈多遠，打個呼哨，召集黨羽，往荒崗敗退下去。

楚占熊怒氣不息，掄棒便追。沈明誼忙喝止道：「楚仁兄，楚仁兄！」一聲未了，使刀的賊人翻身揚手一鏢。楚占熊急側身，抄手接住道：「呔，還你的！」把手一揚，他這隻鏢剛剛還打出去；那使刀賊人的第二隻鏢、第三隻鏢，又打出來。楚占熊猝出不意，急急閃身，險被第二隻鏢打中。第三隻鏢又被接住，心中一怒，就勢一掄，卻向那使桿棒的賊打去。使桿棒的賊剛剛凝身回顧；鏢到面前，急閃身一接，沒有接好，被鏢鋒將手劃破了一道。使刀的賊戟指罵道：「朋友，等著吧！」說罷，帶領同夥，一直敗回去了。

楚占熊餘怒未歇，還想追趕。沈明誼攔道：「楚仁兄，我們且顧不得跟他們慪氣。咱們先回住處，商量正事要緊。」楚占熊點頭，兩人重新上馬，急急趕回寓所。這寓所就是老龍口地方的一座寺院，名叫三官廟。老龍口是濱海荒區，沒有客棧。

楚、沈回轉寺院，講說應付之策，並推測赤面虎范金魁、小陳平秦文秀，到底與鏢銀有無干涉。那寺院中的和尚，卻不知從何處，看出形色來；在門外咳嗽了一聲，撩門簾走進。虛聲虛氣，寒暄了幾句話，隨即問：「兩位施主，有何貴幹，何時動身？」

楚占熊、沈明誼久涉風塵，聽懂來意，故意答道：「我們無事閒游，打算在此地盤桓幾天，行期還沒有定；所有借寓的香資，我們加倍奉上。」

和尚說道：「施主光顧，敝寺求之不得，倒不在乎香資上面。只是不瞞施主說，敝處地方太僻，常有江湖上的人物不時出沒，兩位不是本地人，恐怕被他們打眼，生出疑忌來，倒反不美。出門在外，誰也不願招惹是非。兩位若沒有緊急的貴幹，還是早點動身好些。小僧說這些話，好像趕逐二位；其實二位若知道本地的情形，也就不怪僧人多嘴了。我這是為施主好。兩位都是明達世路的人，請你想一想。」

楚、沈笑道：「哦，貴處原來不很太平麼？那也不要緊。我們都是空身人，既沒有財物在身，不過窮命一條，怕什麼？」

寺僧聽了這話，彷彿很著急；可又吞吞吐吐，不能過分明說，反覆的只催兩人趁早快走，「最好今天就動身。」

楚、沈心中明白，想必赤面虎、小陳平已經遣人來此窺探；寺僧唯恐受累，所以促行。兩人說道：「當家的既然關照我們，我們明早準走，今天可來不及。」遂又繞轉話頭，探問赤面虎、小陳平的行藏。寺僧面露驚疑，惴惴的支吾了幾句，催得兩人答應速走，方才辭去；看樣子很不放心。

楚占熊、沈明誼候寺僧走開，低聲密談了幾句；出離廟門，到外面巡看一遍；立刻吩咐鏢行夥計，趁天色尚早，將馬匹火速帶到二十里以外柴家集店房，就在那裡等候。這是楚、沈與周季龍邀定的地點。

楚占熊、沈明誼仍留在廟內，將隨手兵刃備好；留下一個武功較好的夥計，也潛藏兵刃相伴。楚、沈推測前後的情形，料定赤面虎、小陳平既然派人邀劫自己，沒有成功；他必定派人來，跟蹤窺探。當天下晚，果然便有兩個壯漢闖進廟來，到各處繞了一圈，方才走去。楚、沈暗打招呼道：「是了。」與那鏢行夥計，三人輪流到外面巡視。

到二更將近，寺僧已熄燈就寢。這本是一座小廟，只寥寥兩三個和尚。楚、沈三人也忙著止燈睡下。過了一會兒，楚占熊假裝起夜，到禪院內外察看，人聲已然沉寂，又攀牆向外窺察了一回。回轉屋內，叫起夥計，與沈明誼結束定當，閂門開窗，輕輕縱出舍外，三個人立刻越牆而出。藏身地點，白晝已經擇好，是廟外不遠，一戶人家房後，幾棵大樹上面。由樹上直躥到房頂，正好俯視廟內；三個人立刻藏起來，各背兵刃，悄悄窺望。

直過了三更，遙見東北面，林木掩映中，有火光閃爍，在小道上急走；如數點流螢，忽高忽低，乍明乍暗。將到村前，火光突滅，人馬雜踏聲裡，已分數路包抄過來；沿村口出入要道，全布下卡子。另有一小隊人影撲向廟前，相隔尚遠，忽又停止。過了一會兒，這一小隊人漫散開，將廟前廟後把住。另有數條黑影縱躍如飛，撲向寺院東牆；越牆而過，撥開門閂，延入十幾個夥伴，個個貼牆擦壁，埋伏在寺內。然後有四五個人，手拿明晃晃利刃，搶到偏院楚、沈借寓之所，輕輕地挨近窗根。聽了又聽，裡面並無動靜；隨即拿一塊飛蝗石子，照窗投去，啪嗒一聲響，似已打中屋牆，屋中依然悄靜無聲。這幾個人急忙轉回來，找到把守前殿的人，低低說了幾句話。

楚占熊、沈明誼藏在樹上，留神窺看；黑影中僅辨人聲，聽不清說話。但見這幾人又轉到寺外。寺外有兩個騎客，像是首領；略通數語，立刻有一人翻身下馬，跟蹤進廟。這人正是小陳平秦文秀，此時已換上全身夜行衣靠，背插單刀，撲到楚、沈借宿之處一看，咦了一聲，忽伸身略推窗戶，那窗隨手悠悠的啟開。

秦文秀回頭問了一句，立刻把孔明燈的閉光板拉開，照向屋內；又向四面照了照，便即飛身躥入屋內。少時，重又躥出來，叫道：「他們早走了，你們怎麼探的？」一個人嘟噥了幾句，秦文秀勃然大怒，吩咐手下人，快快到廟內外各處搜尋；又教幾個人，躥上大殿偏廡，向內外望。廟外守候的人也紛紛發動，一聲暗號，幾隻孔明燈倏閃明光，往各處奔馳亂照。

火光中，楚占熊、沈明誼看出馬上首領，是個赤面虬髯大漢，手抱雙鞭，生得很是兇猛，料想此人必是赤面虎范金魁。

但見他指揮部下，分路搜尋，人馬喧騰，已和剛來時銜枚暗襲的情形不同；卻早驚動了廟中僧人和鄰近居民。賊人大聲呼喝道：「諸位鄉鄰聽真，我們乃是赤面虎范寨主的部下，前來三官廟看望朋友；與眾無干，休得輕舉妄動，也不許探頭探腦，老老實實的睡覺是正經。」吆喝著，排搜起來。那小陳平秦文秀也跳上房，用孔明燈，向高處低處亂照。楚占熊、沈明誼見機很早，一見燈光，早已悄悄溜下樹來，平臥在房上。

秦文秀掩殺不著楚、沈二人，很是惱怒，恐有後患，忙把廟中和尚叫起來，持刀喝問：「寓客哪裡去了？」和尚戰兢兢地說：「白天走了幾個，今晚還有三個人呢，不知什麼時候不見了。」

秦文秀更不多問，奔向廟外搜去，與赤面虎范金魁會在一處；赤面虎在村前村後，也沒有搜著人影。兩人略一商量，令手下嘍囉，到各處喊叫：「鏢行姓楚的、姓沈的朋友，快出來相見，躲起來的不是好漢！」楚占熊在房上平伏著，聽得真真切切，便要躥下來，與賊人搭話。沈明誼連忙握住他的手，悄令別動。二賊酋窮搜鏢客不得，紛紛亂亂，撲出村外。忽有兩個嘍囉來報，恍見西北角上火光微閃，似有一兩條人影。赤面虎范金魁立刻帶領大眾，向西北角追去。

小陳平秦文秀督率著一二十個人，仍把住村口，等候動靜。相隔已遠，楚占熊忍不住動問沈明誼：「怎麼不跟他們搭話？坐視他們搜尋叫罵，太難堪了。」沈明誼老成持重，悄說：「不值跟他慪氣，我們要緊的還是尋鏢。」

直耗到四更將盡，赤面虎帶領部下，亂亂哄哄地跑回來。

空忙了一陣，徒勞無功；赤面虎與小陳平打呼哨收隊，全夥徑回巢穴去了。

待群賊走後，沈明誼方才一扯楚占熊和那鏢行夥計，悄悄跳下房來，尋一隱僻之地；沈明誼說道：「楚仁兄，並不是我怕事。此時彼眾我寡，敗了不用說，勝了也找不回鏢銀。依小弟之見，他們能搜尋我們，我們不會搜查他去麼？」楚占熊恍然道：「沈大哥真是老成卓見，我們何不跟蹤探訪下去？」沈明誼搖頭道：「如今已近五更，趕到那裡，快天亮了，莫如今晚我們走一遭。」楚占熊道：「好。」沈明誼又道：「不過我們去探山，還是為尋鏢。如果鏢銀並非他們所劫，我想還是不露面為妙。」楚占熊稱是。當下三個人不回三官廟，施展飛行術，徑奔柴家集。到了邀定的客棧，適已天亮。三人換上長衣服，進店投止。吃過早飯，睡覺養神。

轉瞬傍晚，沈明誼、楚占熊暗帶夜行衣、隨身兵刃，出離店房，不一時趕到老龍口附近。先找一隱僻處，脫下長衫，換好夜行衣；各打一包裹，盤上高樹，繫在枝葉密集處，然後飄身下來。楚占熊背插雙刀，沈明誼因為夜行不便使槍，改用練子鞭，繫在腰間；收拾俐落，時已二更。時候還早，兩個人取出水壺、乾糧，略用了些。直耗到三更時分，楚占熊仰頭看天，星光閃耀，道：「行了。」兩人抖擻精神，一前一後，直撲賊巢。赤面虎的巢穴，在老龍河口北邊一帶荒崗，有沙灘環抱，亂竹叢莽，道路曲折。前面有一座水仙古剎，勢已半頽，便是他們的第二道卡子。後邊一座大墳園，古柏參天，雜草鋪地，夾雜著斷垣殘碣；內有數排陽宅和看墳人住的房舍。前前後後也有數十間，不知是哪朝哪代貴官大族的祖塋，如今荒廢不堪，變成了盜窟。

楚占熊、沈明誼從東側亂草後繞過去，已來到昨日拜山和小陳平對談之所，那座水仙廟旁。兩人急急伏身貼地，聽了一聽，又看了一看；見近處並無人影，慢慢地蛇行鹿伏，溜了過去。時在夜半，破廟山門之後，仍有幾個匪徒，手持利刀長矛，在那裡把守。楚占熊、沈明誼不願打草驚蛇，悄悄繞過。

時值夜暗星黑，那幾個守崗的賊並不恪遵紀律，散伏暗隅；反聚在一塊，走來走去，正各誇說自家的風月故事，非姘即嫖，談得很熱鬧。沈明誼、楚占熊偷聽了一會兒，覺得全不相干，便撤身回來，繞到廟後。兩人相度形勢，正要設法進廟；忽聞廟內破閣上，有人喝問道：「幹什麼的，站住！」跟著廟門前也有人吆喝道：「捉住他，捉住他！」立刻聽見刀矛頓地之聲。

楚占熊、沈明誼各吃一驚；仰面尋看，破閣隔在牆內，並不能望見。兩人急伏身貼牆，亮出兵刃；心中納悶：「自己小心而又小心，怎麼竟被他們窺見？況又隔著牆，我既看不見他，他怎會看見我？」過了一會兒，不見群賊出來搜尋，卻聽見廟內有人笑語道：「我可下班了。」沈、楚二人這才明白：他們原是使得一種照例的詐語，並不曾看見自己的形跡。

兩個人放了心，抹過牆角，抄到廟後。輕輕一躍，楚占熊已躥上牆頭，左臂一挎，微露半面，往內偷窺。沈明誼持練子鞭，在旁巡風。破廟中，只三間房有燈光；正是守夜的賊人，在那裡聚賭破睡。楚、沈二人翻過牆頭，躥上房脊，溜到後窗，舐窗再窺。三間老屋，東間有幾個人穿著衣服睡覺；西間有四個人，圍著方桌賭錢；旁邊還有一個人手拿著木棒，挎著腰刀，站在地上看熱鬧。做賊的沒有什麼正經，有的口中哼著小調，有的摔牌罵骰。楚、沈聽了一會兒，屋中賭興正豪，並沒有人談起昨日之事。

又過了一會兒，聽前殿似有人聲。少時門響，眾賭徒一齊回頭。進來的是兩人，各拿著燈籠，提著兵刃，那光景好像巡夜剛回來。賭錢的就有兩人站起來，叫道：「許老臺、黑胖劉，快來，我真受不住了，我都睜不開眼了，你們誰接我這一把！」

那個叫黑胖劉的說：「咳咳，你們也太美了，二舵主早已吩咐過，教你們晚上多辛苦一點，這兩天很緊，你們反倒耍起錢了。回頭二姨娘查到這裡，又該給你們眼色看了。」賭錢的人說道：「滾他娘的蛋吧！誰不知道那個兔蛋，專會溜二舵主！他就查著我，又能把我怎麼樣？有一天，我總把他的蛋黃子給踢出來。」

許老臺說道：「瞎四你就吹吧，二姨娘今晚準來，我看你怎麼踢他！」又一人打著呵欠說：「說真的，咱們也該出去巡巡了，咱們頭兒這水買賣做得很脆，咱們真得小心。萬一讓人家踩訪到了，準有一場惡鬥。倒是夜晚破點辛苦，多驚醒一點才好。」那個拿木棒的就說：「咱們說走就走。誰跟我上老窯走一趟？」說著接過燈籠來，將東間睡覺的人，叫醒了兩個，一同出去了。

沈明誼一扯楚占熊，兩人急忙躥出廟外，伏在路隅草叢；眼看這巡夜三賊，各持兵刃，打著燈籠，往北巡去。楚、沈立刻綴在後邊，相隔十來丈，不即不離地盯著。這三賊圍著墳園曠野，繞了一圈，通過幾道卡子，便折回老窯，從墳園正門進去。楚占熊、沈明誼躡足徐綴，遠遠聽見：這巡夜三賊，每到一道卡子，便與值夜守崗的賊，通幾句暗號。暗號雖然聽不真切，可是匪人守崗的地點，全被二人窺見，這一來便易於擇路前進了。越走近老窯，二人越加小心。趁著月暗無光，林木掩映，楚占熊、沈明誼徑繞向北面，從墳山後背探進去，先躥上高樹，向墳園內窺探。

赤面虎部下共有一百幾十人，倒有一半分派出去，布卡巡風。在老窯內的不到一百人，有的住在陽宅內，有的住著草棚。圍繞墳園，築著高牆；也有頹倒的，赤面虎在此潛伏已久，都把它用磚石砌好。又在四角築下望臺，地下通著裡許隧道，以便遇險脫逃。衝要地點，也安下翻板陷坑。但因僻處海隅，作案又不在近處，官府還不曾剿辦過他們。

楚、沈拜山失和，小陳平半路邀劫未成，昨夜追擊，又已撲空。赤面虎本已生了戒心；曾三令五申，教放哨把風的黨羽多加小心。無奈言者諄諄，聽者藐藐。做賊的幾個有深謀遠慮的？群賊的巢穴，從來沒被官兵搜剿，儘管小陳平加緊巡查，群賊還是大大意意，滿不在乎。那墳山角樓，管望的人一共十二個，分在四處，倒有七個睡著了。又加楚占熊、沈明誼舉動輕捷，進止小心；竟被他兩人乘虛而入，從墳山後面，襲進匪窯。

二人看墳山前面那片陽宅，有五間房，格局高大，猜想形勢，必是賊酋住處。楚、沈潛察明白，暗中定好了進退之路；這才縱下樹來；先藏在纍纍的古墓後，再折向東首，曲折閃避，撲到陽宅側面。楚占熊輕輕縱上房頂，向四面一望，然後打一暗號。沈明誼便奔後窗根，隱在牆角窗畔的東側，手沾唾液，點破窗紙，往內窺看。屋內陳設竟不像匪窟，一張八仙桌上放著杯盤，椅背上搭著衣服腰帶；只在牆上掛著一把腰刀，茶几上放著一對鞭。一盞燈半明不亮，對面一床，床帳低垂，腳踏上放著男女兩雙鞋，好似帳內睡著一對夫婦。對後窗掛著穿衣鏡，鏡旁便是格扇。

沈明誼轉身向西挪了挪，意欲窺看堂屋和西間，忽覺腳下一軟，急撤身旁閃。料想下面或是翻板，便不敢過去。兩人一步一試，溜到鄰屋。這邊屋中擺著兩鋪大床，睡著二三十個人。地上有兩個人，持刀靠桌坐著，臉現倦容，沉默無言；看那神情，不過是值夜的嘍囉。沈明誼暗想，這裡倒比頭道卡子鬆懈。沈明誼抽身轉到鄰間矮屋後面，這裡沒有後窗。他正待設法窺察，忽聽嘶的一聲，沈明誼急忙閃身，扭頭上看，楚占熊在房頂向東一指。沈明誼順手看去，倏見一條黑影，箭似的從墳山斜馳過來，身法輕快，踏地無聲。楚、沈相顧愕然，忙退回原路；再找黑影，只一晃，便不見了。

楚占熊、沈明誼到各處搜尋，已無蹤跡。二人遲疑了一陣，重到墳園前面，揣測著形勢，打算探入一步。縱上房頭，從後山坡潛渡過去。剛走過半圈，忽見西邊屋內燈光全滅，隱隱聞得鈴聲。望樓上，突聽一聲怪號，轉瞬復又寂然。前面西房中，首先躥出兩人來；向西面一尋，大聲發話道：「喂，道上的朋友，請下來吧！」楚、沈急待伏身，已經無及。望樓上突有一角，發出皇皇的聲音；原來警鈴已動，頓時全窯各處各屋的燈光全滅，人聲轉寂，院落愈顯昏黑。

楚占熊急問沈明誼道：「我們闖出去，還是下去跟他們答話？」沈明誼道：「闖闖看。」兩人急亮兵刃，楚占熊擺雙刀當先，沈明誼掄鏈子鞭斷後；目注院中動靜和各屋門戶，剛要從房頂躥下牆頭。各屋中依然不見人出。在那墳旁叢草中和牆角暗隅中，反倒利俐落落縱出二三十個人，立刻散開，把住路口。楚占熊、沈明誼已陷入圍中。

楚占熊按照預定路線，舞雙刀闖過去，沈明誼在後緊隨。

二人從西面斜繞北面，不走平地，在房上縱躍如飛。那西房中先出來的二賊，一個持刀，一個持雙戟，挺身躥上房頭，從迎面邀截過來。楚占熊刀交左手，探囊取出飛蝗石子，叫道：「著！」唰的打過去，來人閃身讓過，略為頓了一頓。楚占熊、沈明誼已一抹地橫折轉身，從房頂躍下平地，從平地躥上矮屋。二人正要越矮屋，搶向長牆；不意牆外早有人把守。

范金魁率領二十多個部下，從道地繞出墳山之後，將全窯護住。小陳平秦文秀率著三舵主莫海、四舵主金繼亮、五舵主彭森林，督領十幾個武功較好的頭目，從東房後閃出來，四面躥上牆頭。院中另有幾個嘍囉，舉孔明燈，向各處照射。燈光照處，小陳平秦文秀已看見沈、楚二人，立刻厲聲大喝道：「大膽的鏢行，本寨主饒你逃生，不肯窮追，你反來找死！我們早防備下了，你們還想走麼！快滾下來，露兩手！」且說且向楚、沈合圍過來，卻用刀尖一指院落道：「好漢子，這裡來。」

楚占熊一聲狂笑，對沈明誼道：「我們領教領教再走。」一擺雙刀，嗖地躥下平地，厲聲叱道：「小陳平，久仰你的大名。半路邀劫，自然是你的高招；對不起，被我們闖過去了。半夜圍廟，也被我們見機躲開。你的智囊不過如此，我們領略過了。江湖上的漢子，講究光明磊落，許你們打劫，就不容我們窺探麼？姓秦的，你也不夠朋友。快請赤面虎范舵主來答話；久仰他是個外場朋友，我們倒要會會。姓秦的，你來看，我們弟兄來了半天了，我們並沒給你縱火。究竟誰是朋友，江湖上自有公論。去吧，朋友，哪位是范舵主？」

小陳平聽了這番話，大怒變色，將刀一揮，要知會眾寇，上前圍攻。那房上站著的沈明誼，又冷然大叫道：「秦舵主請了，我弟兄路過寶山，全為尋鏢，並非尋隙。秦舵主要看看我弟兄的技業，乃是賞臉。我弟兄身入虎穴，全憑一刀一槍，捉對廝殺。秦舵主若派哪位好朋友來指教，儘管讓出場子來，我弟兄挨個奉陪。你若想群毆，也只管說明。」

小陳平當眾不好接這群毆的話，暗想：「車輪戰也累殺你！」遂喝道：

「姓沈的朋友，不要害怕群毆。喂，哪位賢弟先出去領教？」

　　四舵主金繼亮挺鉤鐮槍，先躥過來；楚占熊早已立好門戶。金繼亮槍尖一點，直取咽喉。楚占熊側身一閃，讓過槍鋒，左手刀向外一磕，右手刀勢如攢花，直向敵手扎去。雙刀、單槍立刻殺在一處。四面嘍囉高舉火把，各持兵刃，遠遠看住。三舵主莫海手抱喪門劍，帶兩個頭目，分站在牆頭，盯住沈明誼。

　　小陳平秦文秀吩咐部下，速持火把，到處搜查餘黨。沈明誼提鏈子鞭，凝神觀風。只見楚占熊刀光縱橫，四舵主金繼亮挺著鉤鐮槍，屢次衝擊，滿想得手，竟被拒開。楚占熊刀鋒急速，封閉緊嚴，殺了十幾個照面，金繼亮險被削去手指。一招勢敗，手法慌亂；楚占熊雙刀一展，倏又撲來。金繼亮應接不暇，槍法大亂，直逼得倒退。

　　秦文秀吃了一驚，忙揮刀上前；五舵主彭森林掄鐵棍，一聲怪喝，嗖的一個箭步，躥到楚鏢頭身後，摟頭蓋頂，唰的一棍砸來。楚占熊右手刀一遞，堪堪刺著金繼亮的後心；忽聞後面風聲，更不回頭，托地一躥，跳開一丈多遠。彭森林力大棍猛，身子往前一撲，噹的一聲，把甬路的殘磚打碎好幾塊；又怪吼一聲，抹轉身尋找敵人。

　　楚占熊雙刀直剪，已繞到彭森林背後。彭森林一轉身，恰好遇著，就勢橫棍一掃。楚占熊急收招撤刀，左手刀卻被棍梢掃著一點，一聲響，將刀盪開。楚占熊暗道：「好大膂力！」抽轉刀鋒，虛向外一遞。彭森林亮棍喝道：「著！」

　　楚占熊早已撤回招來，右手刀斜扎敵肋，左手刀甩砍下盤。彭森林收棍不迭，急擰身竄開，單臂掄棍，忽地橫掃過來。楚占熊撲近身前，右手刀一晃，抬腿踢向小腹。彭森林急扭身，這一腿橫踢著左胯，不禁哎喲了一聲，晃了晃，幸未跌倒。楚占熊真真假假，錯刀一掠，疾如飄風，竟掃中敵肩，鮮血立濺。彭森林皮糙肉厚，一迭聲怪叫：「好東西，真敢扎我！」負痛掄棍，仍趨前死戰。

燈影裡，小陳平早已瞥見，急揮刀上前接應。沈明誼大叫：「秦舵主休得恃眾，我來奉陪！」從房頭上唰的躥下來，揮鏈子鞭，橫身當面。那站在牆頭、伺視動靜的三舵主莫海，也忙一揮喪門劍，嗖的躥到平地，從斜刺裡邀截沈明誼；一條鞭，一把劍，立刻戰在一處。

小陳平秦文秀搶到核心，叫：「彭賢弟速退，我來會他。」

五舵主彭森林，咬牙切齒，揮棍鏖戰，創口的血涔涔滴流，本已疼痛不堪；怒罵了一聲，抽身退出，奔入窯內。楚占熊揮雙刀，健步追趕，小陳平急挺單刀邀住；兩人各仗著純熟的招數，來來往往，走了七八個照面，不分勝敗。

三舵主莫海武功特強，一口喪門劍使得風雨不透。沈明誼捻鏈子鞭，封攔鎖掛，點打纏拿，翻翻滾滾，奮勇相持。戰夠多時，沈明誼用慣了槍，使軟鞭不甚得力，武功減色，竟不能把莫海戰敗。

那一邊小陳平秦文秀招熟氣弱，遇見勁敵；二三十回合後，被楚占熊雙刀逼得有招架之功。五舵主彭森林已裹好創傷，丟下鐵棍，換了一把樸刀，重複出來，怒喝：「鏢行的小子，休想囫圇回去。」搶步上前助戰。

楚占熊勃然大怒，趁敵援未到，猛向前一沖，用了手「纏手刺扎」，刀光一閃，喝一聲：「著！」小陳平急避不及，應聲倒地。四面把守的嘍囉，一齊驚喊道：「不好了，二舵主掛綵了！」一個小嘍囉調轉頭，馳奔道地，送信去了。

四舵主金繼亮在旁觀戰，吃了一驚，縱身猛躥，大叫：「鏢行小子，休得張狂！」手一抬，先打出一支袖箭。楚占熊方要下辣手，聞聲伏身一躥，將袖箭讓過。楚占熊急挺身，雙刀一擺，冷笑道：「休要暗箭傷人。不怕刀的朋友，儘管上來！」

彭森林早如一溜煙，挺樸刀再劈過來。楚占熊側身讓開，揮刀還招，兩人重殺在一起。

小陳平秦文秀仰臥在血泊中；四舵主金繼亮和一個頭目，已飛身上前，金繼亮急急背起，救入窯內。驗看傷痕，幸而傷口雖大，未中要害，手下人忙來敷藥裹傷。小陳平道：「四賢弟不必管我，快請大哥來，拿這兩個點子。你們千萬派人防住要害，恐怕他們來的不止兩人，外面定有餘黨接應。」說罷一陣劇痛，不能言語。少時蘇緩過來，又道：「一切翻板、道地、飛蝗、羽箭，快快預備好了，務必把這兩個殺材活捉住。」又命手下人，把他背到地窯裡面去。

地窯共有兩股隧道和幾間地室。全窯歷年打來的財貨和架來的肉票，常常潛藏在內。楚、沈二人窺窗時，誤踏走線，地窯鈴聲大震，所以全窯立刻聞響而動。

那五間高的大房子，看外表像是賊首住所，其實不是。秦文秀和范金魁素常都住在東側矮屋內。這兩日戒備加嚴，范金魁、秦文秀都遷在地窯內歇睡。范金魁的妻子粉夜叉馬三娘和小陳平的妻子孫氏，也都住在地室。楚、沈二鏢客所見房內的床帳，和腳踏板上的男女鞋子，正是為誘敵窺探而設。楚、沈幸未入室，否則必陷入翻板。

粉夜叉馬三娘，本是一個賣解女子，生來力大貌美。她和赤面虎范金魁結成夫妻之後，因她武功比丈夫強，且又性如烈火，范金魁委實有點懼內；所以粉夜叉又有一個新的外號，叫做伏虎菩薩。

那小陳平的妻子孫氏，卻是良家之女，今年才二十一歲，本是被綁的肉票。後來被小陳平看中，女家雖然備款來贖，他竟留住不放，被他奸宿半年。那女子起初也是尋死覓活，痛不欲生；小陳平卻愛戀甚深，百般哄慰。一年之後，竟結孽胎，產生一女。小陳平事事獻媚。這女子陷身虎口，既已失身，只好自嗟命運，竟從了小陳平。

小陳平浴血負傷，被背到地窯，孫氏和粉夜叉忙過來慰問。小陳平換出笑臉道：「你們不要慌，傷勢不重。外面不過是鏢行兩個探山的，已被我們圍上了。」

粉夜叉道：「你大哥呢？」小陳平道：「這時候大概跟他們交上手了吧！」粉夜叉道：「咳，老二你不行，他也不行啊，待我上去吧。」立刻換上鐵尖鞋，全身結束，倒提飛抓，催著金繼亮，與她偕往。

這時節，嘍囉們已將赤面虎請到。此時，沈明誼尚跟三舵主莫海，狠命相撲。楚占熊連敗二敵，正與彭森林惡鬥；把個負傷力戰的彭森林逼得如風車似的亂轉。赤面虎范金魁從墳山外圍奔來，吩咐部下緊守門戶，他舞動雙鞭，搶到戰場。幾個健步的嘍囉提著刀矛，打著火把，如一條火龍似的，相隨撲來。

赤面虎暴喊一聲：「大膽的鏢行，竟敢來攪局，還敢刀傷我們兩家舵主，我教你屍首也出不去這老龍口！五弟且退，待我來宰他！」雙鞭一指，部下人分散開，高舉火把，分立四面。赤面虎托地一躍，讓過了彭森林，搶奔楚占熊。

楚占熊收招側目，見這赤面虎鬚眉如戟，果然雄壯；雙刀一抱，兩拳微抬道：「來的是范舵主麼？在下楚占熊……」話沒交代完，赤面虎和小陳平患難至交，一聞他負傷，早耐忍不住，大叱道：「少說閒話，你敢身入虎穴，捋虎鬚，必有驚人的本領！……呔，接招！」雙鞭劈面打來。

楚占熊急錯身讓開，用刀一指道：「姓范的朋友，我豈懼你？我們來意卻不能不說明白……」范金魁不聽那一套，又一鞭打來。楚占熊雙眉一挑，怒氣上撞，雙刀一展，立刻欺身還招；雙鞭、雙刀鬥在一處。

那一邊，沈明誼苦鬥莫海，漸占上風。莫海武功甚好，氣力也嫌不足；數十回合，漸覺招數緩慢。沈明誼精神壯旺，起初只求無過，不求有功；待後來展開手腳，這一條鏈子鞭竟把莫海圈住；莫海要想撤退，竟有些閃避不開。

赤面虎范金魁且鬥且照顧四面，被他一眼瞥見莫海危急，急叫：「彭賢弟，快接應莫賢弟去！」彭森林抖擻精神，搶奔沈明誼；彭、莫二人雙戰沈明誼。沈鏢師並不撓怯，將身一退，掄起鏈子鞭，指東打西。彭、莫二人一個力乏，一個負傷，雙戰不下沈明誼。

赤面虎范金魁把一對鋼鞭，使得呼呼風響，進攻退守，左收右展，和楚占熊的雙刀，正好相敵。火把光中，但聽得一片叮噹亂響，直走了二十多個照面，不分勝負。赤面虎已起殺心，越戰越勇。楚占熊年甫四旬，正在健壯，恰也敵得過；雙刀錯舉，一心要勝了這個盜魁。

沈明誼卻胸有城府，不願戀戰，也不願示怯。兩個鏢頭，三個劇賊，正在分兩起盤旋大鬥。忽然間從暗影中閃出一道微光，粉夜叉、伏虎菩薩馬三娘，倒提飛抓，如燕子抄水，連連飛躥，趕到戰場。四舵主金繼亮挺手中鉤鐮槍，在後緊緊相隨。

粉夜叉才一露面，便看見莫、彭二盜和鏢客沈明誼，苦鬥正烈。那一邊，赤面虎和鏢客楚占熊，雙鞭對雙刀，打得尤其凶險。粉夜叉回頭對金繼亮說：「金老四，你快過去，把彭老五替下來，你看他哪還行！」說畢，一抖飛抓，搶到楚占熊這邊，睜鳳眼上下打量。見楚占熊身材健挺，白面微髭，穿一身夜行衣靠，襯得面如滿月，細腰扎背；一對鋼刀明晃晃上下飛舞。

粉夜叉看罷，嬌叱一聲道：「呔，你是哪裡來的托線，敢到這裡撒野賣乖？」將身一躥，如一條銀線般，從斜刺裡抄入鬥場。她招呼赤面虎范金魁道：「舵主歇歇吧，我來拿他。」

赤面虎虛晃一招，躥出圈外，把雙鞭一抱，在旁觀戰。楚占熊也把招一收，斜身抱刀，注目觀看來敵。火光中，見這粉夜叉馬三娘，居然生得美俏，只是眉尖微挑，二目凝寒，似籠著一層殺氣；身材細長，穿一身銀白色短裝，腰繫紅巾，腳穿鐵尖鞋，彷彿極俐落輕脫。楚占熊看罷，暗吸一口涼氣。江湖上女子既敢上場動武，必有驚人技藝；再不，就有出奇暗器，倒不可不多加小心。擺好架勢，靜觀敵人來派。

這粉夜叉馬三娘不慌不忙，一抖飛抓，左手虛指一指，喝一聲：「看招！」偏身側步，略將架勢一拉，那虎爪飛抓如車輪似的一轉，唰的奔楚占熊上盤打來。

楚占熊急一閃身，將左手刀一順，右手刀立即遞出。粉夜叉雙足一點，嗖的躥到楚占熊背後；趁勢收抓，又照楚占熊頸項抓來。楚占熊略略閃避，將左手刀橫斬下去，右手刀直取粉夜叉前胸。粉夜叉順手收抓，未容刀到，雙足一點，嗖的躥出去；右腕一帶，又將抓收回。容得楚占熊揮刀趕到，她嬌喊一聲：「著！」手腕一撈，似取下盤；突一翻腕，倒向楚占熊面部抓去。

楚占熊目注飛抓，抓不發出，絕不閃避；抓到面前，方才橫刀挑去。楚占熊這刀一挑，那刀徑向敵人要害扎來；一對刀，此攻彼守，絕不併在一處。粉夜叉一條虎抓，連發十數招，見楚占熊很是識貨，絕不上當。粉夜叉伏虎三娘不由粉面含嗔，對著赤面虎叫道：「快拿我的長兵刃來。」

赤面虎見他妻飛抓不能取勝，正要下場助戰；又恐他妻護短好勝，不願人幫忙。赤面虎心中猶豫，忽聽妻子教他取長兵刃，忙應了一聲，便要親自去取。手下嘍囉早飛也似的跑回去，拿來了兩根白蠟桿子。赤面虎立刻掛好雙鞭，自取一根白蠟桿，雙手顫抖起來，那白蠟桿的前梢顫起數尺的圓圈，試了試，很堅穩；又換過那一桿來，復一顫抖，也無毛病。這才大聲叫道：「我說喂，換兵刃吧，白蠟桿子來了。」

粉夜叉應聲一閃，躍出圈外。赤面虎擰白蠟桿子，過去截住楚占熊。粉夜叉將手一揚道：「扔過來。」手下嘍囉立刻把那條白蠟桿子一拋，粉夜叉竄身一抄，抄到手內；也接來一抖，抖起數尺大的花來。她對赤面虎叫道：「閃開，瞧我的！」赤面虎立刻將白蠟桿子一收一送，桿尖直戳楚占熊前胸。楚占熊側身讓過，不容赤面虎收招，倏掄雙刀，一磕桿子，急進步欺身，右手刀直劃赤面虎面門。赤面虎立刻托地一躥，退出一丈以外；將桿子一抖，護住前面，又與楚占熊打了起來。

粉夜叉見赤面虎竟退不出來，不由大怒。她抹轉桿梢，顫起來呼呼風響，叱吒一聲，直對楚占熊划來。楚占熊雙刀一擺，閃身躲過；左手刀防近，右手刀攻遠，方得讓招還招。粉夜叉更不容緩，白蠟桿子矯如騰蛇，圍著楚占熊，掃打纏扎，泛起一輪白影。

楚占熊奮勇抵擋，無奈這白蠟桿子，梢長力猛，桿顫煽風，彈力絕大。粉夜叉出身繩妓，頗精桿法，滑、拿、崩、拔、壓、劈、砸、蓋、挑、扎，運用起來，靈活異常。楚占熊用刀直劈，自然劈不著；用刀橫削，弄不巧會被桿子彈開，甚至撒手；並且桿長取遠，楚占熊若欲進削敵人，自身早在桿子纏打之下了。楚占熊深知此桿的破法，迎面進取實在不易，側面斜擊也不可能；急轉身形，施展輕功，嗖的一躥，「燕子飛雲縱」，從斜刺裡抄到粉夜叉背後。粉夜叉久經大敵，顧前更須顧後；未容楚占熊躥到，早將長桿一擰，略轉半身，順勢顫動桿梢，叱道：「朋友，你往哪裡走？你想繞到我後頭去麼，你倒乖巧！」白蠟桿泛起一個大圈來，把楚占熊截住。楚占熊抽身讓步，倏地伏身連躍，更從左側繞奔粉夜叉後背；相隔兩丈多遠，急揮刀縱步，斜削粉夜叉左肋。

粉夜叉不慌不忙，鳳眼盯住了對手，掌中桿前後把一擰，不待敵刃攻到，已微微一側身，轉過桿梢，對準楚占熊雙刀橫扇過來。楚占熊急收招旁竄，左手刀尖稍微落後，被顫起的桿梢掃著一點，刮的一聲響，白蠟桿梢被削去半尺多；楚占熊的刀卻也險被繃飛，震得虎口發熱。

楚占熊吃了一驚，更不怠慢，雙刀一叉，沖開桿影，搶步猛攻敵人懷內；滿想搶進兩步之內，粉夜叉長桿不能守近，自己便可得手。那粉夜叉卻更乖覺，刀桿相碰，料到敵手不是吃驚敗逃，便是趁機冒險進攻。她便抽身一個敗勢，右手撒把，嗖的一個箭步，躥出一丈多遠；抹轉身，左手挺勁，右手托桿身，復一顫；喝一聲：「呔，看招！」但見桿影亂閃，桿尖直向楚占熊右側耳門划來。

楚占熊趕緊叉刀伏身，兩膀用力向外一磕。粉夜叉忽將桿子抽回，盤空一繞，反向左側拍去。楚占熊急推刀向左招架。

粉夜叉又一抽一送，掄起鬥大桿花來，金雞亂點，向楚占熊上下左右，緊一招快一招攻來。

楚占熊連架數招，趁夾縫裡，攻進一刀，連忙騰身一躥；又往旁一閃，繞出兩三丈，倏抄向粉夜叉背後。粉夜叉調轉桿梢，只一擰身，便迎面截住。楚占熊退回來，繞出兩三丈，猛又抄到粉夜叉背後。粉夜叉又一轉身，橫桿截住了。

一連數次，粉夜叉緊防右側，決計不令敵人貼身；以逸待勞，以長攻短。只數十個回合，楚占熊便覺相形見絀；卻是氣勢虎虎，仍不肯認輸。

粉夜叉手中白蠟桿子，不住地拍顫點打，縱送衝擊，兩隻俏眼，照顧到四面。她見赤面虎拖著白蠟桿子，站在圈外，隨著自己轉，意在照護自己。每逢險招，赤面虎立刻托起長桿來，在旁瞪眼，使勁，著急，恨不能過來替換她。

這原是夫妻關情之處。粉夜叉一向自負，滿心想親手打倒這個鏢客，好堵住彭森林的嘴。素常彭森林總說：「還是范大哥功夫強，大嫂到底差得多。不過范大哥心疼嫂夫人，甘心示弱罷了。」只有小陳平為人機警，處處推重粉夜叉，誇她武功矯健：「我們哥幾個，誰都不成。」粉夜叉聽了，非常高興；赤面虎聽了，也高興非常。彭森林這個傻小子，不能體貼人情，他偏說：「我不信。」所以粉夜叉才一露面，便教金繼亮替下彭森林；暗中較勁，要教彭森林看看自己的本領。偏偏彭森林退下來，卻站在那邊，看著金繼亮、莫海雙戰沈明誼，並不到這邊來。

粉夜叉一面打，一面對赤面虎說：「我說喂！你別看熱鬧了，快去把老三、老四替下來吧。教彭老五來給我把場，我這裡不要緊。老四、老三也別閒著，教他哥倆到各處照照。」

赤面虎范金魁謹接閫命，戀戀不捨的，挺白蠟桿子，搶到沈明誼那邊；威風凜凜，厲聲大叫：「三弟、四弟閃開，待我來拿他！彭五弟，快過去照應你嫂子。」彭森林應了一聲，搶到粉夜叉旁邊一站，抱定樸刀，嚴防楚占熊逃竄。

粉夜叉叫道：「老五，看著點！」揮動長桿，打得特別起勁。彭森林偏不誇讚，手捫傷處，口中說：「大嫂子，累不累，兩個月的重身子，留神扯了腰！」粉夜叉唾道：「混帳！」

那一邊，鏢客沈明誼連戰數敵，暗辨星色，潛有退志。赤面虎一個生力軍突然攻到，手疾力猛，沈明誼更不願戀戰。他一面迎敵，一面移動，湊近楚占熊道：「楚仁兄，可是時候了。」楚占熊戰不下粉夜叉，正想變計，立刻應聲道：「走！」

倏將招式一收，大叫：「道上朋友，在下領教過了，不過如此。失陪了，有緣再來相見。」撤身轉步要走。

粉夜叉鳳目一張，劍眉一挑道：「你還想走麼？你就在這裡歇歇吧。」白蠟桿橫空一轉，倏地竄身，截住去路。赤面虎將桿尖一指，周呼道：「弟兄們留神！」莫海、金繼亮、彭森林紛紛發動，退出戰場，轉向外圈抄去，只剩下赤面虎、粉夜叉夫婦，率眾圈住二鏢客。赤面虎雙足一頓，橫遮在後。粉夜叉長桿一點，迎截在前。兩隻白蠟桿如雙龍戲水，嗖嗖地掠空飛舞。二十多個賊兵各亮兵刃，從四面合抄過來；楚、沈二人去路已斷。

楚占熊大怒，叫一聲：「沈大哥，咱們闖！」兩人且戰且走，搶奔墳園。墳山叢莽之前，早有彭森林，督賊兵，持撓鉤長矛，迎面截住。楚占熊意欲奪路衝殺過去。沈明誼道：「使不得。」原來後面赤面虎、粉夜叉已經趕到，若再奪路，必被夾攻。沈明誼張眼一望，東面黑沉沉，人蹤較少，西面卻有不少人，沈明誼急引同伴，搶奔東面；這些嘍囉立刻截向東面。

楚、沈忽折向南面竄去，卻從南面一抹地繞奔西方。兩人腳下用力，躥上西排矮屋；要由矮屋躥過牆頭，便可退出墳園；搶到荒林，便可脫身回去。

二鏢客躍上屋頂，才向外一望，不由失色。突從房山後，立起四五個埋伏賊兵，暴喊一聲，齊將手一揚，數道寒光，直奔二人。楚、沈二人閃身向旁一躥，讓過了暗器。腳還沒站穩，忽又從下面打來數鏢。楚占熊忙向旁邊一躍，鏢鋒貼身而過。楚占熊身軀一晃，拿樁立定；粉夜叉早已一拄長桿，嗖地跟上矮屋。她長桿一掄，叫道：「下去吧！」楚占熊招架不及，一翻身，復又躥下平地。

粉夜叉長桿一拄，緊跟下去。沈明誼吃了一驚，急待躍下馳救；牆頭上奔來數人，把他圍住，竟在房頂上打起來。楚占熊飛身下房，雙足一頓，點地躍起。他才躍起，粉夜叉已竟跟蹤近身，長桿一拍道：「倒下！」楚占熊唰唰唰，連躥出四五丈以外；粉夜叉也唰唰唰，連追出四五丈以外。白蠟桿子的舞影，不離楚占熊的身形。赤面虎范金魁也舞動長桿，搶上前來。夫妻兩個雙戰一楚。楚占熊雙拳不戰四手，短刀不敵長桿；苦鬥數合，好容易得個破綻，向粉夜叉猛砍一刀，急一翻身，躥出圈外，二番搶奔牆頭。

不意就在此時，忽從黑影中閃出一人來。楚占熊略一遲疑，粉夜叉已如一陣狂風，搶先趕到；長桿一抖，楚占熊急閃不迭，滑倒在地。粉夜叉大喜道:「逮著了！」急用長桿一按。楚占熊「燕青十八翻」，已翻出數步，托地挺身躍起。

粉夜叉大怒，又復一桿掃去。忽然斜刺裡飛來那道黑影，疾如電光石火，輕如飛絮微塵，一眨眼已到面前。

粉夜叉急抹轉白蠟桿，擰把橫截；只聽騰的一聲，白蠟桿凌空飛出兩丈多高。粉夜叉失聲一叫，兩手虎口一陣發熱，身軀晃了晃，險些栽倒，直倒退出兩三步去。

第六章

探虎口劫質突重圍　聞馬嘶窺垣得一線

鏢師楚占熊、沈明誼，被圍在老龍口墳園盜窟，正在危急；忽從黑影中躥出一人，只一舉手間，女賊粉夜叉掌中的白蠟桿子，騰地飛掠出兩三丈。粉夜叉喲了一聲，幾乎跌倒。赤面虎大吃一驚，慌不迭地縱身飛奔過來，橫遮在粉夜叉面前，抖白蠟桿子，便要進步急攻。只聽對面那人朗然發言：「范舵主且慢動手，請聽我一言！」

赤面虎范金魁愕然住手，緊緊封住門戶，燈光影裡，注視來人。只見來人身高五尺四五，穿一身藍綢短裝，並非夜行衣靠；頭上青絹包頭，身後斜背一口利劍，從右肩頭左肋下，抄過來兩股絨繩，在胸前勒成蝴蝶扣，劍把雙飄杏黃燈籠穗；腰勒緊帶，足登雲履，白布高腰襪子，高打護膝；兩手虛抱，丁字步昂然站在人前。辨面貌，長頰闊目，面色豐腴，長鬚蒼然，兩眼炯炯有神，眉宇間英氣凜凜；只額上微起橫波，顯見得風塵跋涉，歲月侵尋，老已將至。

赤面虎看罷，正待開言喝問；背後的粉夜叉馬三娘已然亮出飛抓，搶到面前，怒罵道：「你這老殺才，冷不防的給我一下子，想必也是鏢行走狗，不要躲，且吃老娘一抓！」粉夜叉剛抖飛抓索戰，只見來人雙眸一閃，全身挺然不動，微微側首，突然舉手道：「這位定是范舵主。我十二金錢俞劍平，久仰威名，今日特來拜見。這位娘子，想是……」說到這裡，戛然住口。

赤面虎、粉夜叉一聽這「十二金錢」四字，不禁側步，暗道：「久聞江寧鏢客十二金錢俞三勝，是江南武林中第一能手，原來就是此人？」夫妻倆不由上眼下眼，打量來人的神色。果然此人氣宇沉穆，精神矍鑠，似非等閒。粉夜叉被他迎面一截，立刻將白蠟桿子脫手，更深深領略到此老膂力異常。

粉夜叉看著赤面虎。赤面虎眉頭一皺，微微搖頭，道：「原來是俞老鏢頭！俞老鏢頭夤夜來此，有何貴幹？莫非是來幫助那姓楚的、姓沈的，特來到此探山的麼？」十二金錢俞劍平歉然抱拳道：「范舵主，在下浪跡風塵，借鏢行餬口，全仗江湖上綠林中朋友幫忙，豈敢無故前來打攪？在下正為楚占熊、沈明誼兩位鏢頭，訪查鏢銀，偶因不慎，得罪了范舵主。在下特地趕來，為兩家排難解紛。奉請范舵主，通知部下，暫且收兵罷戰，聽在下一言。」

此時楚占熊已立在俞劍平的身旁。那沈明誼在西邊矮屋上，教幾個人圍攻，被迫也已跳到平地，正自苦鬥不休。這時又從黑影中躥出一個人來，沖到核心；舞動手中鑌鐵短矛，仗著一股奔馳銳氣，與沈明誼聯合起來，將幾個包圍的人，殺得落花流水。這個人便是鐵槍趙化龍的師弟，鐵矛周季龍。

原來周季龍趕回鹽城，邀到十二金錢俞劍平，立刻策馬奔赴柴家集。到預定的客棧內，見著鏢行夥計，才曉得楚、沈二人，偕往老龍口拜山訪鏢，言語失和。楚、沈二人現已乘夜潛去探山。俞劍平唯恐二人有失，急與周季龍一口氣追到老龍口，只比楚、沈晚了一個更次。俞劍平、周季龍施展夜行術，闖進了赤面虎所布的卡子；顧不得從容探道，只好先捉住一個巡夜嘍兵，威嚇他說出實話。然後俞劍平點了他的啞穴，將他縛在草叢中，便和周季龍從墳園側面襲入。周季龍巡風，俞劍平探道；看清這墳園形勢，立刻躥上一座望臺。恰有四個守夜的人在內把守。

俞劍平用迅雷不及掩耳的手段，把四人點倒，逐個訊問了一遍；才知赤面虎並沒有劫取二十萬鏢銀，那巡夜嘍兵的話並非虛假。俞劍平再三詰問：「十幾天前，你們范舵主到何處作案去了？」嘍卒說：「是在水路上，劫了一票貨船。」俞劍平嗒然失望，將望臺上的嘍兵也捆了。知會周季龍，一面尋找楚、沈二人，一面窺探赤面虎窯藏財貨的地點。楚、沈二人初進山時所見的黑影，正是俞劍平。

隨後，楚、沈二人與群賊交手，周季龍便要下去相助。俞劍平搖手止住，悄說：「我們趁此機會，可到各方查訪一下。」

查訪一過，果然不見有任何鏢馱形跡。

此時楚、沈二鏢師勢漸不敵，俞劍平教周季龍去接應楚占熊。周季龍一看，楚占熊是和一個女人交手；周季龍心中不願，打贏了並不露臉，打敗了卻真丟人。周季龍眉頭一皺，計上心來，搖手說道：「這個女人，我可對付不過，是有名的母夜叉，還是老前輩來吧。」口中說著，早一抹身躥開，竟奔沈明誼那邊去了。

俞劍平不禁失笑，暗道：「他倒很滑！」無可奈何，只好潛蹤過來，卻又觀望。後見楚占熊被粉夜叉夫妻纏繞得險急；俞劍平趕緊出面，赤手空拳只一招，便將粉夜叉的白蠟桿磕飛。

既和赤面虎見面對談，俞劍平溫文盡禮，用手一指沈明誼那邊道：「范舵主，且請吩咐部下停鬥。」又招呼沈明誼、周季龍道：「二位鏢頭，快快住手！」

赤面虎皺眉想了想，先招呼手下人住手，且在周圍遠遠地盯住。赤面虎眼望著粉夜叉。粉夜叉提著飛抓，眼瞪著十二金錢俞劍平，一言不發。赤面虎道：「俞鏢頭，我久仰你的威名。我在此地開山立櫃，與你貴鏢行，素無過節。這姓楚的、姓沈的，竟來打攪，我們不能不動手。俞鏢頭，勸你請回吧！這事是他們登門尋找，並非我姓范的無禮。」

俞劍平一捋長髯道：「范舵主，你不知真情，自然怪他們無端前來；但是他們自有他們的苦衷。我已聽說他們依禮拜山，和貴窯秦舵主有過交代。」說到此，轉顧楚占熊、沈明誼道：「楚、沈二位鏢頭，我已訪明，失去的鏢銀不在此地。二位何故與他們失和？」

楚、沈二人愕然道：「鏢銀不在此處麼？俞大哥，怎麼曉得鏢銀不在此地，可是已訪著下落麼？他們明明在十幾天前做過案，我們好好拜山，他們百般支吾，還要截殺我們。」俞劍平道：「那只是言語誤會，得了便了吧！」又對范金魁抱拳道：「這兩位朋友，委實因擔得沉重過大，情急找鏢，擾及貴窯，事出兩誤。還請范舵主放寬一步，看我薄面，從此一笑解紛，我們改日再來專誠賠禮。」

范金魁聽了，沉吟不語，暗想：「十二金錢俞劍平並非好惹的人，他們既來探山，恐怕來的不止這幾個人；我何不做個順水人情，徑放他們回去？」正自思量，彭森林插言道：「我們人受了傷，難道竟讓他好好走了不成？」粉夜叉也在旁睃著一雙俏眼，含嗔不語。

范金魁心內難堪，委絕不下。忽然抬頭，見南面望樓上，掛出紅綠藍三色燈籠來。范金魁心下明白，遂截然說道：「俞老鏢頭的話，自當遵命。無奈事情僵到這裡，我們好幾個人都受了傷。我若任聽楚、沈二人出去，本窯必笑我怯懦不義，我將何以用眾？況且兩人在我們這裡攪了半夜，一旦傳出去，綠林道上必然小瞧我范某；說我赤面虎原來是紙老虎，居然容鏢行來去自如，成了無能之輩；可是俞老鏢頭既然說了，我若拒絕，又顯得我姓范的不通人情……」

俞劍平靜靜聽著，心知這范金魁想找場面，忙說道：「這個容易，我必教范舵主過得去。附近想有武林朋友，我可以邀來賠話……」

赤面虎搖頭不答，忽然揚眉道：「這樣辦吧，請你轉告二人，把兵刃給我留下；我自然放他二人，絕不動他一毫一毛。」

俞劍平未及還言，楚占熊早已大怒，左手抱雙刀，右手將脖頸一拍道：「你們要想留下我的雙刀，卻也容易，請你先把我頸上的人頭砍去。」

彭森林怒跳如雷道：「留下頭又算什麼！范大哥，咱哥們可不能白栽！大哥請看，望樓上燈籠已經挑起來了，休要放走了他們一個。」金繼亮也說道：「秦二哥傷勢很重，他囑咐大哥，務必給他出口氣。我們龍潭虎穴一樣的寨子，一任他們說來就來，說走就走，太不成話了。」范金魁還在猶豫，彭森林搶一步道：「姓俞的，久仰你十二金錢威名蓋世，何不留一手給我們看看？」

俞劍平雙眉一挑，面橫殺氣，卻又按捺下去道：「在下不過浪得虛名，豈敢在諸位面前逞能！這位既然說出，我也不好拒絕。」雙目一側，早瞥見南面望樓上，挑出三色燈光。俞劍平墊步前躥，相隔數丈，倏即立定，左手一指，右手揚了三揚。黑影中但聽破空之聲，望樓上撲的一聲響，三燈齊滅；驀地樓上一聲驚叫，倏地又挑出三盞燈來。

赤面虎范金魁吃了一驚，粉夜叉憤然發話：「我說我們可不怕這一套，誰要放走了人，我可跟他算帳！」

俞劍平轉身回來，眼望范金魁道：「獻醜，獻醜！家有萬貫，主事一人。范舵主究竟如何，就請一言而決。」范金魁道：「留下兵刃，我就放走人。」

俞劍平怫然變色，冷言發話：「這就難了，恕我難以應命！我這裡卻有一把劍，我願奉上。」轉身連鞘抽出，雙手託過來，劍長三尺八寸，綠鯊鞘，金什件，是一口利刃。范金魁一撤步，方要開口；彭森林搶過來，伸手便接道：「拿過來……」

一言未了，哎呀一聲，身子忽然一栽，范金魁急探身托住；彭森林順勢往地下溜去，竟被點了軟麻穴。俞劍平上前伸掌，照定彭森林氣海俞穴，推了推，然後峭然道：「這位朋友且慢，這劍只能由范舵主接。」

赤面虎范金魁忽然翻出笑吟吟的面孔，大指一挑道：「哈哈哈哈，佩服，佩服！足見老鏢頭武技高明！四位請吧！弟兄們快快讓道。」倒背著手，連搖了搖。

俞劍平微微含笑，轉身插劍，雙拳一拱道：「既承容讓，多謝盛情，改日再行補報吧。」

范金魁高叫：「收隊！」群盜讓出路線。俞劍平縱目前後望了望，然後讓楚占熊、周季龍在前，俞劍平、沈明誼在後，緩緩踱去。這回並不翻牆，直走正門。才走出數十步，粉夜叉搶到赤面虎跟前，悄聲道：「那可不行！……」范金魁擺手道：「不要說話。」

兩人私語，俞劍平早已注意到了；裝作不聞，仍緩步前行。驀然望樓上燈光游動，小陳平秦文秀裹創出來，命一個頭目，大叫：「范舵主！秦舵主說，藍燈可以吹滅了。」

這是一句隱語，范金魁、粉夜叉和彭、莫、金等人，全都明白了，立刻紛紛落後。跟著嗆啷啷一片鑼聲，四面埋伏一齊發動。百十多個嘍兵各仗弓箭撓鉤，阻住要路口，唰唰唰發出箭來。周季龍、楚占熊、沈明誼齊叫：「不好，亂箭難搪，俞大哥快上房！」

俞劍平一聲長笑，大喝道：「鼠子敢爾！」一轉身，嗖嗖嗖，燕子掠空，反撲回去。金繼亮、莫海、彭森林，齊挺兵刃邀截。俞劍平施空手入白刃的功夫，躥身直前。金繼亮擺鉤鐮槍攔阻，忽哎呀一聲，翻身栽倒。粉夜叉急掄飛抓。俞劍平倏然伏身，啪的一掃堂腿，粉夜叉一個踉蹌，栽出幾步以外。彭森林傷弓之鳥，大驚後退。

赤面虎范金魁在後愕然，提鞭大叫：「且慢！」俞劍平如風捲殘雲，沖開眾人，已到赤面虎面前。赤面虎措手不及，雙鞭才展，俞劍平早斜劈一掌，忽一轉拳風，駢二指直取膻中穴。

赤面虎哼了一聲，雙鞭墜地，倏地被俞劍平舉起全身，大叫：「誰敢放箭！」

眾嘍兵譁然驚擾，也有幾人亂放出幾支箭。俞劍平大怒，倒提著赤面虎，搶步迎來。粉夜叉夫妻情切，一見赤面虎被捉，早紅了眼，慘叫一聲，搶起雙鞭，捨命上來截救。俞劍平已將赤面虎提足掄起。粉夜叉大驚後退，指著俞劍平叫罵道：「好惡徒，好惡徒！快快放下我們當家的，我就放你。若不然，亂箭一齊把你們射死！」

俞劍平微笑不答，轉臉對楚占熊、沈明誼、周季龍說：「走！」

粉夜叉焦急無法，探囊取出一支暗器來。莫海忙道：「嫂子不可魯莽，恐要誤傷了范大哥！」莫海說罷，將掌中喪門劍投在地上，高舉著雙手，大叫：「俞鏢頭，你這就不光棍了！我們手下人雖然冒失，我們范舵主並沒失禮，你為何這樣擺布我們范舵主？你莫道傷了他，就能走脫了。傷了他，你也休想逃出去！我們這裡早已布好卡子，任你武功超絕，也搪不住亂箭飛蝗；任你輕身功夫出眾，也越不過翻板陷坑。依我說，你放了我們舵主，我就放你們出去。」

俞劍平道：「大丈夫一言為定？」莫海道：「一言為定。」俞劍平道：「好，我絕不傷他，只須他陪我走出園外。你要我現在放他，我可不是傻子。」粉夜叉在旁氣得粉面焦黃，眼看著俞劍平挾住赤面虎，當作擋箭牌，擺布得如死人一般，一聲也不哼。粉夜叉性如烈火，禁不住銳聲大叫：「放箭！我們當家的活不了啦，你們四個殺才也休想活命！」

莫海轉身攔住道：「范大哥沒有傷，這是被點了啞穴，大嫂休要著急。」又對俞劍平道：「俞鏢頭，看我薄面，先將范大哥治過來；容他說話，咱們和平辦理。」

俞劍平道：「說話容易！」一推范金魁的氣海俞穴，范金魁哼了一聲。粉夜叉悲呼道：「當家的，他大哥！」范金魁應了一聲，聲音很低微。粉夜叉淚流滿面道：「好個俞劍平，你太陰毒了！」恨得她咬得牙亂響道：「我跟你拚了吧！」莫海再三攔住道：「這不是慪氣的時候，大嫂別著慌。」他又對俞劍平道：「俞鏢頭手下留情吧，我們認栽了。」

俞劍平輕輕挾住赤面虎，略一推拿，赤面虎范金魁緩過一口氣來，叫道：「哎呀，好你，你……」使力一掙，險被掙脫。

俞劍平急向肋下一點，范金魁全身麻軟，動彈不得，卻還能說話。赤面虎聲音低低地說道：「姓俞的，你有劍只管殺我，你別作踐我，你作踐我，你不是好漢！」

俞劍平道：「范舵主，暫請委屈點，我們已入虎穴，不能不捋虎鬚。你看，你的部下要拿亂箭射死我們！」挾著赤面虎，對莫海說道：「煩莫舵主引路，只要出了你們的卡子，我一定放他，絕不加害。」

莫海赤手空拳，再三囑咐眾人：「千萬不要妄動，大哥性命要緊。君子報仇，十年不晚。今天無論如何，要沉住了氣。」

秦文秀在望樓上，也已得了警報。他本多智，心知首領已被劫質，絕不敢硬拚。他立即吩咐滅燈。紅綠藍三色燈登時全滅。

弓箭手、撓鉤手一得號令，俱各罷手。

莫海當前引路，送出老窯，到了外面。粉夜叉一行三五人，垂頭喪氣跟著，袖中暗器果然不敢再發。俞劍平挾著范金魁，楚占熊將雙刀分給沈明誼一把，兩人刀鋒比著范金魁，左右襄護，直走出墳山以外半裡多路。莫海又要求放回舵主：「時候久了，恐他受傷。」

俞劍平搖頭道：「我絕不教他受傷。我這時未離虎穴，我卻不能放虎歸山。」

莫海頓足道：「也罷，看看我們綠林中有義氣沒有！」教金繼亮和粉夜叉，一齊丟下兵刃，拉來幾匹馬，對俞劍平道：「俞鏢頭請看，我們是寸鐵不帶，請一同上馬，我們直送你們到柴家集如何？你可不能總挾著我們舵主，你得給我們留臉。」又對楚、沈二人說：「姓楚的、姓沈的朋友，請你們過來搜搜，看我們偷帶著暗器沒有？」

楚占熊、周季龍便要伸手過去。俞劍平忙道：「不可無禮！大丈夫全靠信義當先。莫舵主，多謝你了，還請你當前引路。」當下俞劍平放下赤面虎，將他身體點活，手拉手走過了水仙廟，已到賊人頭道卡子。金繼亮大聲傳令，收隊撤圍。又走出一段路，俞劍平四顧無異，這才放開了手，四位鏢師紛紛上馬。莫海和馬三娘、赤面虎、金繼亮，默默無言，陪在一旁，也上了馬，一行八個人，策馬行來，直走出二十多里，天色漸明。沿路遇見卡子，莫海全命撤回。到三官廟附近，俞劍平一看，前途平穩，已出虎口，便翻身下馬，口打呼哨；鏢行夥計拉著馬，從潛伏之地走了出來。赤面虎滿面愧憤，下了馬，默默站在一邊。粉夜叉馬三娘暗問赤面虎：「身上可曾受傷？」赤面虎搖搖頭。鏢客這邊，容得自己的馬到，周季龍、楚占熊、沈明誼，相繼上馬。十二金錢俞劍平道：「且慢，容我謝過了范舵主諸位。」這才雙手抱拳，對范金魁、莫海、金繼亮、粉夜叉等人，歉然致意道：「事出誤會，冒犯虎威，在下覺得對不起諸位，請原諒我這不得已。日後但凡范舵主和諸位有事路過敝處，在下必有一番補報。現在已出卡子，不勞遠送了。趁著黎明時分，諸位請回，改日補情吧！」遂深深一揖，一撤步，轉身帶馬，退出幾步，便要扶鞍上馬；卻又止住，兩眼看著赤面虎諸人。

莫海頓時省悟過來，對赤面虎道：「大哥，交代幾句話，咱們先走吧！」赤面虎整了整愧色，捺了捺怒焰，抱拳還禮道：「俞鏢頭，栽在名家手內，我也栽得值。可也是俞鏢頭手下留情。我心裡自然也知道，總是我學藝不精！現在恕不遠送，我們只好先行一步了。咱們……後會有期！」說到「後會有期」四個字，聲音顫抖起來。他隨即一揮手，招呼粉夜叉、莫海、金繼亮，牽著馬退出數丈，然後飛身上馬；又轉面對俞劍平拱手道：「請！再見！」四個人拍馬奔回去了。

俞劍平容得赤面虎夫妻去遠，把一派豪氣英風，立刻掃盡，滿面堆下憂悶。他眼望黑影，喟然嘆道：「尋鏢不得，又在這裡結下了怨仇！」楚占熊、沈明誼點頭默喻。四個鏢師策馬㧗程，不一刻回到柴家集。一到店房，四個鏢頭不約而同，躺倒床上。沈明誼道：「白忙了一通夜，鏢銀的下落還是不得而知。剛才俞大哥說鏢銀不在老龍口，卻是怎麼訪出來的？」

俞劍平道：「你們只顧窺探他們的住室，我卻與周賢弟，襲入他們的望樓，捉了幾個值夜的人，問出真情。這赤面虎確是在十幾天前，全夥出去打劫過；但劫得是一批貨船，並不與鏢銀相干。我也曾詰問過他們，因何你二位拜山，反招他冷淡？據說是小陳平和赤面虎，錯疑你二人與那貨船失主有關，以為是貨主煩出來索贓的。他們許久沒得大油水，一聞你二位無故拜山，所以頓生疑忌，致有這番誤會。」周季龍道：「事已過去，不必說了。我們稍微歇歇，是回鹽城候信，還是到別處踏訪呢？」

俞劍平尋思了一回道：「單臂朱大椿勸我普請江南北武林同道，協力尋鏢。前些日子，我發出不少信，因而急欲翻回鹽城，聽一聽信。如果再沒消息，我打算先張羅賠鏢，然後繼續找鏢。二十萬鹽款數目雖巨，我們能先籌出幾萬來，再請展期，必然容易。」眾人稱是，用過了早飯，一齊翻回鹽城。

這時候，胡孟剛、朱大椿誤訪鮑則徽，也已掃興回來。愁人會面，更增愁懷。那永利鏢局卻頓形熱鬧起來。俞劍平剛一進門，便有兩個濃眉弩目的大漢迎了過來。

這兩人生得面貌極其相似，令人一望而知，是同胞弟兄。

兩人一邊一個，拉住了俞劍平的手，叫道：「我的老哥哥，一別半年多，想不到你又二次出馬，卻怎的丟了鏢銀呢？我弟兄一接左師侄送到的信，恨不得立刻趕來。我想查找鏢銀，全靠人多耳目靈，所以我大哥就打發我們倆來了。咱們是有福同享，有苦同受，有急同著；老哥不必著急，咱們大家想法。」

這兩人便是江寧府馬氏三傑的老二、老三，名叫馬贊源、馬贊潮。弟兄三人合開著鏢店，老大叫馬贊波，弟兄三人有名善使雙鐧。俞劍平連忙躬身道謝，又問候了馬贊波的起居。

俞劍平又看別位，有一位生得黑瘦如柴，便是高郵縣的沒影兒魏廉。這人是俞劍平的晚一輩的人，只有三十幾歲，飛縱的功夫很好，乃是一個綠林中人。從前受過俞劍平的好處，所以聞訊趕到，特來分憂。此時忙上前施禮，叫道：「俞老叔，我接著你老賞的信，就立刻照著您的話，趕到永利鏢局來。我聽說鏢銀已有眉目，你老人家已往老龍口追究下去了，到底查訪著實底了沒有？你老有事，只管吩咐；小侄辦大事不行，要是跑跑腿，探探信，你老只管交給我。」

此外還有東臺的武師歐聯奎，也是本人到場。現在沭陽設場授徒的八卦掌名家賈冠南，自己沒有親到；卻派大弟子閔成梁，趕來應邀。更有幾位鏢師，是在聞信之後，先撲到海州，由海州偕同俞門大弟子程岳、振通鏢客戴永清，一同起身趕到鹽城的。鐵掌黑鷹程岳、鏢師戴永清養傷半月，業已痊癒；只有雙鞭宋海鵬，負傷過重，還未能來。

這永利鏢局，聚集著十幾位高高矮矮的草野英雄，都來和俞劍平敘舊詢情。俞劍平逐一道勞致謝，又問了問戴永清、程岳的傷勢；然後和鐵牌手胡孟剛互訴兩路訪鏢、俱各撲空的情由。隨又將各處投來的回信，逐一檢查了一遍。共收到四十多封信，倒有一多半連范公堤失鏢的案情，還不知道。信上不過說：聞耗不勝扼腕，容代為極力查訪，俟有確信，再當馳報云云。這些信裡面，也有一兩封信，附帶報告當地附近有潛伏的大盜，刻下正在設法掃探。又有幾封，報告些影響疑似的綠林動靜。總而言之，確知這插翅豹子的來歷和已失鏢銀的下落，竟沒有一人。

那洪澤湖的水路大豪紅鬍子薛兆，更大發牢騷，說：「我們在江湖上混的時候，從來不曾做過這樣不通情理的事。這插翅豹子想必是後起小輩，狂妄無知！殊不知綠林道和鏢行花開兩朵，乃是一家人。」

俞劍平、胡孟剛將各處來信看畢，又叫上送信的鏢行夥計，逐一細問。俞劍平的二弟子左夢雲，曾到淮安府一帶去過。那地方本是強盜出沒之所，每逢青紗帳起，便盜匪如麻。

據淮安府新義鏢店帶來的口信，說他們那裡，新出了一夥行蹤飄忽的巨盜。為首盜魁叫做凌雲燕，近月迭次作案，心黑手辣，武藝實在驚人。已經煩人代問過，這凌雲燕卻不承認劫過鹽鏢。胡孟剛又將夥計們送信的情況，問了一遍，也沒有得著什麼線索。

俞、胡二人無可奈何，不禁嘆道：「二十萬鹽帑非同小可，怎麼竟像石沉大海一樣，連點影子都沒有？這豈不是出人意外的奇事麼？」戴永清道：「尤其奇怪的，是五十個騾夫全被裹走，也至今毫無下落。我們從海州臨來時，曾到騾馬行打聽過，現在正搗著麻煩呢。人家找騾馬行要人，騾馬行又找咱們振通鏢局。多虧趙化龍趙老鏢頭壓伏得住，算沒成訟。我曾想：綠林道的規矩，從來沒有傷害車伕腳行的；難道這夥強盜竟忍心害理，把騾夫們也全殺了滅口不成？」沈明誼應聲道：「也許他們強押著騾夫們，給他運贓出境。」胡孟剛矍然道：「這一著卻不無可慮！我就怕這些強人，竟在劫鏢之後，公然運贓出境，一離蘇省，那可就更查訪不著了。」

俞劍平撚鬚沉吟道：「那卻不易，二百來號人，不管他是夜行，是晝行，絕不能露不出形跡來。我們已四出查問，沒有一人說曾看見大批眼生的人過境；足見賊人還在附近什麼地方潛伏，未必公然出境。」楚占熊道：「我只怕他們冒充官兵，或者冒充保鏢的，白晝公然出行，那可就難以追究了。」俞劍平皺眉想了想道：「這也辦不到，綠林中人沒有帶著大批贓物，膽敢如此冒險的。他們劫了鏢，擇地窖藏起來，人再改裝隱匿到別處，這倒是有的。只是我們已經到處託了人，又已分途踩訪了幾遍，怎麼一點線索也沒有呢？這可真真令人難測了！」

周季龍道：「還有可怪的事呢！那位陸錦標陸四爺，原說十天以後在鹽城相會，也至今未來，莫非出了差錯不成？」沈明誼也想起來了，對胡孟剛說：「還有咱們派出去的趟子手張勇和夥計于連山、馬大用，三個人也是一去無蹤。咱們那位九股煙喬茂喬師傅出事時當場失蹤，也是至今未見下落。」

幾個人越談越著急，俞劍平、胡孟剛又想起海州鹽綱公所那一面，因叫過戴永清、程岳來打聽。戴永清說：「這幾天鹽綱公所天天派人來催問，州衙那面也催過兩回。多虧趙化龍趙鏢頭應付得不錯，還算沒有別生枝節。這裡有趙鏢頭的一封信，教我帶交二位。」

俞、胡二人拆開看了，信上無非說：「海州方面並沒有訪著鏢銀的底細，也沒有接到別處探得的確耗。」問俞、胡二人，近日查訪的結果如何，如果得著眉目，無論好討不好討，先快送個信來，好借此應付公所和州衙。這語氣顯見得海州那邊，盼信很緊切了。信中並示意俞劍平，先送個喜信來，好借此壓住鹽綱公所的猜疑。戴永清又說：「鹽綱公所很有些嫌言疑語，總怕咱們訪鏢不得，順路遠颺了。」俞、胡二人聽了，又是一番著急。

到了晚上，永利鏢店大開酒宴。由俞劍平、胡孟剛、朱大椿做主人，請到場的眾位英雄，團團落座，一同吃酒接風。大家一面飲啖，一面紛紛談論失鏢尋鏢的事。宴前酒後，人多嘴雜，有的出這個主意，有的想那種辦法。俞劍平、胡孟剛一一聽受，暗中酌參眾議，細打主張。恰巧那沒影兒魏廉向俞、胡打聽這劫鏢的年貌，俞劍平便對大家說：「這個為首的盜魁，年約六旬，拿鐵煙袋桿做兵刃，善會打穴。他手下約有一二百號人，大概是新從別處竄來的，卻專意要跟我十二金錢鏢旗尋隙。」遂由胡孟剛、沈明誼、戴永清、程岳四人，把前後經過情形，對眾人細說了一遍，請大家共同參詳。胡孟剛動問：「諸位好友，可有什麼高見？可曾聽說過，江湖上有這樣一個人物沒有？」

在場的人紛紛揣測。東臺的武師歐聯奎，聽說劫鏢人善會打穴，當時拈眉深思了一回，對沭陽的八卦掌名家賈冠南的大弟子閔成梁問道：「如今江湖上善會打穴的人實在不多，屈指可數。我說閔賢弟，你可曉得現存的打穴名家，那還有誰？」

閔成梁想了想，說道：「聽家師說，點穴和打穴，招數不一。點穴名家自然當推俞老前輩，至於用點穴钁、判官筆的，只有徐州姜羽沖、漢陽郝穎先。若說到用外門的器械做點穴钁用的，那更非得武功精深不可；弟子並沒有聽家師說過，竟不知這使煙袋桿的人是哪一門的，也許此人是由遠處來的。弟子臨來時，家師也曾談到，教我轉告俞老前輩，如果時限來得及，可以託人到山東省曹州府佟家壩，找佟慶麟佟二爺，打聽打聽去。佟家父子數代相傳，善會打穴，也許他這一門絕藝，輾轉流傳到別家。那佟慶麟身體羸弱，武功雖不能登峰造極，可是他家，長一輩、晚一輩傳授的弟子，淵源甚長，他家又有祖傳打穴祕圖。我們如果來得及，倒可以專誠到曹州訪問一番去，打聽佟家上一輩弟子，可有這麼一個叫插翅豹子的沒有？」

俞劍平聽了，暗暗點頭。那馬氏三傑馬贊源、馬贊潮弟兄，對俞、胡二人說道：「搜尋劫鏢大盜的根底，固是要找。我只怕遠水不救近火。依愚兄弟的拙見，查訪劫鏢地點的蹤跡，倒是捷徑。反正失事場所既在范公堤附近，賊人藏身落腳的地點，總不出范公堤方圓百里之外。我們何不糾集武林同道，徑向范公堤一帶，仔細排搜一遍？」胡孟剛也說：「上次我們踩訪鏢銀，不過只是揀那城鎮驛站要道尋找，向同道探聽。馬仁兄的高見，是要逐處實地查勘，這法子倒可一試。我們如今與其坐候音耗，倒不如再到范公堤、大縱湖一帶，搜根剔齒，細加查訪，也許竟能訪出賊人的蹤跡來。」俞劍平點頭稱是，眾人也都踴躍願往。

商量已定，便又公推俞劍平重新分路，托這到場的朋友分帶著當時失鏢在場的夥計，作為眼線，分撥出發；由鹽城到各處，仔細排搜下去。

沈明誼、戴永清、鐵掌黑鷹程岳，自然也陸續出發。因為俞劍平、胡孟剛、楚占熊、趙化龍、朱大椿等數鏢頭公請的朋友，還有多半沒有回信，所以俞、胡二人暫在鹽城候信，以便聽取各方的情形。候了三四天，果然陸續又收到了許多專差送來的回信；並有四五位鏢行同業，和幾個江湖道中的朋友，應召趕來赴助。

這一來，各路武林同道都哄傳動了。就有那未成名的少年武士，想要借此尋鏢，創立一番名望，將來好在江湖上立足。

也有那成名的豪傑，顧念俞、胡諸人的友情，和江湖上的義氣，口頭上說事忙，不能趕到相助，卻暗中私訪下去。這無非是尋出鏢來，好聳動江湖；尋不出鏢銀，也與自己聲名無礙。

這期間，還有幾家鏢店，特派鏢師前來幫忙。內中就有：太倉的萬福鏢店，鎮江的永順鏢店。這幾家也是最近曾經保鏢被劫，始終沒有原回案來；雖然賠償了事，卻恨氣不出。一聞俞劍平普請江南豪傑，訪問匪蹤，不由動了同仇敵愾之心，故此派人到場。一者助人就是自助，二者俞劍平如果訪出匪蹤，自己已失的鏢銀，也許同出一手，便可設法協力尋找回來；這也是他們的一片私心。

數日以來，武林朋友越到越多，卻都是聞信來助拳的，並非得耗來送信的。這永利鏢局漸漸住不開，便在客棧另開了房間。俞、胡二人一面設宴酬謝，一面將劫鏢人的情形說出，請他們陸續分道出發。

到第五天頭上，差不多近處各方面，都有回信和來人。俞劍平、胡孟剛心想：這一來總可以探出一些線索來了。

不料派出去的人沒有送來消息，可是海州忽然派了人來。

緣因討限尋鏢，原定一個月，如今一晃，已經二十天了，仍如水中撈月，杳無音耗。鹽綱公所在半月頭上，見出去的人一去無蹤，便已有些不耐煩，連催州衙簽牌督促。州衙也因查鏢久無回報，便派官人發一角文書，急如星火似的，趕到鹽城。趙化龍也擔抵不上，祕發一信，暗暗通知俞、胡二人。俞劍平、胡孟剛一面打點差人，一面應付官事。無奈日限已迫，百口莫解。鹽綱公所更不能再事通融，立逼保人務於一個月限滿之時，將二十萬賠款如數繳齊。這幾個官人便是奉命前來，催促他們幾個人，作速折回海州，不得藉口尋鏢，在外支吾。

俞劍平怫然不悅，卻又無法，與胡孟剛商量著，唯恐趙化龍一人在海州為難受擠，兩人決計先翻回海州。同時俞劍平打定主意，先籌劃一筆款項，押給鹽綱公所，好教他們安心放寬一步。胡孟剛也要趕緊預備折變家產。於是俞、胡即日由鹽城動身，留下周季龍、左夢雲，隨著朱大椿，在鹽城候信。

到了海州，俞、胡先和趙化龍見面，幾個人密議一回。趙化龍具說：「官私兩面連日催問，愈逼愈緊。我們一點音耗沒有得著，如今再說展限的話，真有些難於措辭。」三個人搔首籌議，只好再煩海州紳士馬敬軒，代求寬限。果然馬敬軒那裡，問知杳無下落，便已面露難色。俞劍平對胡孟剛說：「我們現在，是沒有錢不好說話了。」

當下幾個人趕緊籌措款項。且喜這幾位鏢頭都有一些資產，在地面上又呼應得動，只幾天工夫，便湊出兩萬現銀來。

存在一家銀號，開了莊票；然後煩馬敬軒和幾位紳董，出面托情展限。這些紳士們見有了錢，倒肯代為進言；無奈鹽綱公所那面，口風很緊，定要先交五萬，馬敬軒便說：「鏢行現在能夠變產賠鏢，已經很難得的了。若太擠兌緊了，他們一夥武夫窮途末路，倒許弄出別的差錯來。」

這時節，多虧海州衙門派去相隨尋鏢的捕役，受俞、胡暗囑，對州官報告了鏢局方面大舉託人尋鏢，和他們拚命籌款的實況，其中並無規避的情形，因此州衙方面倒很體諒。又經幾番斡旋，鹽綱公所方才答應。即將這二萬兩莊票作為抵押，允許他們展限半個月。並且說，如果逾限仍找不出鏢來，就須於一個月內再交三萬。在公事上，把這寬限的話拋開不提，只說容限變產賠償。

俞、胡二人將這展期的事辦妥，已經耽擱了三四天，一個月的限期只餘下六七天了，連這續討的限，不過還有二十來天，這不能不加緊辦了。這一次打定主意，要到失鏢地點附近的莊村，加細搜訪。俞劍平、胡孟剛遂辭別了趙化龍，留下了期會的地址；帶領鏢行夥計，二次出發，輾轉查訪。

這一日又訪到湖堆地方，忽與鐵掌黑鷹程岳、東臺武師歐聯奎一撥人相遇。他們一面訪著，一面都須留下落腳地名，以便遇事好傳信。這兩撥人會到一起，互問起查訪的結果，仍然是杳如黃鶴。黑鷹程岳在湖堆迤北，遇見幾個舉動異樣的外鄉人，也曾下意跟蹤探查過，後來竟不見這幾個人了；雖看出那幾人決非農民，可也難以斷定必與失鏢有關。

俞劍平命程岳隨著歐聯奎再訪下去，隨後分途。俞、胡二人轉到淮安一帶，果然打聽得淮安以北、西壩一帶，出了個名叫雄娘子凌雲燕的劇賊。他手下率領著若干飛賊，也不知他的確數；專劫過往紳商，來去飄忽，出沒無常。官人幾番緝捕他不得，就是他潛身之所，也無法訪實。

原來凌雲燕並沒有老巢，說他是路劫，果然不錯；就說他是夜行飛賊，卻也不假。俞劍平不覺動疑，正要下意探訪；恰巧馬氏三傑的馬贊源、馬贊潮弟兄二人，由戴永清相伴，也查勘到此；在淮安府鏢局，已經留下了話。俞劍平、胡孟剛忙跟蹤追下去，在西壩地方一家客店內，與二馬相遇。兩撥人會在一處，便開始掃聽。恰巧附近地方有一家大戶，忽傳失竊。家藏的碧玉簪、烏金鼎和趙子昂的墨跡，跟幾件貂裘珍物，藏在密室，忽然不見。在室中牆上，竟留有飛燕的暗記，此事已轟動一時。

俞劍平、胡孟剛一聽見這個消息，不禁爽然若失；料想這劫鏢的大盜，一定不是凌雲燕了。他斷不能在劫取二十萬鹽鏢之後，更做他案。

俞劍平、胡孟剛、戴永清和二馬返回淮安，住在店內，計議著要往南訪下去，卻又打不定主意。二馬便要依著閔成梁的主意，直赴銅山，轉往魯南，再到曹州府，訪問那打穴世家佟慶麟，究問用鐵煙袋桿打穴的，可有這樣一個年約六旬豹頭虎目的人沒有？俞、胡二人因日限不足，不便捨近求遠，打算轉到濱海之區去。這北上訪鏢的事，就拜託二馬辦理。幾個人商計著，便要飯後分途。正在這時，忽聽店房外，一個店夥計叫道：「九號姓胡的胡老達官在屋麼？外面有人找。」

胡孟剛愕然道：「是誰找我？」剛站起身來，聽院中有一個破鑼似的聲音，又悶又啞又澀地叫道：「是振通鏢局的胡老鏢頭麼？」語音很耳熟，卻又不類。

胡孟剛迎出去，俞劍平也站起來道：「大概是咱們派出去查鏢的人。」才待舉步跟出去，只聽胡孟剛叫道：「哎呀，原來是你！」門簾一掀，胡孟剛側身退步，那人已然跟了進來。

俞劍平抬頭看時，竟認不得此人。但見此人高僅四尺餘，尖頭瘦腮，相貌猥瑣，形容憔悴，死灰色的面皮，兩隻醉眼黯淡無光，唇上唇下生著短短的胡碴。那神情頹喪，就像大病了半個月，又挨了幾天餓似的。臉上額上還有幾塊創傷；渾身上下，更是汙穢不堪。兩隻青緞靴已變成黃色，上面滿漬著塵垢；背後拖著一條小辮，也好像多日不曾梳洗；卻穿著嶄新一件新大衫，反襯得全身更為不潔。

馬氏兄弟也不認得此人，都注意看他。鏢師戴永清立即認出此人，就是那失蹤已將一個月的振通鏢局鏢師九股煙喬茂。

喬茂自在范公堤遇盜失鏢，當場便已不見。此時忽在這淮安府地方冒出來。又見他衣冠不整，形容憔悴；想必是當時一見事敗，撤身遁走。這時候想必是混不上飯碗，不知怎麼得信，又找來了，卻難為他怎麼摸來的。

胡孟剛眼望著喬茂這種神氣，唉了一聲道：「喬師傅，你這一個月，到底跑到哪裡去了？」

戴永清和幾個鏢行夥計互相顧盼著，未容喬茂張嘴，就先嘲笑道：「咳，喬師傅，一個月沒見，穿上新大褂了。你老人家上哪裡露臉去了？教我們這實心眼的胡老鏢頭急死急活，還當是你老人家當場拒盜，負傷殉難了呢。可又找不到你老的屍首，想好好發送你，也辦不到。想不到一個月不見面，你老倒發了福了。只有我們這夥呆鳥，當場掛綵還不算；如今照舊陪著老鏢頭，像海底撈月似的，查訪鏢銀，你說我們渾不渾？」

這些人素與喬茂不睦，還沒容他坐下，便七言八語攻訕上來。戴永清還好些，那些鏢行夥計更趕盡殺絕，絲毫不留餘地地挖苦喬茂。胡孟剛也是怏怏不樂。再看喬茂，木在那裡，兩隻眼直勾勾地瞪著，一言不發；面色由枯黃而紅，由紅而白，嘴唇上下的顫動，眼珠一轉，黃豆大的眼淚從眼角直流下來；雙手也抖抖的，張了張嘴，一時竟說不出話來。

胡孟剛看著不忍，忙說道：「諸位少說幾句吧。老喬，你從哪裡來？你可坐下呀！」

九股煙喬茂依然呆呆地立住不動，忽然伸出那汙穢不堪的手來，恨恨地把眼角抹了一抹；一把抓住胡孟剛，說道：「老鏢頭，你聽聽！……我知道他們素來拿我不當人，不問青紅皂白，劈頭就給我這一套！……老鏢頭，咱們哥們可是沒什麼說的，我九死一生，老遠的奔來，一路苦找，我就為聽他們挖苦來的麼？你們就準知道我是溜了麼？」一面說，一面一屁股坐在椅子上，臉上神氣十分難看。

喬茂說著說著，突然嘎的一聲，把長衫扯開，露出前胸來。兩手扯著衣襟，對眾人轉了一個半圈，一面跳，一面嚷道：「你們瞧，你們瞧！你們受傷，我姓喬的也沒有含糊呀！你們找鏢，我姓喬的也沒有閒著呀！」又轉臉對胡孟剛說：「老鏢頭，我姓喬的小子，吃振通鏢局的飯，……我姓喬的小子，沒白吃飯！我……」說到這裡，聲音塞哽，竟張口結舌地重坐在椅子上，如癱了一般。

眾人看喬茂像瘋魔似的，把一件新大衫扯破，露出那骯髒的前身來。在左肋上留著很深重的一道傷痕，胸口上也劃著幾道似乎是刀劃的血斑。鏢行夥計們互使眼色道：「這小子不知往哪裡鑽躲，劃了這些棘刺！」說著，還在那裡譏笑。

俞劍平、戴永清已經聽出喬茂話中有話，尤其是看出神色間，恚忿過於羞慚。俞劍平忙說：「這位想必就是喬茂喬師傅了，我們胡二弟自你遇險失蹤，天天都懸念你，恐你遭遇不測。如今你回來了，胡二弟自然放寬了心。喬師傅不要著急，有話慢慢講。」

戴永清一陣機靈，也忙端過一碗茶來，道：「我說喬師傅，一路辛苦！好容易咱們又聚在一塊，咱們還得想法子，給胡老鏢頭分憂。咱們相處日久，都是玩笑慣了的，你千萬別著惱，別計較。」鐵牌手胡孟剛也攔阻眾夥計道：「你們先別胡鬧，讓老喬歇歇。我說老喬，你這些日子流轉到哪裡去了？莫非教匪人裹去了？卻是你又如何得以脫身，追尋到這裡來？」

喬茂歇過一口氣來，漸漸神色略定，嘆了一口氣道：「我麼？這一個來月，簡直是死裡逃生，好容易才掙出一條命來。沒有別的，我素來無能，還得胡老鏢頭賞碗飯吃。諸位尋訪鏢銀，可有下落麼？」

胡孟剛聞言嗒然沮喪，夥計們又要嘲笑他。戴永清搖手止住，急向胡孟剛一使眼色，對喬茂說：「說到訪鏢，這一個月，我們奔波道路，著急受累，鏢銀下落固然沒探出；就連劫鏢的插翅豹子的實底，也沒摸著。喬師傅遠道趕來，想必訪著一些音耗。倘得明路，何不說出來，也省得老鏢頭心焦？」

喬茂把嘴一撇道：「找我要明路？就憑我姓喬的，在鏢局不過是個廢物。咱們振通鏢局人才濟濟，都沒有尋著鏢銀，我姓喬的更摸不著影。」

戴永清笑道：「喬師傅，不要找補了。喬師傅不行，還有誰行？況且你素來朋友多，人緣好，綠林道中熟人多，你又忙了這一個來月，想必得著線索，大遠的跑來送信了。你何不指出一條明路來，好供大家參詳？」

這「綠林道中熟人多」一句，卻又搔著痛癢處。九股煙喬茂瘦顏上不禁泛紅，扭著臉說道：「我哪有什麼明路？我大遠的跑來，不過衝著胡老鏢頭待我不錯，我想發個賴，找人家借個十兩八兩的，我好做盤川，另奔他鄉，別謀生計。這鏢行刀尖子上的生涯，我可吃怕了，沒的教人把我宰了！」

戴永清再三追問，喬茂只是不答，扯著大襟做扇子，忽扇忽扇地扇著。戴永清拍著喬茂的肩膀說：「喬師傅，你怎麼差點教人宰了？」

喬茂翻翻眼珠道：「我麼？沒什麼說頭！」

戴永清道：「好一個『瞧不見』。我知道你肚子裡有寶，趁早憋出來吧，不要裝腔了！」

鐵牌手胡孟剛生性豪爽，不由激出火氣來，一拂袖子，對俞劍平說道：「俞大哥，你瞧瞧，這就是朋友！」站起來，走到喬茂面前道：「我說老喬，你在鏢局，無人不逗，無人不吵。你們犯口舌，我姓胡的可沒錯待你呀！你這是衝著他們，還是衝著我？你要是訪著賊蹤呢，你就說說。你若是沒訪著呢，我也不能賴給你。你要是瞧著我姓胡的正在難中，不夠朋友了，你就不用說，我也不會逼你。你要是想要盤川回家，我這裡就有。

你肚子裡有什麼玩意兒，趁早抖摟出來！你別拿捏人了。你再拿捏人，那就是我姓胡的不是人生父母養的，不配交朋友！」胡孟剛一面說，一面吹鬍子瞪眼。

俞劍平連忙把他扯過來說：「胡賢弟，這是幹什麼？人家喬師傅身負重傷，老遠的奔來，為的是什麼？不是為跟你交情不錯麼！你忙什麼？喬師傅歇一歇，自然要對你說的。喬師傅，我素聞你刀子嘴菩薩心，我們胡二弟素常稱道過。你別看他著急，他跟你還有什麼說的？實在因為限期已迫，訪不著鏢銀，心裡太吃不住了。現在好了，有了喬師傅趕來送信，只要一得著賊人下落，咱們一切愁雲都散開了。這都是喬師傅的功勞，他還能忘得了麼？」

九股煙喬茂當日護鏢負傷以後，竟趁黑夜，拚命暗綴下去；被劫鏢強人追捕，拷訊，幽囚，幾乎喪命。好容易脫出虎口，又加倍倒楣，路上遇見波折；連夜奔命似的趕來，特給胡孟剛送信，以報數年來相待之情。

喬茂本來飽受了偌大困苦挫辱，不想又被眾人鄙薄，所以負氣發了些個牢騷。卻也想問明眾人，這一個月來訪鏢緝盜的經過，他才好述出自己親身所經所見的情形；也未免有點較勁炫功的意思。不期倒把胡孟剛招急了，這才將慪氣的話收拾起。又有俞劍平給他圓面子，他方才滔滔的講出一番話來，使在座的人聽了又驚又喜，又是詫異；料不到喬茂這個人，素來不理於眾口的，此次卻有這番熱心腸，捨命犯險，急友之難，真是人不可以貌相了。

原來當日在范公堤遇盜的時候，九股煙喬茂和雙鞭宋海鵬，奉命留後，保護押鏢鹽商的轎車，兼照顧鏢馱。鐵牌手胡孟剛、黑鷹程岳，被群盜圍攻；一聲呼哨，從竹林後竄出一夥賊黨，硬過來劫奪鏢馱。雙鞭宋海鵬、九股煙喬茂在近處看得真切。喬茂對宋海鵬說：「宋爺，你瞧見了沒有？我沒說錯吧，我原說這票鏢是蜜裡紅礬，吃不消的，現在果然遇上事了。養兵千日，用在一朝！咱哥們吃鏢局的飯，可不能臨事含糊了。咱們倆是你先上，我先上？」雙鞭宋海鵬暗想：「瞧不見喬茂這人，原來還有這番骨氣，我豈能落後，教人恥笑？」遂唔了一聲道：「我先上。」雙鞭一揮，搶步上前，拒盜護鏢，立刻被群賊阻住，殺在一起。

那九股煙瞧不見喬茂手握著短刀，瞪大了一雙醉眼盯著。

忽見他背後鹽商的轎車已逃；賊人漫散過來，已動手威逼騾夫，起運鏢馱子。喬茂不顧一切，怪嚷一聲，掄刀挺身飛躍上前。他明知自己武技平常，事到其間，也唯有捨命護鏢。卻幸盜幫勁敵都在圍困胡孟剛、程岳和沈明誼、戴永清諸人，前來劫鏢的乃是副手。九股煙喬茂沖到鏢馱之前，正有幾個強徒持刀催逼騾夫，把打圈伏在堤旁的五十匹鏢馱子，逐個驅趕起來。

喬茂且不顧援助宋海鵬，仗他身輕如葉，落地無聲，如一陣飄風似的，趕到賊人背後，手起刀落，便被他砍倒兩個。群賊大怒，立刻躥過來兩個好手，揮刀迎鬥；力猛刀沉，只幾個回合，便將九股煙喬茂殺得手忙腳亂。其中一個敵人，一樸刀猛砍過來，喬茂挺刀招架，錚的一聲響，火星亂迸，把喬茂震得虎口發麻，險些短刀撒手。

喬茂慌不迭的一躍丈餘，閃過一邊。那另一賊人又已揮刀斜掃，從側面截殺過來，將喬茂的手臂劃破一道。喬茂瞪眼罵道：「好賊，我跟你拚了吧！」復掄刀拒戰，又殺了片刻。

忽然間，那包圍雙鞭宋海鵬的群賊，陣勢一散，宋海鵬已負傷倒地，血濺堤邊。群盜又合攏了，直向喬茂這邊包抄過來。

喬茂大吃一驚，本已雙拳不敵四手，何況賊人又復增援！

喬茂急虛砍一刀，變計退身，嗖地一躍，從敵人頭頂上直竄過去，伏腰用力，轉身便跑。群賊中一個使劍的，探身旁鹿皮囊，一捏甩手箭的箭尾，嗖嗖嗖，直甩出去。喬茂且逃且回頭，黑影中閃避不及，噗的一聲，臀部上被打中一箭，入肉四分，疼不可忍。喬茂一回手拔下箭來，奮步亡命狂奔；又被黑影中一個賊人，迎面剁來一刀。喬茂急側身旁躥，讓過刀刃，竟被刀尖劃了一下；且顧不得疼痛，輾轉奪路逃去。

喬茂一面跑，一面暗將周圍形勢看好，知道前面後面必有強人把風，決闖不出去。西面又是大縱湖，也不能跑。只有東面麥畦竹塘，可以潛身，便一鼓氣鑽過去。

這時鏢行敗勢已見，鏢馱業被劫走。夜影沉沉，一片人聲喧呼，夾著兵刃叮噹亂響。人影閃閃綽綽，亂竄亂奔；有敗逃的鏢行夥計，也有得手後，四面兜截來的強徒。九股煙喬茂乘亂竄到麥畦，身背後竟有賊人跟蹤追到。緣因喬茂總是個鏢師，不比鏢行夥計；所以賊人緊追不捨，非把他弄躺下不可。

喬茂輕身功夫甚好，連竄帶滾，直往東北逃去。東北面有一片竹塘，喬茂想：「只要逃到竹塘，便不礙了。」捨命地奔去。後面賊人大叫：「相好的往哪裡跑，躺下歇歇吧！我絕不傷你性命，你想逃出圈子，那可不行！」

喬茂不聽那一套，狠命奔過去，離那竹塘也不過還有數丈；後面賊人已將袖箭掏出，噌的一聲，喬茂急閃身一躥。不想那竹塘旁，竟有幾個強賊埋伏，以防作案時，被失主逃出去，鳴官求援。喬茂一躥，立刻搶出四個強賊來，大叫：「呔，站住，小子往哪裡跑！」那後面追趕的人也吆喝道：「夥計截住他，別教他跑了！」喬茂這一驚非同小可，急轉身斜逃，這就來不及了。其實這迎面把風的賊，只是四個笨漢；喬茂若要賈勇硬闖，未始不可以闖過去。只因他已成了驚弓之鳥，這一猶豫，竟被後面那強賊追上。那強賊跳起來一個堆子腳，把喬茂踢倒，直跌出數步去；趕上來，又一刀背，把喬茂砸得發昏，竟不能動轉了。強賊又過來踢了一腳，冷笑數聲道：「朋友，你躺躺吧，跑個什麼勁呢！」又看了看，見喬茂果然爬不起來了，這才折回去。

喬茂身負數處傷痕，臥在地上，過了好一會兒，方才甦醒。他心想：「這時候若是勉強掙扎起來逃跑，恐怕必遭賊人毒手。莫若裝作傷重垂危，倒許脫得過去。」因此，他側臥在麥畦裡，一動也不敢動，只傾耳諦聽四面的動靜。覺得在他身旁並沒有強人監視，遠處卻火光閃閃，猶在人馬喧騰，料是鏢銀被劫，也不知胡孟剛、程岳是生是死。

喬茂又耗了一會兒，咬著牙，試著慢慢坐起，從麥苗中向外探視。夜幕已深，尋丈外竟辨不出景物來。喬茂把傷處摸了摸，頭上被打了一刀背，此刻還是涔涔的發暈；手臂上的劃傷本來不重，血已止住。只有臀部的箭傷，卻很不輕。喬茂從身上摸出刀創藥來，摸著黑，敷上一大把；又在地上亂摸了一陣，摸著他那把短刀，握在手裡，喬茂不敢挺身，慢慢地彎著腰，往東北面爬行。他有心到失事的場所查看情形，尋找同伴；卻又負著傷，擔心重遇著強人，所以盡往東北面繞去，繞出很遠。忽然想：「我這是往哪裡去呢？」

喬茂撫著頭想了想，又傾耳聽了聽，復又折向西南；一走一探的溜回來，距離堤旁一帶竹林已然不遠。麥畦中有一土堆，好像是座荒墳，夾在田地中間，高有丈餘。九股煙溜到土墳後面，隱蔽著身形，往堤上探看。喬茂看見堤上有幾點火光遊走不定，聞聽人聲漸漸稀少，料想賊人必已劫鏢退去，他便想湊過去。忽然一陣順風吹來，聽著竹林後面，猶有人馬踐踏聲傳來。喬茂立刻精神一聳，兩眼努力往竹林那面望去；卻是黑壓壓一片，除了竹影外，任什麼也看不清。

喬茂暗想：「二十萬鏢銀被劫，胡老鏢頭不知吉凶，振通鏢局從此砸鍋！想鏢局人絕不致全數傷亡，也不知有人追蹤踩緝下去沒有？這竹林後面，既然是劫鏢時賊人埋伏之所，劫鏢之後，賊人也必由此撤回。莫如我往前湊湊，看看這竹林後面，還有賊人的卡子沒有？」想罷，便往竹林那邊，大寬轉繞過去。足足繞了小半頓飯的時候，才繞到竹林的東側面；相離漸近，喬茂便不敢直行，彎著腰慢慢地走，臀部陣陣發疼。

正走處，忽見范公堤大堤之上來了兩條人影，直向這竹林奔去。九股煙喬茂猜是鏢行同伴，心中暗道：「好了，我們還有人追緝賊蹤，可不知道是誰？」便直起腰來，意欲上前招呼；又恐怕是把風的賊人，事畢歸窯。正在尋思著，旋見那兩條人影，忽高忽低奔馳，漸次迫近竹林。

突然間，從竹叢中發出嘻嘻的兩聲冷笑，立刻有一支響箭直射出來，兩道燈光直照過來。叢竹後面竟有人發話：「對面來人站住，再往前進，可要放箭了！」

喬茂大吃一驚，不由一陣鬆懈，坐在地上，暗道：「糟了，賊人的卡子還沒有撤呀！追來踩蹤的，是哪兩位呢？」竹林中的黃光不住地照射，喬茂定眼細看，看出那胖胖的人影，大概正是總鏢頭鐵牌手胡孟剛；那長長的人影，像是金槍沈明誼。

「原來他倆並沒有負傷麼！只是有強人的卡子當前，他兩人如何闖得過呢？」

忽然靈機一動，九股煙喬茂暗想：「此時賊人全副精神，都注意監視著堤上正面的胡、沈二人，他們未必防到側面麥畦中，還有我在。我何不大寬轉彎，繞到竹林之後，冒險踩訪下去呢？只是，呀，我已負傷，一走一疼，我如何綴得下去！況且萬一被賊人尋見，生命難保。那緝鏢卻比護鏢不同，但凡強人最怕失主跟蹤綴隨。他們若尋見我，我是必遭毒手呀！……」

又想道：「況且我已數處負傷，很對得過鏢局了，我又何必拚命冒這凶險呀？」思量著，欲前不敢，欲退不甘。

正在這時，猛聽胡孟剛怒發如雷道：「二十萬鏢銀被劫，我姓胡的只有一死，沒有一活。沈師傅請回，我一定要闖！」

那竹林中的賊人發出冷峭的話來：「胡鏢頭要死容易，西面便是大縱湖！你要想闖過竹林，卻比死還難！」錚的一聲，又射出一支響箭來。緊跟著聽見沈明誼很悲涼地說：「老鏢頭，要死咱們死在一塊，我不能臨事退縮，教江湖恥笑。只是你我已負重傷，要想緝鏢，恐已無望，老鏢頭還要通盤細想。」半晌，聽不見胡孟剛答話。

就在這時，大堤北段，忽然傳來一種慘厲之音。喬茂轉面尋看，只見兩盞燈光乍高乍低奔來。聽那慘厲的聲音，不住地喊叫：「胡鏢頭！胡鏢頭……」原來是那押鏢的鹽商舒大人，唯恐胡孟剛逃跑，從後面拚命追到，竟把胡孟剛、沈明誼硬給揪了回去。想是那竹林埋伏的賊人，也已聽見胡、舒二人爭執的話頭，料到鏢行必不能再綴來。又過了一刻，賊人竟已收隊，奔東南而去。

九股煙喬茂竊聽多時，望見兩盞燈光，伴著胡孟剛等，已折回原地。卡上群賊腳步雜沓聲，越來越遠。喬茂猛然下了決心，不顧疼痛，從堤側繞過竹林，直綴下去。

第七章
兩番探古剎貪功被擒　三度訊真情扯謊受辱

喬茂心想：「二十萬鹽款，如今全失，身家性命所關，非同小可。此時若容賊人遠颺，再想踩探，豈是易事？如今正是一個機會，我若在此時，緊綴下去，一定可將賊人的去向摸準；便是賊人的堆子窯，也可以探著。我雖無能，一得著鏢銀的下落，那時翻回來，邀請能人，下手討鏢，豈不是手到擒來？那時節，我豈止揚名江湖之上，更可以堵住了振通鏢局那些小子們的嘴。莫道我姓喬的無用，我姓喬的卻能抓住了棱縫，毫不放鬆。這一來鏢局三四十口子人，全栽在我姓喬的手裡。」

想到此，喬茂精神一振，不由挺起腰來。又想道：「胡老剛待我總算不錯，他們大夥奚落我，想把我擠出去，胡老剛總是不肯。這一來我姓喬的知恩報恩，到底還是偷雞毛、拔煙袋的不是？」

九股煙喬茂越想越有理，把剛才恐懼之念全行忘去；立刻抖擻精神，拔腿要跑。忽又想：「慢來，慢來！這要一緊跑，教賊人瞧見可就糟了。」遂鎮住心神，提起耳朵，一步一試，一步一瞧，繞著大彎，往那竹林後面斜抄過去。臀部傷處還是一陣陣發疼，九股煙喬茂咬牙忍住；又敷了一遍藥，把腰帶撕下一條，好歹的齊著大腿根往上一兜，渾身也扎綁俐落。又回頭一望，只見大堤上火光忽然增多，料想是鏢行夥計們和緝私營巡丁們，在那裡忙著救死扶傷。

喬茂遠遠望見，暗嘆了一聲：「可憐我振通鏢局，這一下可就一敗塗地了！胡老剛此番回去，勢必打官司，賠償鏢銀，要想挽回已敗之局，這全靠我姓喬的追蹤訪盜的結果了。」一面悄悄地走，一面凝神辨認路途；順著麥田小徑，一路探去。

這時候月暗星黑，竹林風吼，倍增蒼涼。喬茂疑心生暗鬼，唯恐賊人還沒走淨，要路口也許布置下人，自己稍不小心，要受人家暗算。自己人單勢孤，況又戰乏負傷，並且本領又不濟，這非得加倍地留神不可。

那埋伏在竹林中的斷後群賊，收隊撤退之時，卻在胡孟剛一行大眾打著燈籠，離了范公堤的大堤，折向于家圩之後。

直望見鏢行這邊燈光折回，人馬踐踏聲越行越遠，這群賊方才暗打招呼，出了埋伏之所；又向四面搜查了一遍，方才收隊回程。

這時候，九股煙喬茂已經繞著大圈，趕到他們前頭，相隔已在半里之外。九股煙喬茂一路探道，順著小徑曲折盤旋，實際上已繞了二里多地，猜想已離開范公堤。再辨眼前的景象，也不知到了什麼地方。有時覺著腳下踏的是細沙之地，疑心道路走錯了。往前摸著走，約莫又走出二三里地，麥壟小徑，忽然斜顯著兩股通行之道。四望曠野，黑壓壓一片又一片，不知是村莊，還是叢林竹塘。側耳細聽，似乎偏東有夜犬吠影之聲，想必附近已有人家，也許就是群賊打那裡經過。卻是這兩股道，不知走哪一條方對。

喬茂細察近身處，似並無人；又望了望，取出火摺子來，晃亮了，仔細辨認那兩股道上的人蹤馬跡，以定趨舍。火光照處，似乎這兩條路都是深深印著車轍印；中間夾雜著馬蹄印，卻並不多，也沒有新遺下的馬糞。

喬茂不由迷惑起來，拿著火摺子，順著路照了又照。這一照，照出是非來了。那收隊歸來的把風群賊，恰在背後高堤望見；麥田小徑驟現火光，定有行人。農村人家素來早起早眠，在這荒郊忽有野火，不是他們的夥伴，便是鏢行派下來的追蹤之人。群賊立刻暗打招呼，派那騎著馬的，斜抄到前面堵截；那步下功夫好的，一齊亮兵刃，分道踏尋這火光而來。

九股煙喬茂找不出賊人蹤跡，正自焦灼。夜靜聲清，猛然聽見相隔數十丈處，傳來馬蹄聲音。九股煙驀地一驚，急將火摺子收起，側耳尋聽，覺得兆頭不對。嚇得他伏著腰，連滾帶爬，直向那麥田壟內鑽去。一面鑽，一面留神響聲，由這麥壟轉到那麥壟，急急地伏下身。忽又想不對，急急爬起來，蹲坐在地，只將半個腦袋，露出麥苗之外，悄悄地向四面探看。

只隔了不大工夫，便聽見馬蹄聲音走遠。喬茂想：「這一定是賊人！馬走得快，人走得慢，我這是已經綴著他們了。」

心中又驚又喜，便要站起身來，猛然心中一驚，暗想道：「且慢！我還得再聽聽。」

這一聽，展眼間，聽見悄然人語之聲，似在近處，可也聽不出說什麼話來。這一來把個喬茂嚇得心驚肉跳，暗道：「慚愧，幸虧沒站起來！」

越聽越清楚，嗖嗖嗖，從麥田那邊小徑上，躥出好幾條黑影，竟向那兩股道的交叉點上走去。幾條黑影閃來閃去，忽有兩道黃光照出來。聽見一人道：「彷彿是在那裡，怎麼沒有了呢？」又一人道：「別是鬼火吧？」那人答道：「鬼火發綠，這分明發紅發黃。」

不一時，騎馬的也圈回來，繞著麥田來回一搜；嚇得喬茂縮下頭去，伏在地上，連大氣也不敢喘。那兩道黃光忽東忽西地亂晃，騎馬的人也將孔明燈撥亮，一前一後的探照，半晌尋不見可疑的蹤跡。只聽一人咕噥了幾句話，有一人大聲說道：「這一定是鬼火，再不然就是看花眼了。咱們快走吧！公事要緊，管他偷莊稼不偷呢！」說著，幾個人湊在一起，踐踏聲大起，這夥人們紛紛走了。

九股煙喬茂出身綠林，什麼詐語不懂得？他心中暗說：「你們想把我詐出來麼？我才不上當呢！」伏在麥田裡，寂然不動；仍從麥壟隙縫裡，探出半個頭來，偷向外窺。果然在相隔十數丈外，見有兩條黑影一閃不見了。喬茂知道這是藏在那裡等他的。喬茂暗道：「你不走，我不出來；只要天不亮，我才不怕呢！」

果然耗了不到半個時辰，就聽那兩人互語道：「去他娘的吧，七哥太小心了，咱們走吧！哪有人呢？」這兩人竟從麥田鑽出來，直奔通車大道而去。九股煙兩眼盯著，直候到相隔已遠，方才悄悄爬出麥田，溜到低坡處，在後面遠遠綴下去。

喬茂暗道：「吉人天相！若不點火摺子，我還引不來領道人呢。」兩條人影走得很快，喬茂不敢緊跟在後，只遠遠的綴著；走出不遠，又是一條大道。喬茂不敢上正道，恐人看見他。他只彎著腰，在麥壟裡鑽，身已負傷，其苦難言。

只見道邊樹旁，黑乎乎有兩排橫影；那兩個賊走到影旁站住，只停得一停，忽然躥上去。喬茂方才曉得，那兩排橫影乃是兩匹馬。兩個賊上了馬，急駛而去。喬茂在後面很著急，只得冒險鑽出麥田，施展夜行功夫，在後面拚命追趕。馬行甚疾，喬茂又有顧忌，只幾個轉彎，便已看不見馬影，耳畔卻還聽得見那嘚嘚的蹄聲。約莫綴了五六里地，喬茂竟被落後在半里以外。卻喜曠郊深夜，還能辨得出馬蹄奔駛的去向。

又跑了一會兒，忽有一村莊當前，那兩匹馬竟抹著村口馳過去，引起了一陣犬吠之聲。喬茂頭上汗出，跟蹤跑著，曲折轉彎，一陣亂繞之後，已辨不清東西南北。約又走了幾里路，迎面黑壓壓，東一片，西一片，好像又是村莊。這馬距離喬茂更遠了，馬蹄聲似已沒入這當前的黑影之中。頓時又聽見一陣野犬狂吠，應聲四起。

九股煙喬茂努力追尋，發現一帶叢林，掩著一座村落，橫在前面。喬茂暗想：「打路劫的賊人，向來不肯穿過鄉村走的。」可是聽犬吠之聲，這強賊顯然投入村內去了。只是吠聲四起，斷不定賊人投到哪一方向。

喬茂放緩腳步，喘了一口氣，向四面望了望。農村人家睡得早，此時村口早已無人往來。喬茂看清形勢，略緩一緩，立刻飛身縱步，躥到村莊右首那條道上。這裡是村莊的背後，左首乃是疏疏落落的一帶叢林，有兩股道通入村內。村中東一片西一片的茅舍，估計也有幾十戶人家；竟斷不定賊人是穿村而過，或是在村中有無存身歇腳之處。

喬茂到此更不遲疑，將身上收拾俐落，從村後搶到一家民宅後牆；嗖地躥上房舍，立即伏身下窺。只見那一片一片竹籬茅舍，曠曠落落，沒有一點別的聲息。喬茂復又翻身落地，將當年在綠林道上的本領，全盤施展出來。輕如狸貓，捷若猿猴，伏垣貼壁，躥房越脊，乍高忽低，很快地將村內街道，踏勘了一半。只是家家掩門，戶戶熄燈，寂然不聞人聲，黑乎乎不見一星火亮。

喬茂滿腹狐疑，暗道：「他們既已奔入這座村莊，必定有窩藏之地；若無窩藏之地，何苦從村中穿過，白白給村中人留下跡象呢？」

喬茂無可奈何，掏出火摺子來，剛要躥到街心，意欲提火摺照看路上的蹄跡；卻驀然心中一驚，急閃身藏躲。只見距離村口不遠，約有二十來丈的地方，嗖嗖的連躥出兩個夜行人來。喬茂抽身很快，嚇得他伏身蹲在黑影裡；偷看這兩個夜行人，似從一個籬笆門內出來的。這兩個夜行人在街心只一停，便奔後村口而去，那身法頗為輕捷。

喬茂暗道一聲：「慚愧！」容兩個夜行人轉過牆角，相去已遠；喬茂連忙躥上房去，向四外一瞥。然後攀垣躥房，走壁爬坡，如飛也似趕到籬笆門的鄰舍房上。不敢探險，且先找著藏身之所，然後挨到那兩個夜行人現身的所在，往下面一望：卻是一戶尋常的鄉農之家，一段竹籬，三間北房，兩間西房，很寬敞的大院落，院角有一道井欄。試窺看那幾間草舍的窗櫺，依然是黑沉沉，沒有一點燈光，並且也聽不見什麼聲息。這房舍如此狹窄，又這麼悄靜，絕不像有什麼事故發生的樣子；喬茂不由詫異起來。

九股煙喬茂久涉江湖，查勘盜蹤，足有十二分的把握；只要一入目，便可猜斷出十之八九來。看這個草舍，分明不像劫鏢強人潛蹤之所，更不像梁上君子作案之地，何故竟有兩個夜行人躥出呢？喬茂試用一塊碎磚，投了一下，也不見動靜。當下喬茂提起精神，從鄰舍輕輕躥過來，來到院內，仔細查看。

先傾耳伏窗，只聽得屋內鼾聲微作；更驗看門窗，的確不像有夜行人出沒。然後到院內各處一巡，這才來到井欄旁邊；發現井旁有隻水桶，裡面水痕未乾，地上也有一片水跡，這分明是剛從井裡打完水的情形。

喬茂暗暗點頭道：「哦，這就是了。」看這鄉農人家，深睡正濃，何來半夜打水？打水的必是剛才那兩個夜行人，那麼賊人的落腳之處可想而知了。

九股煙喬茂將水桶提了，也向井中打出一些水，喝了一氣。隨又放下，立刻嗖地躥上房來，向村後急打一望。連忙重翻身，躥到街心；施展夜行術，鹿伏鶴行，膝碰胸口，腳尖點地面，如星馳也似，投向村後追將過去。那兩個夜行人已不知去向。到得村後，正是一帶叢林，數畦麥田，通著兩條路。喬茂略一端詳，擇了一條大路，直追下去。轉身走出叢林，迎面又是縱橫列著一條丁字路口，正不知走哪條道才對。

喬茂向前面望了望，似乎對面黑綽綽的有兩片村舍，一個偏左，一個偏右。左邊的黑影大，一定人家多；右邊的相隔較遠，黑影小些，大概人家寥寥。喬茂便放慢腳步，曲曲折折的探過去。迫近那大些的黑影，才看出是一片叢林，夾雜著散漫的村舍，人家也並不多。

喬茂心想：「賊人如果潛蹤在此，須要留神他們的卡子。」提心吊膽的，往前湊一步，探一步，耗了很大工夫，才挨到近前。這裡不過十幾戶人家，聲音靜悄悄的，連個狗叫也沒有。

喬茂隱身在樹後，聽了又聽，然後爬上樹去，向內窺望。

這錯錯落落的十幾戶人家，照舊是黯然並無燈火。喬茂爽然失望道：

「白費事了，賊人一定不在這裡。」急忙溜下樹來，施夜行術，火速地退了出來；繞過一帶麥田，折向右邊那片村舍走去。這一往返，喬茂枉走了二三里路，頭上不住地冒出虛汗來。原來他從失鏢之後，奔馳到今，已近三更，前後六七個時辰，卻是一物未食。雖然虛火上浮，並不覺餓，力氣上可有點不支了。

喬茂歇了歇，往四面看了看，不禁嘆了一口氣，覺得自己好生冤枉。隨從身邊取出乾糧來，咬了幾口，站起來強打精神，再往前探，一面走，一面留神路旁莊稼地的動靜；恐怕要路口，有賊人的埋伏。又走了半里多地，距那右側村落漸近；忽然一陣順風颳來，聽得一陣唏唏的馬嘶聲音。這聲音打入九股煙喬茂的耳鼓，不由全身一震，心中又驚又喜道：「哈！原來在這裡了，到底不枉我奔馳這一夜！」

這一陣馬嘶聲不亞如暗室明燈，把個負傷力疲的喬茂已失去的精力全喚回來。九股煙喬茂一個箭步，躥進了道旁的田地；隱住了身形，鶴行鹿伏，往前挪動。一面走，一面探頭，不一刻到了這右側村舍之前。相距二三十丈，喬茂止步不前，側耳傾聽，定睛細看：迎面隱隱辨出屋宇層層，院牆高大，並不像村舍。

喬茂藉著莊稼隱身，慢慢地往前蹭。相距數丈，方才看出這是一座廟宇。數行大樹和附近的看青的草棚，掩映起來，遠望像是小村。喬茂心想：「這就對了！這裡可真像個賊黨潛蹤之所。」喬茂知道但凡是廟，必定坐北朝南，他自己藏身之所恰在西北面，留神察看，黑影掩映處，並不見有賊人放哨。但也不敢大意，潛伏好久，又聽見一陣馬嘶；喬茂這才賈勇伏身一竄，竄到廟的側面一段土坡、一叢矮樹之後。這些矮樹全是棗樹，乃是栽來堵那破牆角門的。相隔已近，喬茂細看廟宇的形勢，廟前空地非常寬敞，想必是附近村莊的廟集場子。圍著廟牆，掘著深溝，大抵是防備燒荒的，廟四周並無人家，只西面相隔二十多丈，有一道長垣，好像是附近的菜園子。這廟蓋得很大，卻是西首頹垣斷磚，頗有幾處坍塌了。

九股煙喬茂未曾進身，先選好退路；然後躡手躡腳，溜到破牆底下。由打頹垣隙處向內張望；偏生有偏殿擋住了視線，並不能窺見裡面情況。但從牆隅反射出淡淡一層微光來，料想裡面必點著燈火；而且裡面隱隱聽得人聲響動。

喬茂伏了好久，不敢貿然躥入，心內暗暗著急。有心等著裡面沒有動靜，再行進窺，又怕轉瞬天明，誤了大事，亦且難以脫身。想了想：「我附垣已久，始終未見賊人出來巡風，想是他們歇著了。我只好冒一冒險了！」主意打定，繞過偏殿，找到一個牆角極黑暗的地方，踩一踩，滿地生著荊棘。先用手試攀破牆，腳找磚縫，慢慢爬上牆去；牆頭長著一叢野草，剛好將他蔽住。這才看出：此廟失修已久，哪裡還像廟宇？窗格門扇朽壞不堪，倒是前前後後殿宇很多，一時也看不清有幾層。喬茂所窺見的，只是後層偏西的一面；這東一面黑洞洞的，也不見人影。

喬茂便溜下牆隅，貼牆伏壁，往前面溜，東邊有一道角門。喬茂四面一看，嗖地躥過去，藏在黑影內，略一探頭，嚇了一跳，急忙縮步退回。原來這一層殿宇，正有幾個人，持刀把著甬路口。

喬茂不敢前闖，折回來，繞向另一角門。角門之前，有兩棵古槐，高有四五丈。他靈機一動，慌忙奔過去，立刻手攀足抱，爬到樹上；小心在意的，不令枝葉響動，真個比狸貓猿猴還輕靈。到了樹巔，分枝披葉，往下窺看：只見隔著一層院子，乃是正殿。正殿之前，鐵香爐上插著兩隻燈籠；燈籠上的紙已有幾處刮破，便攏不住風，被風吹得晃徘徊悠，發出搖曳不定的暈黃光焰來。正殿內的情形全然看不見，只看見兩廡也有火光，殿前樹幹上拴著幾匹馬，數並不多，好像正啃吃地上去；也有兩三個人坐在廊柱旁欄杆上。

九股煙喬茂驚喜異常：「皇天不負苦心人，這一下我可訪實了！這還錯了不成？」他心中盤算：「這個地方究竟是賊人暫時落腳之地，還是竟在此地附近設窯？這還得探探。看這地方並不像賊人的老巢，也許是他們線上的一道卡子。我必得綴住了他們，還要訪透了，才好回去報信。」想罷，便要爬下樹來。

他的意思是繞到東跨院探探，因為那一面燈光更亮。然後再繞到前面，便可窺見大殿正面的情形，然後再看看山門，認清廟名，辨清地勢，以便明日續在附近勘訪。再暗中綴他們幾天，監視幾天，認準了賊人出沒的確切地點和一切賊黨、賊巢、賊情，然後回去報信，弄一個全功。因為他這半夜亂走，竟已迷了方向；若不是發現這廟，知道廟門必然沖南，他真不知道東西南北了。

喬茂吁了一口氣，又向內瞥了一眼，然後往樹下一看，便要下樹；忽從角門射出一道燈光，有兩個夜行人，手持鋼刀短挺，走了過來。九股煙喬茂急忙縮住，連大氣也不敢喘；瞧那兩人竟也奔這角門而來。將到槐樹之前，忽然止步；那一個持鋼刀、拿燈籠的，竟將手中燈籠高高一舉道：「有麼？」持短挺的說道：「二師兄的話還有錯？」

這兩人一問一答，把喬茂幾乎嚇酥了。隱在樹枝葉中，仗著樹高天黑，他又穿著黑色衣服，緊貼著樹丫枝，連動也不敢動，喘也不敢喘，只側著眼注視下方。那兩個人卻也怪道，只是晃來晃去不走，盡在院內打旋。

喬茂也揣不出來意，賊人究竟看見他的形跡沒有？旋見那兩人又轉到那個角門邊上了；喬茂舒了一口氣，方才放下心。

卻不料，忽然頭頂上簌簌的微響一下。喬茂急仰面一看，只聽陰幽幽的，從上面發出一聲忍俊不禁的冷笑。這一來，把個九股煙喬茂笑得毛骨悚然；還來不及打主意逃走，早有軟軟的一物，從上面拋下來，正拂著喬茂的肩頭。

九股煙喬茂一手攀樹，一手招架，急往樹下溜；那個軟套已然直套下來，被喬茂一把摘開，拚命地下躥；上面突然踹下一隻腳，正踢著喬茂的頭。這一腳很重，又是踹，又是砸；喬茂哼的一聲，雙手一鬆，撲通掉下樹來。僥倖還好，沒被那腰帶臨時做成的殺豬套套上頭頸。

喬茂身才墜地，地上巡風之人將燈籠一拋，已餓狼撲食趕到。刀挺齊舉，大喝：「好東西，真個膽量不小！」樹巔埋伏的人也縱下樹來。這人背插一把利劍，手捏著一條腰帶，正是要吊喬茂用的。

九股煙喬茂一挺身跳起來，連竄帶迸，搶向來路。到得破牆頭，一躍上去；急側身，抖手發出兩石子，照那追趕的人打去。不管打著打不著，喬茂一伏腰便往下躥；猛然腳下一軟，栽倒在地。真個是賊起飛智，喬茂拿出他那神偷的本領，一個懶驢打滾，直翻出數步，將身一伏，蜷臥在叢草中。也不管荊棘刺肉生疼，他只動也不動地爬伏著；兩眼注視牆頭，猜想廟中人必然跟踵追出。卻不道廟中人也是行家，黑暗中並不追踵趕來；卻繞過廟後的北牆上，飛身躥出，四面一望，復又縮身回去。

喬茂心想不好，急急地爬起來，鶴行鹿伏，繞向廟東，逃藏過去。果然他剛剛覓好隱暗地方，將身蔽住，已有數道燈光，從廟前照出。燈影中竄出十幾個人，圍著廟橫搜亂照。直亂過一陣，忽又全數收回去。

喬茂捏了一把冷汗，心中好生為難；賊人的底細並未探明，卻落得打草驚蛇，但又不能捨此而去。不得已，狠了狠心，將腳下薄底鞋登了登，運足氣力，隔過頓飯時，二次探廟。

這一次不比前番，更得加倍小心。他繞到靠東邊偏殿的後房坡，施展輕身功夫，飛身一躍，已到房頭，連一點聲息也沒有。將身隱住，往左一晃步，從偏殿溜下；忽爬忽竄，且行且探，曲折溜來，已到東南面。通過一道月亮門，往北有好大一片地方；院落寬展，一排北房似是禪房，但又前出廊，後出廈，那殘破的廊子也已多半沒有欄杆了。試望庭心，那情形已非比剛才所見的地方，這裡是數隻燈籠插在院中，角門甬路都有人把守。北面房前另有四個少年壯漢，立在廊下，全都衣裝整齊俐落，各抱兵刃；燈光黯淡，看不清面貌。

喬茂心知已到重地，隱住身形，提心吊膽地偷窺。窺見北房、西房、東房，破窗格七穿八漏，都透出爍爍的燈光，燈影搖曳，有人影過來過去的，遮住燈亮，夾雜著悶沉沉的語聲；喬茂連一個字也聽不出來，猜想屋中人很忙碌。

忽然間，聽見一聲馬嘶，喬茂循聲看去：只見西面房前停著十幾輛馬車，牲口沒有套上，馬嘶的聲音似在禪房之內。那已失的五十個鏢馱子和那夥騾夫，前後都沒有尋見。喬茂疑惑道：「這裡勢派森嚴，一定是劫鏢之賊；難道他們已把鏢銀運走，竟不在廟中麼？」

喬茂按照夜行人的規矩，先不敢窺探正房，爬在南面迴廊上，蛇行而前，繞向西房。隱身在後山坡，施倒捲簾的功夫，偷向破窗內一望。怪不得屋內聞得馬嘶，這一座破敝的禪房，原來已做了賊人的馬號！內中有三四十匹馬，拴在窗櫺上屋柱間，滿地撒著草料，任聽牲口啃嚼；只門口有幾個人閒閒地守著，鏢馱子依然未見。

喬茂只瞥了一眼，便已看清屋中的情形；腰上一使勁，仍翻上後坡。這房太老了，稍一著力，灰片脫落，沙沙的往檐下掉去。喬茂吃了一驚，急急逃走，料想屋中人必已驚動。誰知看馬的幾個人連頭也不回，還在喁喁對談，似乎群馬嚼草頓蹄的聲音，把房上的動靜壓住了。

喬茂伏在後檐，略等了等，這才挪身要繞向正房；忽見側面一座偏廡從後面圓窗透出微光。喬茂溜下來，躡足走到後窗;手攀窗臺，足蹬磚縫，略向內一張望：只見空曠曠三間房，似是偏殿，又無神像；似是禪房，又無禪榻。門口上只插著一隻破燈籠，昏昏的略辨出人影來。屋心磚地上橫躺豎臥，倒著四五十個人；身下並沒有鋪著臥具，甚至連乾草也都沒有。

這四五十個人竟全睡在塵土滿積的地上，連動也不動。在門口和屋心，另有幾個人手持利刃；有的站著，來來往往的走，有的坐在馬褥子上。看了一會兒，見這臥著的人依然一聲不響，一點不動；喬茂便有些瞧愣了。其中有一個人好像呻吟了一聲，立刻見那立在屋心的人，過來踢了一腳：「哼什麼，不要找死！」喬茂恍然醒悟，這幾十個人一定是被擄的騾夫了。

機密已算探實，只是劫鏢的年老盜魁和他手下的主要黨羽，一個也沒有窺見，鏢馱子又沒尋著，還覺得差了一著。喬茂遂又繞奔正房，曲折爬來，還沒有繞到，只見從西角門出來兩個人，登上臺階，走到正房門前。正房門掛著一個破草簾子，門口插著一對燈籠。這兩個人撩簾進去。

喬茂在房頂望見，略避一避，急忙繞到房後。這正房之後，又是一層院落，黑沉沉的並無燈光。喬茂暗想：「自己連看了幾處，都有燈火，為何此處單單沒有？」傾耳聽了聽，並沒有響動；便從房頂溜到牆頭，由牆頭躥上正房後山坡，仍施展倒捲簾的功夫，要探窗下望。

只聽屋中有人說道：「你聽，屈死鬼戀戀不捨的，還沒有走呢！依我說，把他料理了。」這說話的聲音很耳熟，卻並不是那年老的盜魁。喬茂覺得不好，急待退走；猛聽屋中斷喝一聲道：「呔，滾下來吧！」咯噔一聲響，一道寒光破窗打出來。

喬茂身子倒懸著，極力往旁邊一閃，暗器刮脖頸穿過去。

喬茂嚇了一身冷汗，手攀房檐，腳一挺勁，身子往前一悠，剛要飛身躍起，不意房頂上有一人冷笑道：「下去吧！」喬茂掛在房上的一隻腳，竟被人踩住，只一蹴，把他整個身子踢下房來。九股煙喬茂腳上頭下，倒栽下地，仗他飛躍功夫很不壞，懸空一翻，腳先沾地，只一挺已跳起來，抹頭便跑。只聽房上人喊道：「小子，看夠了麼？你也該歇歇了！」

喬茂顧不得答言，立刻搶奔角門。角門人影一閃，一個使雙懷杖的，一個掄鋸齒刀的，亮兵刃迎面截住。這兩人全是劫鏢時在場的強徒。喬茂揮刀奪路，那使雙懷杖的大喝一聲，已一杖打到。喬茂用刀一磕，打算伏身竄過去。豈知雙懷杖力量很猛，錚的一聲響，火星亂射，喬茂震得手腕發麻。那使鋸齒刀的已從側面，橫刀斜攻過來。喬茂急撤步翻身，看見西北角有一排矮房，急運足氣力，一躥上去；登房越脊，一抹的逃走。

這時候，已從四面躥出好幾個夜行人物，各仗兵刃，分路追來。喬茂剛由矮屋翻到一座偏殿頂上。由這偏殿逃出廟外，必須先躍下平地；可是地面上已有兩個人堵住門，又有兩個人站在牆頭，四個人站在當地，另有一個人也躍上偏殿，直奔喬茂。喬茂道：「我命休矣！」急回頭一看，偏殿東邊好像沒有人。喬茂慌不擇路，竟從兩三丈高的偏殿上一躍下地。他才一跳下，殿上、牆上的人立刻也躍過來，從四面一擠，單留下北面一道角門。喬茂如籠中的老鼠一樣，繞著圈子逃走，並不敢還手，也不敢走角門，怕有埋伏。群賊一陣亂趕，被喬茂抓一隙路，急忙飛身躥上角門的牆，順著牆往外飛逃。群賊一聲不響，只顧堵截。

忽聽房上有一人吆喝道：「當家的有話，這個鼠輩不值興師動眾，只叫老六、老七追擒他；別的人趕快回來，辦正事要緊。」群賊聞言，全都止步；另有兩個少年賊人，從後面追趕過來。只這一耽誤，喬茂不禁大喜；立刻縱躍如飛，展眼間奪路而逃，翻出後牆，一溜煙地往北跑去。回頭一看，果然只有兩個賊，一先一後追了出來。九股煙咬緊牙根，拚命狂奔，不一刻早已逃出二里多地。再回頭一看，已將賊人落後很遠，看不見影子了。

喬茂大喜道：「我姓喬的真有幾分福命！這賊人一窩蜂圍上來，焉有我的命在？想是賊人昏了心，教兩個笨賊追我，如何能截得住我！我如今已逃出虎口，又已探得機密，我就此返回去送信。再不然，在近處找個藏身地點，我在暗處綴著他們，看看他們的老窩究竟離此多遠。」心裡想著，便四面尋看。

這一陣捨命狂奔，有路便走，又不知此刻存身何處了？只見黑沉沉，天尚未亮。

喬茂蹲在路旁麥田邊，略略喘息了一陣，精神稍緩。望見路前似有一帶叢林，便站起來，直奔叢林。一面走，一面東張西望，一面心裡盤算：「看這時還許不到五更，近處想必有人家。我如今只穿著一身短打，又帶血跡，白天走路，真走不開！莫如抄到近處村莊，偷一兩件長衣服，再偷一些散碎銀子，我就在附近隱避地方一忍。白天再改頭換面，往附近踩探，這倒是很妙的法子。只是我來時那個小村已不在面前，想必還在後邊，有那廟擋著，我實在不敢尋回去，莫如另尋吧！」

且想且走，已到林邊。夜行人的習慣，慣好鑽樹林。喬茂便想到林中，先躺一躺養神。看了看，尋著小道，直走進去。

忽然，林內閃出一條人影，喬茂嚇得一哆嗦，剛要抹頭逃跑。

只聽那人也哎呀的一聲道：「我是走道的，身上沒帶著錢！」喬茂立刻站住。只見那人藏在樹後，不敢出來。喬茂靈機一動，暗道：「我何不剝他的衣服？這小子也必不是好人。」

喬茂回手抽出刀來，向前威喝道：「什麼人，滾出來！」那人只叫：「饒命！」不敢出來。

九股煙喬茂雄心一抖，邁步搶過去。他這才一過去，那人竟藏在樹後，也不跑，只是打圈繞。林密天黑，看不清面貌，只看出那人似穿著一身青。喬茂暗道：「這不像鄉下人。」等到相離切近，忽見那人揮刀躥出，一陣狂笑，刀如長蛇直攻過來。喬茂大吃一驚，到此力盡筋疲，抹頭待跑；被那人趕來，鋼刀一晃，登的一腳，把喬茂踢倒在地；解腰帶便捆，往肋下一挾便走。

喬茂忙道：「朋友，我也是道上同源，何處不交朋友，你放了我，我必有一番人心。」那人嗤地笑了，說道：「朋友，你貴姓？」喬茂忙答道：「我姓喬。」那人道：「你是哪條道上的？」喬茂衝口說道：「我是海州來的，咱們是同行。」那人道：「只你一個人麼？」喬茂眼珠一轉道：「不，我還有五個同伴哩，我們一共是六個人。」那人道：「那五位現在哪裡，都姓什麼？」

喬茂信口謅道：「有姓胡的，姓沈的，姓張的，姓趙的，姓孫的，他們都在後頭呢！」那人道：「你們當家的姓什麼？你們在哪裡安窯設櫃？」喬茂信口編造著答覆了。那人聽完一笑，把喬茂丟在地上。

喬茂心想：「他這就放我吧？」不料那人掏出一塊手巾、一個麻核桃，把喬茂一掐脖頸，將麻核桃塞入口內，將手巾繫在臉上，矇住了雙眼；重新挾起，如飛地跑去。不一時，到一地點，登高躥低，連轉了幾個彎，把喬茂撲通一聲，扔在地上。

只聽一人問道：「捉住了麼？」那林中人答道：「手到擒來，那還費得了事麼？」

又有一人問道：「他可有同伴？」林中人答道：「沒有看見，他自己卻說有五個同伴，恐怕未必。我原說不必費事，當場抓住他完了。老二一定要看看這小子有沒有同黨，果然依了我的話，教我白跑了一里多地。」

又一人說道：「也許有同黨被嚇跑了，你快去回當家的去吧！當家的教咱們趁早吃點東西，還有好些事要辦呢。」林中人應聲出去了。又過來一個人，另拿繩子，把喬茂手腳重新加綁上一道。

喬茂被摔在地上，口不能言，目不能睹，也不知置身何處。過了好一會兒，才覺得眼前一亮，有兩個人挑著燈籠進來。內中一人，把喬茂臉上蒙著的手巾扯下來，用燈一照，立刻踢了一腳，道：「喝，原來是這麼一塊料！」

喬茂睜眼一看，在他周圍，橫躺豎臥著四五十個人，全都是被擄的騾夫；捆在那裡，一動也不敢動。喬茂才知自己又被捉回廟來；一場掙命，原來是白費事。面前站定兩個人，正俯身察看自己；內中的一個，就是劫鏢時在場的賊人，那個使青鋼劍的。喬茂一陣難過，心想：「完了，十成占八成活不了嘍！」只見那使劍的少年強賊，用腳蹴著喬茂道：「喂，朋友，別裝死！我問問你，你們綴下來的，一共有幾個人？」連問數聲，喬茂不答。那少年勃然大怒，照著喬茂狠狠踢了幾腳，喬茂扭了扭，只是不答。

旁邊那個打燈籠的賊人說道：「咳咳，你先別踢他，他得說得出話來呀！」過來把喬茂口中之物掏出。那少年笑道：「原來他正吃核桃呢！」遂說道：「朋友，對不住，不知者不怪罪，恕我無禮！朋友，你們倒是綴下來幾位呀？」

喬茂乾嘔了一陣，心說：「這臭賊太已狠毒。事已到此，有死沒活，我焉能輸了嘴！」喘息一陣道：「朋友，我們可是栽了，我們可是栽在光棍手裡了。有話好問好答，你們可別作踐我。你問我們綴下來幾個人麼？不多，連我只六個。」少年強賊道：「那五個人呢？」喬茂道：「那我可就不知道了。我們六個人原分兩撥，三個人一撥。我已遭擒，我們的夥計大概還在附近藏著呢。」

原來喬茂這一番答話，自有他的用意。那少年聽了，半信半疑地說道：「朋友，你可實話實說，有你的好處。你不要信口亂說，那是害你自己。我們斷後的人，眼睜睜把你們那邊的兩個人擋回去了，怎麼又綴過來這許多人呢？」

這少年反覆盤問喬茂，喬茂咬定前言，不再更改。後來這賊人又威嚇喬茂道：「你有話可趁早實說，回頭我們當家的還要問你，你可等著受了刑，再說實話，那就晚了。你怕熱通條不怕？」喬茂打了一個冷戰，幾乎急得要哭。可是既已貪功遭擒，落在賊人手中，死固不怕，毒刑更是難熬。喬茂只得說道：「朋友，咱們都是道上同源，我還能有話不說，自找苦吃麼？我說的全是真情實話，你們只管掃聽，只管查看，就怕他們五個人都嚇跑了。」

那少年又打聽十二金錢俞劍平和安平鏢局的情形，喬茂都據實說了。那少年便不再問，挑著燈籠，匆匆地走了。

這少年剛才走開，喬茂的磨難已至。從外面闖進幾個壯漢，未進屋便叫道：「捉住的奸細在哪裡啦？」且說且奔到喬茂面前，用腳踢著說：「原來是這小子，你們一共來了幾個？你們那胡孟剛老傢伙上哪裡去了？你好大的膽子，你真敢綴下來！」

幾個壯漢七言八語的亂問，有的拿刀背單敲打喬茂的迎面骨；痛得喬茂欲避無從，不住說：「朋友留面子，朋友留面子！」

又有一壯漢，挑著燈，低頭看了看喬茂的臉，信手打了一個嘴巴，道：「哈，原來是這小子！就是他把謝老四和王老茂給砍傷了的，人家本來是客情。我也給他一刀！」從裹腿上拔出匕首來，照喬茂便刺。旁邊一人攔道：「別殺他，當家的還要問他話呢。」多虧這一攔，這匕首挪了挪，把喬茂肋部劃了一道，鮮血流出來。那人還是不依不饒地說：「就不宰他，我也得刺他幾下。」

正在亂得不可開交，陡聽後面一個深沉的聲音道：「哼，駱三，你好放肆，誰教你動手來！」只聽啪的一下，走來一個五十多歲的男子，把那刺喬茂的人，照臉打了一掌，喝道：「滾開吧！」

這時喬茂前胸已被劃破縱橫好幾道口子。那五旬男子斥道：「你們這些人就看著駱三胡鬧麼？咱們當家的跟俞劍平有梁子，跟他手下的人沒有過節呀？你們竟敢私自動刑，太已沒王法了！還不快拿刀傷藥，給他敷上。」喬茂呻吟道：「這位舵主，我也是江湖道上的一條漢子，我可不怕死，我得死在明處。我姓喬，我是振通鏢局的夥計。我和俞劍平素不相識，我只是跟著我們總鏢頭鐵牌手胡孟剛，來保這筆鹽鏢。姓俞的是姓俞的事，與我無干。」

喬茂解說著，那五旬男子冷笑了一聲道：「也信你不得！你們幹鏢行的沒有好玩意兒，回頭自然教你舒服。」

喬茂聽了末句話，不禁又是一驚。那男子吩咐手下人，給喬茂敷上藥；又囑咐不准凌辱他，便自走了。喬茂仰在地上，新舊創傷陣陣發疼；兩手兩腳全縛得很緊，暗地用縮骨法試褪了褪，竟褪不開。耳邊聽得外面人馬踐騰，言語嘈雜，彷彿很忙亂。忽又聽見腳步聲音走進屋來，吆喝道：「把鏢行那個奸細帶上來，老當家的要審問他哩！」立刻有兩個人過來，把喬茂腳下的繩索解開，抄雙臂架起，腳不沾地似的，將他帶到一個所在；似是一座偏殿，殿中神像已無，神座猶存。靠殿門插著紙燈，供桌上鋪著稻草和馬褥子，下面放著一條長凳子。

只見那年老的盜魁，側身坐在馬褥子上，一隻腳踩著長凳，一隻腳盤著，口銜煙袋，緩緩噴吐。兩邊站著坐著六七個賊人，氣勢虎虎，都拿著兵刃。把喬茂帶到神座前，人們就勢一按，喝道：「跪下，跪下！」

喬茂面色一變，欲待不跪，又怕受毒刑；欲要跪下，又恐賊人鄙視他，反倒招來凌辱。只得半蹲半坐的對盜魁說：「老舵主，我也是食人之祿，忠人之事。你一定要我跪，我已束手遭擒，還能抗拒麼？都是道上人，何不稍留面子呢？」

年老盜魁先看了看喬茂，暗暗點頭：「這麼一個其貌不揚的人，想不到還有這份膽量，敢來跟蹤訪下來！不過既是俞劍平手下的走狗，我豈肯饒了他？」大聲說道：「你是姓喬麼？」

喬茂道：「我姓喬。」盜魁道：「你在安平鏢局幾年了？俞劍平可是你的師父？」喬茂道：「我可是在鏢局做事，我卻沒在江寧安平鏢局混過。我是在咱們海州振通鏢局胡孟剛胡老鏢頭手下做事，當一名夥計。老舵主自然有踩盤子的，我姓喬的說一句是一句，從來不撒謊；我和俞劍平是素不相識。」

旁邊一人冷笑道：「久仰久仰，你可叫九股煙麼？」喬茂吃了一驚，臉上一紅道：「那是我的匪號。」那人道：「原來是喬鏢頭，不是鏢行小夥計呀！」喬茂閉口不能答。

那盜魁卻並不理會，又問道：「你叫九股煙，你自然是黑道出身的了。」喬茂道：「我吃鏢行的飯，也不過幾年。」盜魁道：「你說你在振通鏢局做事，大概不假。我聽說你們安平、振通兩家，本是雙保鹽鏢，為何不見俞某人露面呢？既然這票鏢沉重，俞某人焉有不親自出馬之理？這卻是何故？你要從實說，不得隱瞞。」

喬茂已聽出盜魁的心意，忙答道：「俞劍平俞老鏢頭，一向有重鏢，也常親自出馬；可也有時只靠他那桿金錢鏢旗，由他弟子押著出去。這幾年未遇風險，他的膽子就大了，這也是沒遇見綠林道高手的緣故。又加上他最近有事纏身，所以這回他只派出一個大弟子和他手下幾個夥計跟著出來，他自己並沒親到。想不到遇見能人，栽到老舵主手下了。老舵主武功出奇，在下起心眼裡欽佩；只可惜眼拙，有眼不識泰山，你老是什麼萬兒？在哪裡安窯？……」

話還沒說完，旁邊突然發出幾聲桀桀的狂笑道：「好東西，你還想拿話舔我們的細底麼？別裝渾蛋了！」一腳把喬茂踢得臉朝下，栽倒在地。

盜魁哼了一聲道：「姓喬的朋友，你看我豈是尋常的綠林道，劫了鏢一溜就走，埋頭不見麼？我不用你們費心摸底，我自然會找姓俞的去。不過我不能趁了他的願，老早的教他得了準信。告訴你說，我要憋他幾天。你要套問我的姓名麼？自然在你臨死前，教你知道。」

喬茂側著臉說道：「不是的，不是的，我沒這個心。我只是奉命差遣，身不由己。」

盜魁不答，教手下人：「把他揪起來。」喬茂雖然倒剪二臂，功夫還在，本可以躥起來；只在眾目睽睽、刀矛如林之下，他不敢轉側，恐被加害。當下過來一人，把喬茂揪起來，仍任他坐在地上，他的鼻臉都搶破了。

盜魁把煙袋鍋磕了磕，又裝上一袋，仰臉想了想道：「喂，那個使藤蛇棒的，三十來歲，姓程的，想必就是俞劍平的大弟子了。……喂，姓喬的，這俞劍平聞說他太極劍，江南無敵手，他又善點穴，善打十二金錢鏢，江湖上說他能打出六七丈遠，可是真的麼？」

喬茂道：「這也是江湖上的傳言，剛才說過了，我和他素不相識，倒不知底細。他的太極劍是很有名的，也聽人說過，他善點三十六穴。」

盜魁又問：「這次跟著押鏢的，除了俞某的大弟子程岳以外，安平鏢局還有誰呢？」喬茂道：「還有姓沈的，姓趙的，姓張的……」

盜魁把手一指道：「呔，你休要信口胡謅！那姓沈的沈明誼，不是振通鏢局的鏢師麼？你打諒我一點也不知道麼？」喬茂忙道：「不是他，不是他；他也姓沈，安平鏢局也有一位姓沈的呢。」那個使劍的少年笑道：「朋友，你就實話實說吧！不要順著嘴胡謅亂編。你拿我們當瞎子聾子，可就自討苦吃了。」

說著就有一個賊，翻刀背把喬茂連敲了數下；疼得喬茂咬牙切齒，強忍住不哼。另外一個賊人道：「你還不說實話麼？」喬茂道：「我沒有瞎說呀，可教我說什麼呢！」

盜魁道：「你們不要亂來。姓喬的，我也不問你廢話。我只問你：那個姓俞的現在何處？我聽說他忽然將鏢局收市，又聽說他在……」說到這裡，雙目一瞪道：「你說他住家在何處？」喬茂忙道：「在雲臺山，海州東北，我沒有說謊。」盜魁點頭道：「雲臺山的什麼地方？」喬茂道：「清流港，海州鏢行都知道。」盜魁道：「他現時呢？」喬茂道：「現時還在清流港，並沒有出門。」盜魁道：「沒有在海州麼？」喬茂道：「沒有。」

又忙找補一句道：「在我們鏢馱子出發時，他還在清流港呢。現在可不知道了。」

盜魁將俞劍平的事詳細盤問了一回，又問，俞劍平之妻是不是姓丁？現時還在不在？有幾個兒子？都多大歲數？又問他安平鏢局因何忽然收市？胡孟剛和俞劍平交情如何？喬茂和胡孟剛是什麼交情？喬茂被捆在地上，忍痛一一據實說了。

這豹頭虎目的盜首一一聽了，覺得沒什麼虛假。又問喬茂：「綴下來的究有幾人？」喬茂不改口，依然說：「綴下來的共六個人，共分兩撥，自己是第一撥。」

那盜魁有意無意地聽著，只對手下人信口說道：「你們也留點神，咱們雖不怕綴，可也不能放鬆了，教他們瞧不起。」

然後打一個呵欠，把鐵煙袋一揮道：「把他拉出去！」

這「拉出去」三個字，打入九股煙耳內，不亞如催命符！

喬茂倏地面目變色，知道這是要殺他了，啞著嗓子叫道：「老舵主，我可沒有含糊；我跟你老沒仇，我是吃鏢局飯的，我是……」群賊聽了，哄然笑起來，說道：「真不含糊，光棍臨死也是光棍，準給你個痛快的就是了。」立刻七手八腳，把喬茂又架起來，連推帶搡，推到外面。

內中一個賊人說道：「朋友不含糊，別哆嗦呀！」推到院心，喬茂從五衷裡籲出一口氣來：「想不到我喬茂死在此地！」

回顧架他的人道：「相好的，咱結個下世緣，你可給我一個痛快的。」那人道：「你放心，絕不教你零受。」

喬茂越聽越覺得兆頭不好，情知求饒喊救，一概無效；心中一陣難過，耳畔轟的一響，迷糊起來。顫抖抖地說：「朋友，這是哪裡？這是什麼廟？你們也教我死個明白。」

一人答道：「放著天堂你不走，這小地方就叫鬼門關，這廟就叫閻王廟！這院子不是你的死地，還在前邊呢！」曲折走來，通過一道很黑的院落，群賊猛然止步；迎面過來一個人，手拿明晃晃的鋼刀，說道：「站住！」

喬茂渾身一軟，竟往地上溜去，已被人架住；喬茂把眼一閉，靜等刀下。

迎面過來的那人說道：「你們也太馬虎了，閃招子怎麼也不扣上點？」隨手掏出一物，展開來，把手一拍喬茂道：「這小子倒美了！」用手中之物，立刻把喬茂連鼻帶眼蒙上。蒙好了，卻又往前架著走。忽然咕咚一聲，喬茂被人提起來，擲在一個地方上，地上似鋪著板。喬茂此時哼了一聲，知覺全失。

過了好久，喬茂才覺得渾身處處疼痛，腰下顫抖得厲害。

眼睛固然蒙上，連嘴和耳朵也被人堵塞了。棗核般的小腦袋，只給他留下一對鼻孔，任他緩緩出氣。卻時有清風，夾著綠草氣息，撲入鼻孔。

喬茂昏昏沉沉，過了好久，才覺出自己並沒有被殺；這時候大概是被群賊裝在什麼車上，正走著呢。喬茂在車上蠕蠕地動了動，立刻有一把尖刀，在胸口上劃了劃。喬茂動一動，那刀劃一下。喬茂不敢掙扎了。

又經過很久的時候，喬茂忽被人提起來，挾在肋下；似乎是走出了十幾丈遠，又被人擲在一個地方，這地方較車上寬展。喬茂暗想：「他們把我弄到什麼地方才殺呢？這地方又不像是山寨。」

原來賊人並沒有打算當時殺害他，把喬茂五官封住之後，立刻擰胳臂，扯大腿，重捆成粽子樣，裝上口袋，先載在車上，旋又運到船上。一路駛行，直過了一個整天零半夜，喬茂才被人將口中的麻核桃、耳朵中的棉絮掏出來，眼睛卻照舊蒙著。立刻有一人在耳畔說道：「朋友，我教你暢快暢快，你可別嚷！你只哼一聲，我就是一刀。」說著，把刀向喬茂胸口觸一觸，剛刺得肉疼便住。

這個賊並不狠毒，喬茂低聲央告道：「我已一天一夜滴水沒有沾唇了，勞駕給我點水喝。我絕不嚷，我也不跑。」那人哧然笑道：「你可跑得了啊！咱爺們有緣，我就給你口水喝，你可別咬人，你若咬我，我可對不住你。」

喬茂忙道：「我絕不咬人。」那人竟拿了一把水壺，放在喬茂口邊。喬茂如飲甘露似的，喝了一飽。那人又拍著喬茂的頭頸說道：「我再給你點吃的。」於是又喂了喬茂幾口。喬茂道：「我絕不跑，你鬆開我，讓我自己吃。」那人道：「你別忙，先湊合一兩天。到了地方，自然不綁你的手。」

當下直走了兩天兩夜，喬茂眼雖看不見，耳朵卻能聽，鼻子也能嗅，漸漸覺出自己是身在船上。因為那船每逢轉彎，便聽得水響。白晝行船，這賊船撐篙拉縴，雖不吆喝，卻難免在上下游遇見別的民船。故此喬茂耳鼻一露，便已聽察出來。傾耳細聽船中的動靜，好像被囚的人並不多。監視的賊人，聽說話的語調，好像人數也有限。喬茂試著和賊人攀談，立刻便有尖鋒刺胸。決計不許他說一句話；要想打聽什麼，更是不行了。

忽一夜，船行到達地頭。喬茂又被人蒙上耳朵，堵上了嘴，教人挾在肋下，搬下船來，走著忽高忽低的路。約莫有一頓飯的工夫，隱隱聽見對面似有人聲，耳朵堵著，只能聞聲，不能辨語。

喬茂覺得又換了一個人扛著他，到了另一個地方，被人丟在炕床上；把堵耳塞嘴之物全給除去，只兩眼照舊用一個青布套蒙著。兩手兩腳捆著的繩子也被鬆開，另換上一種捆法，使他自己可以用手吃飯。喬茂到此，才將畏死的心放下一半，曉得自己這是被賊人幽囚起來了。

第八章

夜脫匪窟智運寸釘　路逢女俠恩懷一劍

當天夜晚，臨睡之前，賊人進來，把喬茂拴在木板床上；床上釘著鐵環，繩索的一頭就釘在環子上。到了夜深人靜，喬茂慢慢地轉動，慢慢地仰臥著，倒背雙手，摸那木床，摸著一邊有牆。自己設法將頭挨到牆邊，慢慢蹭自己的臉，漸漸將眼套蹭開一點隙縫。凝神四顧；小屋昏沉沉的，內中並無同囚之人，也無監守之盜。喬茂暗想：「賊人也許在屋外監視著呢，我且不要魯莽。」只在黑影中注目辨視屋中的情形。這小屋好像並非強賊預造的囚牢；只不過是很平常的小屋。在門窗上現裝了一層鐵柱子，一道小門緊緊鎖定，門扇上開著一個小洞，用來傳送飲食。看這局面，必定是匪人用以囚禁肉票的所在。

喬茂曉得陷身於盜窟老窯一定無疑了。若能從此逃出，不但性命保全，鏢銀也便得著下落。喬茂心血沸騰，翻來覆去地想。無奈渾身傷痛，滿胸口被賊人縱一道横一道，劃得許多處創傷；更加教賊人塞裝口袋的一番整治，裝車裝船的一番撥弄，又受過生死呼吸的威嚇，早已弄得力盡筋疲。況且賊人知他多少會些功夫，不比尋常肉票，把他捆得很結實；要想褪繩逃去，煞非容易。喬茂試行掙扎了一下，覺得不行；只好躺著歇息，一面籌算脫身之計。

喬茂深恐夜長夢多，或生變故。此刻雖被囚禁，似乎不礙，安知賊人終不殺害自己？一想到此，又不勝焦心起來；仰望屋椽，好生難過。忽聽外面似有賊人經過，嚇得喬茂仍將眼套蹭得蓋著眼皮，慢慢爬回原臥處，假裝睡著。果然聽見鐵窗上，有人拍了一下道：「相好的，老老實實地躺著吧，不要胡思亂想，你還能跑的了麼？」

原來九股煙喬茂儘管有一肚子智計，儘管深懂江湖上一切譎詐，終不免當局者迷。當他挨著牆蹭眼套的時候，只顧著身子用力，便忘了假睡打鼾。睡熟的人呼吸總是重濁，他在屋內一味鼓搗，行家在外面自然聽得出來。這一拍窗鎮唬，又把喬茂嚇了不輕，這一夜竟沒敢再動地方。

當下喬茂一連囚了好幾天，更沒有賊人再來盤問他，也無人提訊他。監視他的人，雖看不見，聽語音知道共有三四個人。每日給他兩頓饅頭鹹菜、一壺涼水，喬茂看監視的人日久生懈，逃走之心復萌；每天夜間，設法磨蹭捆手的繩子。漸漸將繩子快要磨斷，只連著半股兒，便不敢再磨；露出眼角來，算計破門逃走之法。

不意監守的賊雖是笨漢，每隔一兩天，必有頭目前來察看他。喬茂眼被蒙著，他看不見人家，人家卻仔細察看他。這日突被賊人看破，哈哈的一陣狂笑道：「相好的，真有兩下子麼！」說罷出去，過了一會兒回來，便帶來一根生了鏽的舊鐵鏈，用手一拍喬茂道：「相好的，戴上這個吧，這個結實。」

賊人把喬茂身上的繩子解開，立刻換上鐵鏈，套在脖頸上，加上一道鎖；這一頭仍舊穿在床頭鐵環子上面。又對喬茂說：「其實這鎖是怕你不長命，才給你戴上的。若說怕你跑，那才不對呢。你瞧瞧，你跑得出去麼？外面好幾道卡子呢！這個小屋也怕你沖不出去。我告訴你，你這裡一動門窗，立刻就鈴鐺響了。小夥子，老老實實呆著吧，又有吃的，又有喝的，多好！」說著又奚落了一陣，方才走了。

喬茂嗒然若喪，用手暗摸這段鐵鏈，正把他像鎖狗熊似的，套住了脖頸。這鎖鏈很有幾分斤兩，卻有一節，上鎖之後，就到夜間，也不再捆他了。

九股煙喬茂拖著這鐵鏈子，白天在床上一坐；夜晚聽外面人聲漸寂，便悄悄溜下來，摘去眼套，四面窺探。可惜這鐵鏈子很短，不過六七尺長，被釘在木床上，剛剛容得喬茂能下地解溲。喬茂便如獸圈中的猴兒一樣，一到夜間，就拖著鐵鏈子，東摸摸，西探探，用盡方法，要試將鏈子褪下來。

起初賊人察看得很嚴，喬茂尚不敢妄動。後來賊人頭目隔數日方才進來查看一次。喬茂容他察看以後，便放心大膽地鼓搗起來。無奈這鐵鏈既短，他又沒有折鐵的腕力；用盡伎倆，想把鐵鏈折斷，或將鐵鎖打開，結果是枉費了氣力。

喬茂心想：「只要我尋著一根鐵絲，我便能設法把鎖打開。」但這小小的監房，四壁懸磬，空空的一物無有。喬茂倒是窺見對面牆上，釘著一根大鐵釘子；無奈脖頸鎖著，乾看著，湊不過去，也就不能到手。他身上本來倒也有些小刀小鋸等物，又早被賊人洗去了；連腰帶也被解去。這鐵鏈既很笨重，決難弄斷，這鐵鎖簧也很緊固；喬茂兩手空空，無從下手。喬茂也曾試著要將鎖砸開，可是稍有響動，又怕被監守賊人聽出來。在囚牢中，倍覺光陰悠長，喬茂被監禁了十幾天，直好像過了一兩個月似的。

人急計生。這一夜，竟被喬茂翻動竹蓆，尋著了一段鏽釘。喬茂大喜，就試著用這鏽釘夜夜偷挖那鐵鎖；這當然捅不開簧的。喬茂不由自己暗罵自己渾蛋：「鐵鏈、鐵鎖不能設法，還有那鐵環，豈不較易起下來麼？」

那鐵鏈本來這一頭拴在喬茂脖頸上，那一頭卻拴在木床的鐵環上。喬茂只想掙開鐵鎖，逃出囚籠；卻忘了抉開鐵環，也可以帶著鐵鏈子逃跑。如今既已想到，立刻精神一振；爬到鐵環子旁邊，用手一摸。這鐵環子本是一個半尺多長的帶環大鐵釘，直釘入木床邊沿之內。喬茂就用這鏽釘，慢慢地挖那木床。釘鈍木堅，鼓搗了半夜，才僅僅挖出一點小凹坑。唯恐被賊人窺破，第二天夜間不敢再挖，只躺在炕上打主意。盤算了一會兒，第三天仍不動手。一日，恰有賊頭進來察看，喬茂容他去後，挨到夜晚，立刻動起手來。

喬茂決定在賊黨頭目下次再來察看之前，要盡力把這鐵環起下來。這一夜，喬茂用這鏽釘直忙了一通宵；容到天快亮，方才住手，躺在床上養神。到了次夜，喬茂拚命地挖，拿出了鐵杵磨繡針的耐性，居然兩通夜的工夫，把這半尺多長、鏽在木頭中的鐵環釘，挖得能夠搖動了；喬茂兩隻手，卻被那三寸來長的鏽釘磨得生疼。這樣不住手地做下去，每逢外面有動靜，便嚇得喬茂立刻住手，躺在床上裝睡。他唯恐功虧一簣時，被賊人撞見；所以一舉一動，特別小心。將那挖碎的木屑都收在手內，細細地揉碎了，撒在床蓆底下。

到得第五天夜裡，竟被喬茂挖下三四寸深，面積卻很小，以免萬一被人看出。喬茂這才試著用力拔那鐵環，可恨那鐵鏈繞著脖子，很礙事；他又太沒勁，還是拔不出來。

喬茂料想查監的賊頭明後天必到，事情不容再緩，這一夜努力的挖。希望越近，焦灼越甚；便顧不得面積大小，只狠命往下掘去。只這幾天工夫，把那只鏽釘使得光澤如新；那鐵環已漸漸鬆動。

喬茂一面挖，一面提防著鐵鏈，不令它發響。直過了三更以後，喬茂越挖越深，將二指伸入鐵環內，左手扶著環圈，用力往四周一晃，往外一拔，漸漸鬆動，漸漸拔起。更一努力，這半尺多長的環頭長釘，已被他隨手拔將起來。

喬茂微吁了一口氣，心中大喜，忽然又一驚；忙向四面看看，黑洞洞的，似乎並沒有人監防。

喬茂又側耳聽了聽，外面沒有動靜。略微放了心，急急地擦去頭上熱汗，將鐵環釘和鐵鏈子輕輕托在手中，喬茂隨即脫下小褂，把底襟撕下一片來，撕成數條，結成一根粗繩，當作腰帶，把褲腰先紮緊了。又用短小褂，把六七尺長的鐵鏈子包纏起來。因還有那一頭套著脖頸，只好把鏈子纏在腰部。赤著膊，手按項鏈腰環，慢慢地站起來；腳走輕靈，挨到窗邊；忙側耳細聽，覷目外窺。

外面黑暗暗，一無所睹；遠處聽得風嗚犬吠，近處微聞鼾聲。喬茂用手摸那窗格，微微撼了撼，立刻發出微聲。喬茂不敢再動，急溜下床來，伸一手輕輕推門，試了又試。他本是積年慣竊，挖門開戶，素為拿手。如今雖沒有應手器具，卻是開門扇比拔鐵鏈容易多了；只是那鏈子還有一頭套著脖子，自然不容易使力氣、用手法。

喬茂將門戶摸清，急切沒有工具，立即退回兩步，將盤在腰間的鐵鏈解開，那一頭上的鐵鏈釘，恰好可以利用。忙用小衫墊好鐵鏈，左手托鏈條，右手持環釘，挨著門縫，用力一端，將鏈釘插入門縫；順勢一挑，挑著門閂，試了試，知道已經上鎖。這頭不好設法，還有那頭。喬茂仍循門縫，用環釘抵住了，撬開一道縫；然後俯身蹲下。雙手托定門扇的下方，只輕輕往上一端，立刻被他端下來。又輕輕往下一撤，一扇門已被他托落。手法輕快已極，一點聲音也沒有。

這門扇一落，喬茂早將環釘收回；疾如電光似的，將鐵鏈仍用小衫包住，纏在腰間。那半尺多長的環釘，便倒垂在左胯之旁，好像佩著一把匕首；只可惜脖頸上的鐵鏈仍有點不雅。

喬茂輕輕一推門扇，從門縫飛竄出來；已看清這小小牢房，乃是一明兩暗的房舍。明間有一個床鋪，似是監守的賊人的宿處，床頭恰好沒有人。喬茂喜道：「上天保佑！」急搶到堂屋門旁，這門也是倒鎖著。

這時候，天將四鼓，已非奪路逃亡之時。但喬茂好容易掙出牢籠，如今是有進無退，有去無留！且顧不得一切顧忌，九股煙喬茂疾將堂屋門撬開。也就是剛把門扇端下來，猛聽啪的一聲響；喬茂正蹲在門前，急避不及，就勢仰面一躺。又啪的一聲響，似是一件暗器打在牆上。喬茂一滾身，逃到一邊；這堂屋卻有陳設什物。喬茂信手抄起床鋪上的一個褥子，卷在手中；又提起一隻圓凳，黑影中向外一拋，跟著縱步躥出。

果見對面人影一掠，厲聲大喝道：「好大膽，往哪裡逃走？」倏的一刀剁過來，喬茂急將褥子迎頭拋去。那人閃身，用刀挑開，一隻手向口唇一捏，立刻發出連聲的呼哨。突然房外躥過來兩人，大嚷道：「好混帳！竟讓這小子跑了，姚老三你是管幹什麼的！」立刻擺兵刃，截殺過來。

九股煙喬茂本被蒙著眼，監在此地。此地的形勢，他一點也不知道，欲想奪路逃走，竟不知哪條路是活道，哪條道去不得。眼看賊人追來，急忙繞圈逃走。張眼一瞥這被囚處，是孤零零五間小屋，空落落的一所大院子；除囚舍三間而外，只左首還有兩間矮屋。喬茂連東西南北都不知道，見對面一道牆，開著月亮門，略透微光，猜是賊人的住處；不敢過去，忙折向小屋後邊牆根。

喬茂一挫身，縱上牆頭，向牆那邊一望，立刻吃了一驚。

牆這邊竟是一片房舍，有好些房間點著燈光，並有好幾個人跑出來，想是聽見了動靜。

喬茂撥轉頭，踏牆飛跑，竟有幾件暗器掠身飛過。喬茂驚慌，復又躥下地面，眾人紛紛圍上來；並不喧嚷，有的登牆扼守，有的在平地截堵。

喬茂不敢抵擋，只找沒人處逃去；抄個隙縫，躥離平地，登房越脊，哪裡黑，便往哪裡逃。似乎追逐他的賊人，並沒有驚人的武技；喬茂一路亂竄，早被他逃出院外。一到院外，方才看出自己是陷身被囚在一個土圍子之內，好像村堡，又好像賊寨。喬茂頸拖鎖鏈，一手提著，亡命狂奔；並沒有一定方向，只尋隱避地方疾逃。後面竟有幾條黑影，如箭似的追來。

可惜這土圍子外面，一望空曠，只有疏疏幾行樹，又不成林，竟沒有蔽目障身之處。喬茂的頭，像撥浪鼓似的，且跑且尋。望見迎面偏右，黑乎乎一片濃影，不是村莊，必是荒林；若跑到那裡，便算有命。喬茂奮力緊跑，回頭一望，後面黑影越追越近，夾著狺狺犬吠之聲。暗說：「不好，惡狗追來了，比人還難纏！」果然在這一望坦曠的野地上，只跑出半里多地，已有兩條兇猛的狗嗥著撲過來。喬茂俯腰拾起一塊磚石，抖手投去。當前的狗汪的一聲叫，往斜處一撲，略停一停，復又趕來。

喬茂拔腿緊跑，眼望那迎面黑壓壓的暗影，相隔已近，不勝大喜。誰知跑到近處，才看出黑影前面，還橫著一窪積水泥潭。喬茂輕提一口氣，強行幾步，兩腳陷入很深。急得他兩眼如燈，拔腿退出來，兩條惡狗已跟蹤撲到。

急切間沒有摸著磚石，喬茂忙將腰間鎖鏈扯開，也有六七尺長，一頭又拖著半尺多的長釘；喬茂左手捏著脖頸上的那一截，右手掄起下截鐵鏈來打狗，且打且沿泥潭逃走。到底他手下有些功夫，鐵鏈一抖，那根長釘如甩頭似的掄開了；近身處那條惡狗被他打中頭部，嗥的一聲叫，兩狗全嚇得號叫著往回跑。

喬茂得空又逃，那狗卻又抖起了狗威風；不逃不追，一逃便立刻跟上來。後面人影也已遠遠望見，只聽嗚嗚的一陣唆叫，狗仗人勢，公然往喬茂身上撲來。喬茂恨得什麼似的，恰跑上旱地，忙摸起幾塊磚石，啪啪啪，一陣亂投，打退了狗，大寬轉撲奔前面黑影。

身臨切近，果見前面一帶斜坡，映著叢林。喬茂大喜，如慶更生，立刻精神一振，如脫了弓弦的彈丸似的，直投向林中。忽然，斜坡上一條黑影往上一冒，橫截在前面。喬茂驚叫了一聲，調轉頭來待跑。那黑影比蝙蝠還快，只橫身一縱，已擋住喬茂。喝問道：「什麼人？」南方口音，語聲清脆。

喬茂到此，只有拚命；掄鐵鏈便打。那人叱吒一聲，身形只一閃，轉身抽出利劍。喬茂細辨來人，似穿著一身深色夜行衣，腰繫白巾，青絹子包頭，身法來得很是輕快。喬茂只當是賊人的埋伏，左手捏項前鐵鏈，右手舞起來，向這人亂打；一面打，一面尋路要逃。

來人的劍法很緊，只三兩個照面，被來人閃身一讓，左手奪住喬茂項上的鐵鏈。喬茂拚命一掙；那人略一側身，往懷內一帶，右手劍一揚，照喬茂頭項一指，道：「呔，撒手！」原來此人只疑這鐵鏈是喬茂的兵刃，既被奪住，便該撒手；再想不到喬茂倒想撒手，只可惜有點撒不開。儘管劍影在面前直晃，喬茂雙手緊抓住鐵鏈，戀戀不捨，一味往後死掙。

這一來招惱那人，怒喝道：「好不要臉的賊，教你撒手，還敢硬奪！」利劍一揮，斜刺下來。喬茂鐵鏈纏頸，如何避得開？哎呀一聲，栽倒在地，肩頭冒出鮮血來。那人也被扯得墊了一步，用手猛一掣鐵鏈；喬茂在地上被扯得一起一落。

這時候，那人方才看清鐵鏈子是套在喬茂脖子上的，不禁嗤地笑了，說道：「原來是個逃犯，怨不得不肯撒手呢！」抬腳輕輕蹴了一下，道：「你是從哪個獄裡跑出來的？」

喬茂躺在地上，已聽出來人的口氣，哀叫道：「這位英雄，我不是逃犯，我是剛從匪窟跑出來的肉票！……」那人愕然，手一鬆道：「真的麼？」喬茂道：「你老請想，……這裡可有衙門麼？你老快放手救命吧，後面已有好幾個賊人，放出惡狗追來了……」

那人略一遲疑，說道：「這也信你不得，我先審審虛實。」

過來使個拿法，把喬茂輕輕提起來，方要躥下斜坡；驟聽見嗚的一聲叫，躥過來一條狗，照那人脛腿就咬。那人一轉身，倏地掄劍一掃，將狗劈為兩斷。口發詫聲道：「喂，我說你這男子，莫非真是被綁的肉票麼？你是教誰綁架的？這裡有強人潛伏麼？」喬茂正待答話，倏地又撲來兩條狗，一陣狂吠，躥前繞後，直奔過來。

那人掄手中劍便剁，這狗好像聞到血腥，有些害怕，竟躲在一邊，不敢上前，只不住聲地狂吠。後面又有幾條狗追來，打圈亂撲亂叫。那人怒笑道：「狗竟能咬人？」伸手探囊，舉腕連甩；立刻聽那一群狗變成哀號，向後面亂竄。後面追趕的人卻已經循聲趕到。

那人將九股煙一提，嗖嗖嗖，如燕子掠空，躥下斜坡，投入林中；把喬茂放下道：「你在這裡避一避，我上去答話。如果他們真是綁票的賊，我一定將他們捉住，搭救你們。你們被綁架的共有幾個人？」

喬茂眼珠一轉道：「我不知道他們綁了多少人，和我一塊被綁的，都教他們給殺害了，只逃出我一個來。」

那人大怒道：「好萬惡的賊！你在此等我，我一定救人救徹，你千萬不要再亂跑了。像你這樣，一步跑不開，人家還拿你當賊呢。我必定把你安插好了，你等著吧！」那人說完匆匆欲走。喬茂連忙稱謝道：「恩公救我一命，我一輩子感激。我遍體鱗傷，實在走不動了。你老人家行行好，把我脖子上的鐵鏈給弄開吧！」

那人道：「哎呀，可不是，還教我誤傷了你一劍！不要緊，我這裡有好藥，開鎖也容易。等我先把他們打發走了，回頭一定給你治傷開鎖。你不要害怕，幾個臭賊，還不夠我一殺的呢！」喬茂道：「我不怕，我絕不走，淨等你老救命呢！」

那人囑罷，恰巧賊人追趕已到，唆喚群犬，尋蹤探林。群賊緊守著綠林之戒，不敢直入林中，恐遭暗算；約莫有十來個人，各持利刃，當前大叫：「好東西，你鑽在林子裡，就躲得了麼？早看見你了！」依照群狗衝著狂吠的方向，各拿暗器亂打，口中不住亂罵。

那使劍的綠衣英雄伏在樹後，未曾動手，先察看對面的動靜。見群賊中間有兩人穿著一身夜行衣靠，暗道：「是了，果然是綁票的惡賊。」扭頭向喬茂問話。喬茂已然站了起來，雙手拖著鐵鏈，肩頭上涔涔出血，那人道：「你說的話不假，你姓什麼？」

喬茂道：「我麼？姓喬，叫喬老剛，是做小買賣的。」說完了，又後悔失言。那人並沒留意，只不過信口偶問一句，全副精神注視著林外賊人，自言自語道：「既是綁票的惡賊，就下毒手，也不為過。」人未出林，手先揚，但聽嗤的破空一響，對面賊人哎呀一聲，內中一賊身軀一側，幾乎跌倒。賊人大罵道：「好東西，敢使暗器傷人！這就天亮了，我看你這小子還能跑得出去不成？」

那深衣人微微冷笑，替喬茂答道：「跑不出去，還殺不出去麼？」群賊互相詫異道：「你聽這腔口，林子裡是什麼人呀？不像姓喬的呢。」

那深衣人道：「什麼人麼？教你們看看！」倏然一躥出林，右手握利劍，左手叉腰，當中一站。群賊往兩邊一分，一齊注視，朦朧影裡，約略看出來人細腰扎背，墨綠綢衣，腰繫巾，左挎鹿皮囊，頭罩包頭，足登淺腰軟底窄鞋。看身段，聽語聲，料似是個女子。

那個負傷的賊人首先叫罵道：「哪裡來的狐狸精，竟敢拿鐵蓮子打人！先吃我一刀，捉回去給我陪宿吧！」

那綠衣人驀地面泛紅雲，勃然大怒，用手一指道：「該死的臭賊，我先挖掉你的舌頭！」左手一掐劍訣，向前一指，唰的一劍砍去。這一場戰，那女子又不比截堵喬茂之時；那時並沒有殺人之心，這時卻劍走輕靈，專攻要害。只三五個照面，便將這賊刺通一劍，右肩血流如注。群賊大為驚怒，一齊圍攻上前。

綠衣人一聲長笑，揮劍進搏。這一個人仗著輕捷的身法，那一群賊仗著勢眾人多，就在林前，穿花也似大鬥。九股煙喬茂藏在林中，慢慢溜動起來。

那女子劍法犀利，雖被十來個賊人圍攻，但聽得一片叮噹之聲，夾著呼痛喊罵之聲，已有兩個賊人續被刺倒。群賊呼嘯一聲，立刻說：「好娘兒們，你等著吧！是好婆娘不要走！」打夥的逃向來路而去。

那女子將劍一甩，伏身便追，約追出半里多地，忽然猛醒道：「糟了，我不要受他們調虎離山之計呀？萬一賊人從別路抄轉過來，將那個肉票擒去，或者給宰了，那我可就輸給他們了。」急忙止步，用劍一指道：「殺不盡的賊人，姑娘只在林邊等著你！你們有家裡大人，趁早教他們出來見我。」說罷，翻身重回樹林，哪裡還有喬茂的影子？

她不禁發怒，仗劍叫道：「喂，姓喬的，你藏在哪裡了？我已將賊人殺退了，你快出來引路，找他們巢穴去。」前前後後叫了一遍，並不見喬茂答應。

那女子不禁著急起來，連連說道：「糟了，糟了！一定是教賊人又捉回去了。」氣得她舉劍照著大樹連削數下，拭去了血跡，重奔到鏖戰之處，晃火摺照看；果見兩窪血痕猶存，受傷倒地之賊已然不見。

這女子呆立在林前，東張西望，扼腕無計可施。忽然想起一招，急躥上大樹，登高向四面望；朦朧中似見東邊有幾條黑影，又隱隱聽見犬吠之聲。綠衣女子連忙躥下樹來，更不思忖，一伏身便奔黑影追去。

這綠衣女子才追出去，另有一條黑影從斜坡大樹上，飄身躥下來；笑道：「巧姑姑沒有招了，防前不顧後，就是傻打的能耐！」這人影立刻也一伏身，箭似的跟蹤追趕過去。

但是九股煙喬茂並沒有再被賊人擒去。九股煙喬茂藏在林中，略歇過一口氣，驗看肩頭的新傷。血仍未止，涔涔地流著。他身邊原帶有刀創藥，但遭擒時，早被賊人洗去。只得撕開小衫，纏住傷口；雖然疼痛，還能掙扎。喬茂暗罵道：「倒楣偏遇掃帚星！這一定是個江湖上的女俠客，憑白挨她這一劍，還算是恩公！」心裡鬼唸著，慢慢溜到林邊，向外一看，見群賊已將此女圍住。喬茂眉頭一皺，心說：「不好，勝敗不可知；

萬一此女戰敗，我一定二番被賊人擒獲。那一來，有死沒活！就是此女戰勝，也還有我的麻煩，誰知道她是個什麼樣人物？我是說實話不說呢？」

喬茂略略伸動肢體，覺得氣力足可支持，暗說道：「咳，我不如溜了吧！三十六計，走為上策。趁著她替我做擋刀牌，我莫如趕回去送信，省卻多少枝節。」只有一點差事，那個女子沒有先給喬茂開鎖。他只得仍拖著鐵鏈，慢慢後退，慢慢繞出樹林；趁天色未明，覓路便逃。且喜那邊撲鬥正烈，沒人覺察；一任那女子替他拚命拒賊，他果然一股煙也似的，一冒不見了。

喬茂一陣亂鑽，相距凶毆之地已遠。回頭一望，並沒有人綴著他，便放緩腳步徐行。估摸天色，早過四更，自己拖著項鏈，一到白晝，真個寸步難行，這須要早打主意。一路尋著，見前面隱隱有一片村落，連忙投奔過去。他暗想：「如今之計，第一要想法子弄開這脖鎖。第二要換去身上漬血的衣服。第三要覓個棲身之所，歇一歇氣力，以便天明打聽此處的地名，暗訪匪窯舵主的萬兒。」無奈喬茂此時身邊寸鐵不帶，分文無有，饑疲傷痛，悔不該說謊逃走，倒還不如隨那女俠去了。

喬茂潛行到村前，要找尋一個銅鐵鋪，先弄開這個鎖鏈。

但是遍尋此村，疏疏落落幾十戶人家，只看見似是雜貨小鋪的一二家鋪面，後面還帶著住家。喬茂將項上鐵鏈盤好，赤手空拳，要撬門行竊。也虧他身體靈便，又是個慣家，先圍著房子繞看明白，竟從後牆躥入院內，撥開屋門，掩入房內。

屋內睡著一個男子、一個女子和一個小孩，床邊堆著幾件隨身衣服，房內並沒有什麼東西。喬茂溜到櫃臺後，只見貨架上堆著不多一些鄉間日用的貨色。翻箱倒櫃搜了一遍，並無可以開鎖之具。又搜了一回，才尋出一根鐵絲、一把小刀、一柄劈柴用的斧頭。撬開大木櫃，想偷取一兩件衣服；不想櫃中只盛著些破衣敗絮，一件長衣服也沒有。喬茂信手將床邊衣堆掠來，取了一件短衫、一條布褲；又偷了一塊包袱、一塊褡包、一塊毛巾。在錢櫃中搜出幾吊銅錢；喬茂拿了兩吊錢，帶在身邊。再找乾糧，這一家只有些粗米鍋巴，並無別物；即將鍋巴包入手巾內，退出小鋪，縱上牆頭。

他見後邊鄰院較為闊大，或許有可用的衣物；喬茂飄身下去，從後院溜到前院正房，先側耳聽了聽，隨用小刀輕輕撥開門；剛要探身進去，屋中人忽然咳嗽起來。喬茂不敢貿入，悄悄退出；一路尋來，卻尋著一根鐵通條。又折到後院小小一座柴棚前面，將門弄開，走進去，將門倒帶，往窗臺下一蹲；先吃了幾口鍋巴，遂拿那鐵絲、小刀，試著要開脖頸上的鐵鎖鏈。

喬茂本有神偷之名，篋開鎖，確有手法。無論什麼鎖簧，只要他捫一捫鎖門，看一看鎖孔，不用百寶鑰匙，也能用一根鐵絲捅開。現在既有鐵絲在手，喬茂心想：「這一定手到鎖開。」他卻忽略了這鐵鎖在脖頸之下，他只摸得著，卻看不見鎖孔，而且也不好用力。鼓搗了一會兒，鎖還沒開；心越急，越覺不投簧，覺得這根鐵絲似乎太粗了。

喬茂抓耳搔腮，一時無法可施；只可先將鐵鏈那一頭的鐵環釘，設法先除下去。隨後站起身來，打算再偷一家，好歹找個趁手的家具。他便用手輕輕拉門，竟沒有拉開。喬茂吃了一驚，忙一用力，那門吱吱的發響，依然拉不開；原來門閂被人掛上了。

喬茂忙向外一張，外面並沒有人。看本宅各房門，也沒有開。喬茂驚惶已極，急將斧頭拿在手中，將門扇往上一托，幸而應聲托開。他急急竄身出來，向四面一望，慌不迭地跳牆跑去。喬茂情知暗中有人綴著他，逃出村外實在更險；藏伏村內，項上這根萬惡的鎖鏈，真真累人不淺。仗他頗有急智，急急的翻牆循壁，遁入人家院後。從這家溜到那家，避了一會兒，幸而沒人尋來。

喬茂看見院隅有一個糞筐、一把糞叉，忙將偷來的褲衫穿在身上，項上的鐵鏈掩在衣內。脖頸上搭著那塊包袱，腰間繫著那條褡包，將那條布手巾包上髮辮。又將餘物和通條、斧頭，放在糞筐內，抓一把碎草蓋上。樣樣打扮俐落，就把糞筐一背，糞叉一扛，公然開了街門出來；轉身將門倒帶，徑向村巷走去。黎明時分，但看外表，倒也像個起五更拾糞的鄉下人。

喬茂且走且側目四顧，此時太陽尚沒出來，朦朦朧朧，並無行人。喬茂暫為放心，走出村一看；西南面地勢高低起伏，恰可隱身。喬茂徑投西南，約走出一里多地，找到舊年莊稼人看青的一間草棚；四顧無人，忙走進去。他不敢往高鋪上坐，蹲伏在地上，取出應手的家具，便來開鎖。被他用那小刀、鐵絲、通條、斧頭，沉下心慢慢地擺布。直經過了小半個時辰，居然將鎖打開，他的脖頸也被鏈子摩擦紅了。

鐵鏈離開脖頸，真個如釋重負。喬茂深深呼吸了一口氣道：「我這就可白晝見人了。我現在衣服也有了，錢也有了，我可以公然投店了。先在附近借宿一夜，探準了地名，訪實了盜窟；就連夜折回海州，報信請功，查鏢捕盜，報仇雪恨……」

喬茂真個是越想越高興。身上的零整傷痕，雖沒忘掉疼痛，眼前的隱患，他卻丟在腦後了。喜極倦生，餓也來了，渴也來了；喬茂站起身來，暗道：「我先找口水喝，吃點鍋巴，再找個地方一睡。只是還得小心，剛才在柴棚，門閂忽然倒掛，大是可慮，我還得留神！……我這樣打扮，就遇見他們，也未必認得出來。」

喬茂隨將全身仔細看了看，自己衣褲上頗有血跡，穿在裡面雖然不顯，究竟不甚妥當。他便全身衣裳脫下來，把褲子撕成碎條，光著身子，將傷口重新紮好；然後將血跡之衣，卷做一團，用通條掘地，連鐵鏈都埋了；外面重穿上偷來的衣服。

只可惜他人太瘦小了，這衣服雖是平常身量，在他穿著，仍覺肥大。好在用褡包一紮腰，再將袖子挽上，也不很顯。收拾定當，他仍背起糞筐出來。

曉風習習，晨光曦曦。喬茂精神一爽，方舉目擇路；忽從草棚後面轉過一個人來，說道：「相好的，別走！」喬茂不禁一哆嗦，回頭一瞥，拔腿便跑。那人比喬茂身法更快，頓足一躍，早已阻住去路。喬茂把糞筐一放，說道：「你幹什麼追我？」那人冷笑道：「你幹什麼跑，相好的不用裝傻，跟我走吧。」喬茂將那人渾身上下看了一遍，是一個二十來歲的少年男子，內穿短裝緊褲，外罩綢長衫，看不透是做什麼的；只是雙目炯炯，頗露英光，看樣子手下必有功夫。

喬茂心裡慌張，表面鎮靜著說：「我沒有為非犯歹呀。你教我跟你上哪裡去？」那人冷冷說道：「沒有為非犯歹？你一個人大清早鑽到看青棚子裡做什麼？你是幹什麼的？」

喬茂忙說：「我拾糞，我是拾糞的！我到草棚裡麼？……這個，我的褲子屁股後面破了，我要掉換到前邊來，這也不算是歹事呀，我又沒偷你的莊稼。」

那人哼了一聲道：「你就少說廢話，但凡穿著靴子拾糞的，就得跟我走。來吧！別麻煩！」喬茂聞言，低頭一看：「可不是糟了！」他滿以為自己改裝得很好，匆忙中忘了自己穿著一身老藍布褲衫，腳下卻穿著薄底燕雲快靴。這穿著靴子拾糞，真真豈有此理！喬茂忙掩飾道：「這靴子是我揀人家的，又不是偷的。」

那人哈哈大笑，往前進了一步，說道：「你不用支吾，靴子不是偷來的，衣服可是偷來的。趁早跟我走，前邊有人等著你呢。」

喬茂往旁一閃身道：「你別動手！跟你走就跟你走，我又沒犯罪，怕什麼！你可是鷹爪麼？」

那人道：「拾糞的還懂提鷹爪，什麼叫鷹爪？」

喬茂口中還是對付著，冷不防從糞筐取出斧頭、通條來，掄糞筐照那人便砸。那人略一閃身讓開，喬茂撥轉頭便跑。那人喝道：「好東西，哪裡跑！」伏身一躥，已到喬茂背後，飛起一腿，噔的一聲響，將喬茂蹴躺在地上。喬茂懶驢打滾，一翻身爬起，亮斧頭便砍。那人略略一挪身，又飛起一腿，正踢中喬茂手腕，斧頭凌空而起。喬茂甩手待跑，早被那人趕到前面，使個拿法，把喬茂掀翻在地，照腰眼踩住。立刻奪去通條，將雙腕一拿，倒剪二臂捆上；隨往肋下一挾，奔向面前樹林而去。

到得林之深處，只聽林中有人問道：「怎麼樣了？」這少年男子答道：「抓來了。」把喬茂往地上一扔，喝道：「不許動，動一動要你的命！」那個林中人說道：「等我看看，是他不是？」

過來俯身一看，道：「不錯，是他！」伸手便給喬茂幾個嘴巴道：「好奴才，你敢愚弄我；今天姑娘非打死你不可！」打得喬茂哎哎的叫喚；那少年男子忙攔道：「不用打他，先審審他到底是幹什麼的？」

林中人恨恨地住了手，又踢了一腳道：「你這小子太可惡了。我問你，你到底姓什麼？你是哪一門子的賊人？從實說來，姑娘教你死個痛快。你若再搗鬼，我活剝了你的皮！」

喬茂左半邊臉被打得通紅，齒齦也破了，順口角流血。仰面看這林中人，是個男裝的少年；生得細腰扎背，手腕白嫩，團圓臉，柳葉眉，直鼻小口，兩隻大眼皂白分明；語音清脆，江南口音。喬茂看出是個改裝的少年女子；身穿著深青綢長衫，墨綠綢褲，腳登窄靴，馬蘭坡的草帽沒戴在頭上，由左手捏著；露出頭頂，綠鬢如雲，結成雙辮，盤在頭頂上。看年紀二十二三歲，頗顯著英姿剛健而婀娜；兩耳沒垂耳環，也沒有扎耳朵眼。喬茂心說：「糟了！冤家路窄，又遇見那個刺他一劍的女恩公了！」

這女子眉橫殺氣，面含嗔怒。喬茂心知昨夜說謊潛逃，大觸女俠之怒；此時一定難逃公道。轉念一想，這究比陷落賊手強甚，總還可以情求。喬茂便低聲訴告：「這位女俠客，恕小人無禮。我實在有偌大難心的事，方才從虎口中逃脫出來。我不敢愚弄人，我委實有萬不得已的難處。」

那男子請這女子坐在小樹根下，他自己坐在另一邊，看住了喬茂；也教喬茂坐下，但不釋縛，催喬茂趕快實說。喬茂再不敢掩飾，從實供道：「我不叫喬老剛，我實是海州振通鏢局一個保鏢的。」少年女子道：「什麼，你是振通鏢局的鏢師？別不要臉了，振通有你這樣的鏢師，真真丟透人了。我問你，振通的總鏢頭是誰？」喬茂道：「是鐵牌手胡孟剛，我們是患難的弟兄。」女子道：「呸，你還敢胡吹！我問你，胡孟剛今年多大歲數，什麼長相，他師父是誰？」喬茂正待回答，那少年男子勸道：「姑娘不要著急，您教他說完，再審他的虛實。」轉對喬茂說：「你只老老實實地講，你要睜開眼睛，不要拿我們當秧子。」喬茂道：「我再不敢。只因我們振通鏢局和江寧的安平鏢局，雙保鹽課，由海州解往江寧。不幸在范公堤遇見綠林勁敵，我們鏢師全數負傷，鏢銀二十萬被劫。是我感念胡孟剛多年相待之情，雖然受傷，我仍從小道繞綴下去，以致犯險覓鏢，遭擒被囚……」

那女子杏眼圓睜道：「胡說八道！你們是在范公堤失的鏢，還是在高良澗失的鏢？你這東西一虛百虛，滿嘴說謊。你說你是被綁票，教我替你拚的半夜的命，你反倒溜了！」說著站起來，又要過來打，並且說道：「你們這些男人，沒有一個好東西，我算恨透你們了。」這一句話，說得那少年男子嘻嘻直笑。

喬茂忙說：「姑娘不要生氣，我有下情。我們實在是在范公堤中段、鹽城前站丟的鏢銀。我夜間被擒，教他們給擄走，我只知道他們把我裝在車上，又搬在船上，走了三四天的路，把我囚在這裡。我直到現在，還不知我存身何地呢，我實在連這裡的地名都說不清。」

少年女子還是氣憤不出。少年男子道：「姑娘請坐，且聽他往下說。」

喬茂說：「我兩眼被蒙，被運到此地，直囚了好些天，我已記不清準日數了，大概足有二十幾天了。我被他們鎖在一間囚室內，日夜有人看守。近來稍微鬆緩，想是他們日久生厭了，所以被我拔起絹鐵鏈的釘子，乘夜逃出。當時就被監守的賊人發覺，他們許多人縱狗追捕我。我本負傷，又迭受毒刑，又被囚多日，我實在支持不住了。路遇恩公見救，我本當實話實說，無奈我倉促被你老傷了一劍，我實不知你老是江湖上的女俠。唯恐或與劫鏢的綠林有些瓜葛，所以我只好說是被綁出逃的肉票，這也真是實情。況且我頭髮長，很像逃犯，我若不說是肉票，你老必定動疑。後見你老與賊交手，我本不該袖手旁觀；再不，也當候命。但又因恩公要教我領路尋賊，我自顧無能，又負重傷，我實不敢再探虎穴。」

喬茂接著說道：「我所以乘隙溜走，不是忘恩負義，實在我本領太不濟了。並且我們鏢銀被劫，便是傾家蕩產，一敗塗地。我既好容易冒死犯險，受盡毒刑，得著準信；我恨不得一步飛回海州，好回去報信，搭救我們胡鏢頭，以免他陷入重罪。小人是有這一片私心，所以捨下恩公，昧良逃走。我又見恩公武藝出眾，必能戰勝那夥賊人。我就出去，也是白饒；所以我就對不住，先行一步了。」

那女子瞪著眼聽著，那男子在旁暗暗點頭，覺得這些話尚近情理。那女子復又厲聲喝問：「你小子的話，十句有八句信不得。我問你，你逃走了以後，又上哪裡去了？」

喬茂心說：「這回更得說實話。」他低頭答道：「實不瞞二位俠客，我因項帶鎖鏈，白晝難行，所以我摸到那邊小村裡，打算找個應手的家具，把這鎖弄開……」女子道：「以後呢？」

喬茂道：「以後，因為衣裳上有許多血跡，我信手拿了人家兩件衣服……」那男子道：「往下說呀！」

喬茂道：「我又拿了人家兩串錢，為的是做盤川，我好趕回海州。此外，取了一把小刀、一根鐵絲。我費了好大工夫，才弄開了鎖，摘去鐵鏈。」男子道：「你在什麼地方開的鎖？」

喬茂道：「就在那個看青的茅棚裡。」男子哼了一聲道：「不只在那裡吧？」喬茂忙道：「我還藏在一戶人家的柴棚內，鼓搗了半天，沒有弄開。後來門閂被人倒掛上了，就把我嚇跑了。」

男子笑道：「這還不假。」

喬茂也心知這門閂定是這一男一女所掛的。他還不知當他假裝拾糞的，掩入茅棚，設法破鎖時，這男女雙俠已然跟蹤追到。他在棚內擺布，人家就在旁邊偷窺。後來喬茂脫得上下赤條條的，脫血衣、綁傷口、換衣服時，那女子啐了一口，連忙閃開。她自己不便捉赤身的男子，便躥入林中，命這少年男子截住喬茂：「務必拿來見我。」於是喬茂重遭這一番挫辱。

當下男女雙俠反覆地盤詰喬茂，喬茂更不敢搪塞，一一如實答對。女子漸漸息下怒火，可是一雙星眼仍睃著喬茂。看喬茂的貌相，實在猥鄙，不帶一點人緣。振通鏢局竟會有這樣一個鏢師？想了想，問道：「你到底姓什麼？」喬茂道：「我是姓喬，我叫喬茂。」少年男子忽然插言道：「振通鏢局有一位姓沈的鏢頭，你可曉得麼？」喬茂道：「那是沈明誼沈師傅，我們相處也六七年了，他外號叫金槍沈明誼。」少年男子點點頭道：「你的外號呢？」喬茂最怕人問他的外號，到此又不敢不答，囁嚅道：「他們管我叫九股煙，其實我沒有外號。」

少年女子把手一拍道：「哦，九股煙就是你呀！你不是還叫『瞧不見』麼？」喬茂臉一紅道：「是他們這麼嘲弄我。」少年女子忽然嬉笑起來，對少年男子道：「鄭捷，你聽聽，原來他就是大名鼎鼎的九股煙！久仰，久仰！我聽說振通鏢局的人，沒一個不跟他拌嘴吵架的。真是聞名不如見面；這一見面，我可就明白了。好啦，喬茂喬大師傅，這可真是冒犯虎威，多多得罪，我先給你賠個罪吧！」

喬茂臊得無地自容，口頭上還得謙遜著回答道：「不敢當，多謝姑娘搭救，姑娘貴姓？」這女子只顧嬉笑，並不回答。少年鄭捷見狀，便道：「既然是熟人，就解了縛吧！」站起來，要動手給喬茂鬆綁。女子把杏眼一張道：「住手！鄭捷你可不知道，久聞這九股煙馳名江湖，善能開關脫鎖；你不用解扣，人家自己就有縮骨法。喬師傅，露一手給我看看！」

喬茂不知是為免死驚喜，還是為被辱而恚怒，那臉上神氣十分難看，不住央告道：「姑娘不要取笑了，你老既知賤名，想是同道；就請你恕過我，開了綁吧！」鄭捷轉身說：「姑娘算了吧！喬師傅人家只賠不是，咱們快給人家解開吧！」說著鬆開了綁。喬茂含愧拜謝，隨後請問二人姓名。女子道：「九股煙喬師傅，你不用問我，你回去打聽，有一個叫柳葉青的，那和我不是外人。我們也很忙，你不是要趕回去，送信訪鏢麼？你就請吧，我犯不上多事，不耽誤你的工夫了。」女子且說且站起來，對少年說：「鄭捷，咱們走咱們的。」

這女子很難說話，喬茂深深打了一躬，又謝少年鄭捷。鄭捷道：「喬師傅不要過意，我們這位姑娘向來是這種一沖脾氣。見了沈師傅，請你替我問好，就說白鶴鄭捷致意了。如果有用我們之處，請他賞個信，寄到鎮江城內大東街路南第五大門，交魯鎮雄魯大爺代轉。我們現在還有點瑣事，咱們改日再會。」

說罷抱拳行禮，將右手一伸道：「喬師傅請吧！」

喬茂重複施禮，轉身要走。只聽那女子說：「鄭捷，拿出十兩銀子來。」鄭捷道：「做什麼？」女子不耐煩道：「送給這位喬師傅，好做盤川呀。省得他在路上，偷偷摸摸，再生枝節。」

鄭捷含笑答應，果然拿出一錠銀子，追出樹林，送給喬茂。喬茂接了，揣在懷內，又謝過了，低聲問鄭捷道：「鄭爺，這位姑娘貴姓？」鄭捷道：「你不用問，沈師傅自然知道。」喬茂又歉聲說道：「鄭爺，不瞞你說，我真不知道此處是什麼地方，也不知我被囚之所，是哪家綠林道的堆子窯。你老如果知道，還請費心指示一條明路。」鄭捷道：「此地是洪澤湖東畔高良澗的一個小村。我們也是打這里路過，也不知道近處有何強人潛伏，你自己打聽吧。」說完，轉身走入林中。

喬茂這才知道，自己竟被賊人擄出二三百里以外。當下將蒙頭手巾，往下扯了扯，約莫方向，向北走去。找到一處村鎮，叫做苦水鋪的地方，尋著一家旅舍，入店投宿。把附近地名打聽明白，方知被囚之處，大概是在李家集附近一帶。又訪問了一些情形，恐被賊人碰見，喬茂立即取道北上，給胡孟剛送信去了。那白鶴鄭捷隱身在林後，直望著喬茂低頭疾行，投北去遠；這才轉身，走到那少年女俠的面前，說道：「姑娘，咱們走吧。」

女俠把頭一扭道：「哪裡走呀？你回去你的，我決計不回去了。」白鶴鄭捷央告道：「姑娘不要慪氣了，你老只顧跟楊姑爺生氣，豈不教師祖為難？況且這裡面很有些個情節，不盡是楊姑爺貪戀女色。」

女俠臉一紅道：「啐！我才是傻子呢，就是你們精明！你們信他這些屁話，我才不信呢！你回去告訴你師祖，我這一輩子反正不嫁人了，我也犯不上為他姓楊的當尼姑去。我只仗著我這一柄劍，闖蕩到哪裡，就是哪裡。多咱遇見能手，把我宰了，我這一生也就完結了，你去吧！」

白鶴鄭捷搓著手說道：「姑娘，姑娘！你老消消氣！你老請想，楊姑爺如果真是荒唐人，憑我師祖豈肯輕饒了他？這裡面實在真有別情。那李家的女子，實在是個難女，被楊姑爺搭救出來的。她已無家可歸，她自願為婢為妾。楊姑爺他那樣氣傲，現在也很覺理虧，再三向師祖賠罪。他如今很願面見姑娘，訴一訴衷情；姑娘怎麼說怎麼好，他一定照辦。就是那李家女子，也跪在師祖面前，再三訴說楊姑爺本不欲娶她；是她不願失身於他人，所以才有這事。她說姑娘如果憐惜她，就留下她，給您老做個侍婢。如不願見她，她情願投到尼姑庵去，絕不肯恩將仇報，破壞了楊姑爺和你老的美滿姻緣。那話說得至情至理，很是可憐。現在楊姑爺已然追來了，李家女子也來了，師祖和我師父也都來了。你老一回去，滿天風雨全完。你老總不回去，那可教我怎樣交代？姑娘再不回去，我可就給你老磕頭了。」

這女俠把身子一扭道：「磕頭就磕頭，姑娘還受得住你幾個頭。告訴你吧，就教姓楊的一步磕一個頭，來請我回去，我也不回去了。我今夜就去探莊殺賊，遇見武藝高強的賊人，給我一刀，我就一了百了，不管他什麼李家張家的女子了。再教我看他們的眉眼，我至死也不幹了。」說著站起來便走，道：「你回去吧！」

白鶴鄭捷急得滿頭冒汗，又不敢攔阻，只好搶行一步，跪下道：「姑娘可憐可憐我吧！楊姑爺得罪你老，我可沒有啊！你老回去一趟怕什麼？你老願意聽他們的話就聽，不願聽就不聽。你老請想，師祖偌大年紀了，你老這一走，他老人家如何受得住？況且這門親又是他老人家給您定的，您這麼傷心，豈不教他老人家懊悔難堪麼？您還念在師祖他老人家年逾六旬，並沒有子嗣，只有您一個。你老一天不回去，他老一天不安心。這幾天他老人家唉聲嘆氣，連飯都吃不下去。不是心疼你老，又心疼楊姑爺麼？」

女俠淒然嘆息，眼含淚點；聽到末一句，忽又怫然道：「他老人家越老越悖晦了，讓他心疼姓楊的去吧！」

鄭捷咳道：「姑娘，您還教我說什麼？他老心疼楊姑爺，也是推女及婿呀！現在師祖和楊姑爺跟那李家女子，都等著你老哩。人家說得好，一切由您主持，願意怎樣就怎樣。臨來時，楊姑爺私自告訴我們幾個人，從前他少年氣盛，言語之間常與姑娘拌嘴，其實一顆心全在姑娘身上。教我們尋見姑娘時，務必請回來。他說對於這李家女子，只是一種孽障；當時為情勢所拘，擺脫不開，搭救了她，她就賴上了。其實這也是李氏女子貞烈之處；如今她已經剪斷頭髮，決計出家修行。只要姑娘回去，一切都可迎刃而解。」

女俠低頭說道：「他可捨得麼？」鄭捷道：「唉，姑娘！你老一回去就知道了。楊姑爺對你老，實在是唸唸在心，哪能和李家女子相比呢？」

女俠長嘆一聲，把鄭捷掖起道：「你這孩子真是我的一塊魔！這麼辦吧，我先同你回寶應縣；你若教我再回淮安府，你就宰了我，我也不去。我豈能跑出來，反又跑回去，給他們賠不是不成？」

白鶴鄭捷還是再三央告。這女俠眉峰一皺，面含怒氣道：「鄭捷，你還敢囉嗦麼？」一雙星眼直注著鄭捷，嚇得鄭捷把沒說完的話嚥回去了，低聲說道：「姑娘，咱們就先回寶應，可是咱們住在哪裡呢？」

女俠不耐煩道：「寶應縣沒有店是不是？」鄭捷忙道：「是，是，咱們住店，咱們住店。」立刻兩人啟程，徑投寶應而去。

這個女俠，便是那威鎮兩湖、聲名赫赫的大俠鐵蓮子柳兆鴻的愛女，有名喚作江東女俠「柳葉青」的柳研青。

第九章
知己談心銜杯論盜　緩急呼助策馬訪賢

柳研青、楊華婚禮，鐵蓮子沒有驚動人。那魯鎮雄父子不過是居停主人，卻拿來當自己喜事辦，竟邀了不少親友；故此裡裡外外，竟擺下四十多桌酒宴。喜轎已發，賀客入席，直吃到兩個多時辰，還是一桌又一桌，前來賀喜的絡繹不絕。

鐵蓮子柳兆鴻素厭俗禮，不喜酬酢；可是看見喜幛排滿了喜棚，賀客各界都有，究竟是高興的。柳兆鴻穿上古銅長袍，青紗馬褂，卻光著頭頂，團著核桃，和這些江湖上的朋友，歡然道故，提起來就是三十年前如何，二十年前怎樣，是很老很老的話了。

等到下晚，疏客多散，至交獨留；在鐵蓮子所住的那三間精舍中，另擺了兩桌便席，放兩張圓桌，聚坐了二十多位賓客。內中頂年輕的，是萬勝鏢店的少東崔長勝，但是他也已經三十歲了；其餘坐客都是四十歲以上的。這一回，大家脫略形跡；首由鐵蓮子把長袍馬褂脫下來，只穿著短衫，科頭敞襟的欣然敘闊。白日為行大禮，款接眾賓，這些老友都未能快談；這時候可就全不是外人了。二十多位老少英雄借喜酒，敘豪情。敬酒三杯之後，漢陽名武師郝穎先首先說：「柳老兄臺，你如今把兒女情事安排停當，很可以重出問世。古人云：『烈士暮年，雄心未已。』我弟兄可以熱鬧熱鬧了。如今江湖上很出了些新進的英雄，與我多不認識。我兄弟很想藉機會，會會他們。」原來這郝穎先雖是拳術名家，肚裡很喝過墨水。

那坐在東首的霹靂手童冠英軒渠笑道：「好一個烈士暮年，雄心未已！我小弟今年五十八歲了，我只是不服老。上次路過淮安，訪聞那地方出了一個叫雄娘子淩雲燕的少年英雄。據說此君男扮女裝，武技驚人，我就想去拜山訪藝，會一會此人；還是淮安開泰鏢店的老朋友耿松年，把我攔住了。」

又有一個賓客說：「如今絕藝漸次失傳。很有些武林名輩，臨到老了不肯把獨得的絕技傳留後人；往往祕惜起來，動不動的帶到棺材裡去，這是不應該的。在下的意思，我們會武技的就應該抱著發揚武術的意願，不可存心如此狹窄。你看人家文字班的人，有了學問，都講究著書立說，遺留後人，我們不當如此麼？」

這位賓客就是廣收桃李、大招門徒出名的老英雄殷懷亮。

據殷老英雄自誇：他前後收有二百三十四個弟子。這位老英雄現下還在松江設著場子。可有一樣，徒弟雖多，能得他真傳的沒有幾個。若有人誇他太邱道廣，桃李盈門，他就捻著白鬍子直樂。但若有人說他收徒太濫，他可就惱了。他的為人和鐵蓮子正好相反；鐵蓮子連女兒帶姑爺，一共才收三個徒弟。這位殷老師傅不算掛名徒弟，就算真跟他練過，經他宣布藝成出師的，就有六十多個。他的外號就叫九頭獅子。

九頭獅子殷懷亮說了這番話，童冠英欣然笑道：「老兄這話很有理。只不過在下也曾細心選過徒弟，想把我的通臂拳好好地傳下來，可惜就全才難得。有的體質好，性子不好；有的體性全好了，卻是家境過於貧寒，這練武與習文不同，常言道：『窮秀才，闊武舉！』練武的人沒有錢，就別打算練成，這也是沒法子的事。」

在座的人都以為然。崔長勝說道：「十年寒窗苦讀，學會了文，還可以貨賣帝王家。學會武，又幹什麼？拿著三拳兩腳找飯吃，是不行的。世上會武的不多，是有緣故的。賣藝、設場子、保鏢、護院，這就是會武的人不得已挾技餬口的門路。像晚生開這個鏢局，還算不錯。真有人練會一身絕技，沒得生路，擠來擠去，擠到綠林道上去了。」

座客中一個黑胖子，捉箸夾了一塊魚，送到口內；又呷了一口酒，說道：「綠林道怎麼樣？也是好漢子幹的。我總覺得練武的到了給人看宅護院，那就糟透了，比做賊還不如。看起來，練武的只能說這是一種好習，跟下棋畫畫一樣，要說到用處，其實沒什麼，也不過是健身、禦侮罷了。沒有錢的人趁早別習武。」這話是很感慨的了。又有一個賓客接聲道：「可不是，如柳老英雄的愛婿吧，他若不是游擊將軍之子，也不會練武；就練會武，也不能做官，考武場全靠弓馬當先，那別是一套本領，跟咱們這套另有一工。」

九頭獅子忽問道：「可是的，我聽說新婿楊華是楊游擊的後代。這小人兒怎麼不練弓馬，反倒學起咱們這一套來呢？他的功夫怎麼樣，他是哪一門呢？」

鐵蓮子柳兆鴻瞇縫著眼，歡然笑道：「小婿也不是外人，他是懶和尚毛金鐘的第六個徒弟。他學的是劈掛掌，功夫還差得多呢！就是彈弓打得不壞。」童冠英笑道：「令婿楊華，我是知道的。他那一手連珠彈打得很好，別的功夫倒是差點。可是他一入老兄的甥館（「甥館」即贅婿所居之所），翁婿情重，你老兄還不把掏心窩子的能耐抖摟出來，傳給他麼？真格的還藏一手，帶到棺材裡去不成？」

鐵蓮子笑道：「我曉得你們二位是要罵我的。告訴你，我不是藏私不肯授徒，我是沒那個耐性。再說我眼看我們二師伯受了徒弟的害，我實在存了戒心。如今內家、外家鬧了個烏煙瘴氣，常常引起門戶之爭，這是很無謂的。不收徒自有不收徒的好處。」在座眾人問道：「令師伯是怎的受了徒弟的害？可是徒弟叛師了？」

柳兆鴻道：「那倒還不至於，這卻是說來話長。我二師伯邵星垣為人謙退，武功雖窺堂奧，絕不以技功驕人自炫。若論起他老人家的武功，經過二十年的精修苦練，他那五行拳蜚聲南北，掌法上確有獨到的地方。他善用內力『小天星』的掌法，以巧降力。他又兼得太極拳的精要，以柔克剛，有四兩撥千斤之妙。他這五行拳，全恃著黏、按、吐三個字要訣。諸位都是行家，當然也都曉得。可是我二師伯自己雖然謙和，他收的門徒稍嫌太濫。就有的徒弟列入門牆，藝未精純，偏好標榜，到外面亂說起來。我二師伯既然精研五行拳，對門徒們說話，自然要講究到本派的奧妙，又免不得拿來和別家拳術比較。這本是門內師徒授受之言。內中就有的徒弟們，把這些話在外面抖摟出來；說是什麼五行拳乃是武林絕技，練好了能夠怎樣怎樣。又說到這小天星的掌力打上人，卻能致人死命；就是不死，也必受了內傷，成了廢人。別派的功夫，某一派偏於剛了，某一派偏於柔了，唯有五行拳有剛有柔了。這也不過是些私話，就有兩三個徒弟，在外賣狂。」

柳兆鴻接著說：「哪曉得這話傳播開去，又被人無枝添葉一轉述，弄得太離奇了。這一來，竟惹出少林派一位能手的不忿，登門拜訪，指名求見，說是要討教小天星的掌力。我二師伯彼時年已高大，早已把功夫擱下了；又力守著拳家禁忌，當時接見來人，極力謙退。這來人也不過三十多歲，說話斯斯文文的，一口一個『老前輩』、一口一個『晚生』的稱呼著；說是粗習拳技，未得深究，久聞五行神拳威名，特來請教一兩處手法。我二師伯便說：『自己研習武學，本為健身，非為爭名；也絕沒有得著什麼絕技，老兄不要輕信江湖傳言。小天星的掌法，也不是什麼不傳之祕，不過是善用起來，可以借力打力，所謂不黏不按，不按不吐，能把這三字訣體驗得到，運用得靈，再以小天星的掌力發出去，比較起來，用三分掌力，能得七分效力罷了。』我二師伯忠厚待人，雖然客氣，到底不矜不飾，也說了實話。」

柳兆鴻嘆了口氣說：「豈料來人竟挾詐而來！那時就說：『邵老師傅是五行拳名家，在下聞名已久；您善用小天星的掌力，我尤其欽慕。只是這小天星的掌力，原是少林派祕傳的掌法，不幸本派失傳，倒被邵老師傅得著，這真是我的大幸。在下不遠千里而來，非為較量拳技的高低，專為訪求絕招的奧妙。老師傅廣開門戶，一定願意普惠後學了。那麼在下虔誠登門，老師傅當不會教我失望而去。』言下定要領教領教；我師伯竭力推辭，不肯過招。那人一再地拿話擠兌，意思之間，我師伯再不過招，就是藏私了。我師伯被逼無奈，又誤認此人當真的熱心好學；然後情不可卻，方才站起來。可是，神氣上還是疑疑思思的，對那人說：彼此無仇無怨，不過是互相觀摩；過起招來，點到為止，誰也不要動真力，免得誤傷了。那來人滿面笑容，連聲諾諾。」

柳兆鴻接著說：「我師伯連練武場子都沒有去，長袍也沒有脫，就在廳房中，把自己的手法施展開，用五行拳開招。那來人卻用少林神拳來接招，兩下且說且演，連拆了十幾手。我師伯用到第十一手『猛虎搖頭』，化招變式，改為『白猿偷桃』，掌到來人華蓋穴；用黏字訣，五指已經黏著對手的衣裳。

卻將掌力往外一登道：『小天星的掌法，只在這掌心下往外登之力，兄臺明白了麼？』我師伯若果存心與此人較量，只將這掌力一撒，來人必定當場負傷。詎料來人沒容到師伯撤掌，他竟忽然說：『這一招，要是這麼拆……』突然也凹腹吸胸，離開掌心。卻猝然把他的雙掌圈回，一個『撞掌』，照師伯兩肋猛然一撮……」

九頭獅子聽到此，不由說道：「哎呀！令師伯格開了沒有？」鐵蓮子眼望九頭獅子，又向眾人瞥了一眼道：「格開，如何能夠？我師伯兩隻手都撒出來了，這本是演樣，他何嘗提防到暗算？把個前胸兩肋都賣給人家了。當下我師伯吭的一聲，立刻倒坐在地上。」

童冠英道：「嗬！」鐵蓮子雙目微瞑一瞑道：「不但這樣，那來人抓起長衫來，一聲狂笑道：『小天星絕技，五行拳名家，我領教過了！』這東西竟放了兩句冷話，揚長而去。我師伯人已不能轉動。也就在那人剛走出廳房，我師伯再忍不住，一張嘴吐出一口血來，立刻臉上改了形，自己連起都起不來了。」

這一番話，把個九頭獅子殷懷亮氣得啪的一聲，將桌子一拍，震得箸杯亂迸道：「好狠，這東西叫什麼名字？」

鐵蓮子側頭來答道：「他就沒留真名字，他的名帖是假的。當時我師伯受傷，家中人誰也不曉得。後來還是我師伯的徒弟進來給客人換茶，才看見我師伯臉像蠟渣似的黃，坐在地上自己調氣呢。他嚇了一跳，把師伯攙起來，盤問緣故。我師伯只是搖頭，半晌才強支著問了一句：『那個客人去了麼？把他追回來！』可是來人早走得沒影了。諸位請想，這就是好收徒弟的下場。」九頭獅子殷懷亮搖頭笑道：「這不過是試拳輕敵遭了暗算，礙著收徒什麼事了？」

鐵蓮子柳兆鴻道：「老哥還是不服氣，這自然有緣故。請想我師伯的徒弟那麼多，如今師父遭人暗算，他們豈肯罷休？就是我師伯的兒子，也曾拿著刀找尋那個少年。無奈這個少年早安著歹意來的，到店房找他，店房沒有這個客人。到別處搜訪，也沒有下落。但是不久即尋出根由來了：這是師伯的第十七個門徒，在北京給惹出來的禍。這位十七師兄姓邱，名叫敬棠，在北京城當了王府的武教師；陪著少王爺玩拳弄棒，不過是哄公子哥。王府內的別位武師都打不過他，這位邱師兄可就得意揚揚，免不了狂吹亂嘮；把別派的武術貶得一文不值，日久可就傳到外面來，人人曉得王府有一位五行拳大家，並世無敵。這就未免招忌。他又信口雌黃，說少林外家有剛無柔。又說少林外家十成的功夫，不敵武當內家八成的功力。仗著王府的勢力，當地也沒人駁他。」

鐵蓮子接著說道：「但到底惹惱了少林派的後起英雄，一個姓尹的竟登門來京訪他。邱師兄對武術已得門徑，他大概是看出來者不善了。他可就要耍滑頭，乾動嘴，不動手，要跟人家邀期擇地較量。人家跟他說好了，就告辭而去。誰想邱師兄他卻暗遣官面，把人家從店中逐出。聽說還把人家押了幾天，鬧得很不像樣子。這一來，可就激出來事了。」

鐵蓮子說到此處，飲了一杯酒，眼望九頭獅子道：「後來，就在我邵師伯受傷兩個月之後，邵師伯的第二十五個門徒，大遠的從北京趕來送信。據說十七師兄在京城招搖過甚，得罪了不少人，人家揚言要找師父來問罪。可惜這二十五師兄一步來遲，人家已經找上門，師伯遭了暗算。嗣後我門中也曾設法子找場；可是不管後事如何，我這師伯連愧帶恨，只半年光景，便已下世。這位十七師兄也被掌門師兄大會同門，將他逐出門牆，差點沒把他廢了。老兄，你當我說笑話麼？當年家師和大師伯都曾為這事，找到少林寺海澄和尚，追究這個暗算的少年。這少年究竟是少林派哪一支的門徒，到底也沒有根尋出來。你想，本門栽了這大跟頭，我大師伯哪裡肯饒？一定找海澄和尚要人，兩下鬧得很僵。若不是當時的前輩英雄出頭和解，說不定引起了門戶之事。」鐵蓮子嘆口氣道：「最慘的是我二師伯，負傷之後，意氣消沉，懨懨待盡，見了我們就掉淚。囑咐我們記著，千萬不要胡亂收徒，他是恨透了十七師兄。十七師兄在北京招搖生事的所有劣跡，邵師伯特地打發弟子重訪了一回，越訪得仔細，老人家越悔恨得厲害。他老人家說，十七師兄把他寒磣死了。你看濫收徒弟，有什麼好處？」

眾人聽罷，俱多嘆息。獨有九頭獅子殷懷亮，聽著不甚高興，便說道：「收徒不怕多，你得長眼珠子。像你們令師兄那樣人才，卻也怕百不挑一呢！」

鐵蓮子笑道：「老殷掛勁了。我說的是實話，老兄別過意呀！」

這些人雖然大半鬚眉蒼然，卻依舊心直口快，很有少年的興致。你挖苦我，我奚落你，鬧得很熱鬧。當下，又講了些江湖上的勾當。那鎮江萬勝鏢局崔長勝，忽然說起鏢行的近事來，對霹靂手童冠英道：「老伯，你老可認識海州振通鏢局的鐵牌手胡孟剛胡老英雄麼？」

霹靂手童冠英道：「胡老二這些年來鴻運當頭，一帆風順。不到十年工夫，把振通字號創出萬兒來。要提我跟他，早就認識，還在七八年前呢。那時候振通鏢局的江南北這幾條線上，還沒有打開，常常碰釘子。要說幹鏢行這種買賣，單憑本領，一輩子紅不了；總得一半仗著有人緣，眼路寬。老胡別看粗魯，倒很是外面朋友，處處懂面子。他不驕不狂，待人有血性，鏢無論走到哪條線上，他只要知道當地有武林名家，必定登門拜望；有裡有面，求朋友關照他。他憨憨傻傻的，很能引人親近。我只為承他看得起，竟自捨命冒險，幫他一次大忙，把海州到安徽的一趟線給他打通了。因此我跟金沙圩的陸地龍王隆老五，結下一掌之仇，隆老五總算栽在我手裡。從此振通的鏢就在這條線上走開了；只憑一桿鏢旗，就沒人敢動。在我當時，不過是在眼皮底下不願擱砂子；隆老五在我眼皮底下作案，是瞧不起我，我不能不問。說起來我是一時的好事。那胡孟剛可就承情不盡。這些年一到三節，必定給我送禮。鏢旗入皖，必定紆道來看望我。真難為他七八年來，始終如一。我這人不敢說恩不望報，可是胡孟剛這些俗套子，我實在受不了。我曾經給他帶過話去，再這麼著，可算罵我了。若教江湖上朋友聽見了，好像我姓童的貪圖什麼的。饒這麼說，他還是照常行事；逢年過節，必定打發徒弟來。」

九頭獅子殷懷亮呵呵笑道：「老童，你口頭上這麼說著，心上可是高興的。鬧了半天，你是喜歡人家給你送禮呀，我明白了。」轉臉來對崔長勝說道：「崔賢侄，聽見了沒有？你也開著鏢局呢！千萬記著，三節二壽，別忘了給你童大爺送禮呀！有你的好處！」

童冠英也忍不住笑了，崔長勝卻正色說道：「老前輩笑話了。童老伯跟胡孟剛胡老英雄是多年的摯友，他老人家最近遭了一樁逆事，你老也一定知道了？」還未等童冠英答言，那九頭獅子殷懷亮就問道：「胡老二遭著什麼事了？」童冠英道：「崔老侄，你說的莫不是他在范公堤走鏢遇劫的事麼？」崔長勝道：「正是。」

鐵蓮子柳兆鴻聳然注意道：「哦，這不是一個多月頭裡的事麼？我在淮安鏢局聽人念道過；而且巧極了，出事的那天，我和小女路過范公堤，還跟胡孟剛、沈明誼兩個人碰見面了。怪不得那時他們神色倉皇，可是他們到底沒有說出來。聽說他們失的是一筆官款，數目很大。」

崔長勝道：「可不是，整二十萬呢！我們鏢局最近接著十二金錢俞劍平、單臂朱大椿、鐵槍趙化龍、鐵牌手胡孟剛，他們六七位鏢頭的聯名公信，託付我們協助訪鏢；把劫鏢人的年貌、兵刃、黨羽人數，都開了單子寄來。聽說他們訪了一個來月，一點影子也沒摸著，這真奇怪極了！」

這座上的賀客，倒有一半人和俞劍平、胡孟剛認識；也有接到俞、胡二人的來信的，眾人不覺地紛紛議論起來。殷懷亮知不清楚，忙向崔長勝打聽。

童冠英也詫異道：「他走的是南路鏢；要說在北方，他的萬兒叫得不很響，也許有人敢動他。這江南五省乃是他闖出來的天下，怎麼會憑空栽這跟頭？這話我只聽見江湖上傳說，我卻沒接著胡孟剛的信，所以我總疑心這是謠傳。後來一打聽，才知竟是真事，並且還牽扯到十二金錢俞劍平老鏢頭身上。這位十二金錢太極門劍客，乃是聲震江南江北的成名英雄。我聞他已經親自出馬訪鏢，難道至今還沒有訪出頭緒來嗎？」

崔長勝搖頭道：「怪極了！至今還是沒影兒。那劫鏢的盜首是豹頭環眼的老人，來歷不明，武功出眾；神出鬼沒的把二十萬鹽款給劫走了，手法非常乾淨俐落。」

霹靂手童冠英聽了此話，沉吟起來，他想：「此事太蹊蹺。這胡孟剛和我十年舊交，既然失事，他怎麼不給我一個信呢？」老實說，童冠英有點不痛快了。

萬勝鏢局崔長勝道：「童老伯，你老不用著急。事情早晚會找到你老頭上來的。那十二金錢俞三勝俞老英雄，聽說這一回把鏢旗借給胡老鏢頭了。萬想不到這支鏢一出來，就遇上勁敵，俞老鏢頭的十二金錢鏢旗也教人家給拔去，俞門大弟子黑鷹程岳也身負重傷。俞老鏢頭為此大怒；我們鏢局的宋師傅最近從江北迴來，據說俞、胡二位還要大撒武林帖，普請江南江北武林中的朋友幫忙，要大舉尋鏢。你老人家是說沒接著胡老鏢頭的信麼？你老回家去看看，恐怕早有帖子送去了吧。」

殷懷亮笑道：「老童，你放心，你不能白收人家的禮。人家出了麻煩事，一定要找你幫忙的。」

童冠英笑道：「笑話，你當我願意自找麻煩嗎？我是想江南道上，有咱們哥們在著，就不該教那不知名的外來的和尚把咱們壓下去。我愚下也混了這些年，遇見不少綠林道的好漢；但分手底下有點活，我沒有不認識的。是怎的范公堤上，忽然又冒出這麼一個驚天動地的人物來；我們連點影子也摸不著？咱們難道白吃五十多年人飯了？崔老侄，這個劫鏢的主兒，我聽說也是個老頭兒，豹頭環眼，約莫六十來歲；說是也會打穴，拿鐵煙袋當兵刃。胡孟剛和黑鷹程岳全敗在他手下。風聞這老兒手下的黨羽還真不少。你們聽聽，咱們這裡有這樣一個人物闖入，咱們竟會一點不知道；老殷，你不嫌丟人，是不是？我霹靂手等得著閒，一定要會一會此公。」

霹靂手童冠英雙眸炯炯的，又吐出少年時的光焰來了。

眾人把這劫鏢的事情講究了一回，歡飲而散。轉眼就是三朝，新娘子柳研青和新婿楊華，雙雙回門，自有一番繁文縟節。鐵蓮子柳兆鴻因為很高興，居然也把這俗套很敷衍了一場，面見這愛婿愛女，喜得雙眼闔成一線了。柳研青來到魯家內宅，自有魯大娘子一番款待、道喜、調笑，並且也和李映霞見了。

過了三朝以後，鐵蓮子這些老朋友，由遠處來道賀的，陸續告辭回去。只有霹靂手童冠英，他是個閒人，常帶著愛徒郭壽彭到處流連；他這次是逛西湖來的。童冠英既是鐵蓮子最要好的朋友，又和魯松喬認識，他就在鎮江耽擱下來。鐵蓮子留他寬住半個月，要煩霹靂手把他那「蛤蟆功」，練給魯鎮雄、楊華和鄭捷等人看看；也教這些後輩見識見識前輩英雄的絕技。

那萬勝鏢局的崔長勝也挽留童冠英，因為他最近應了一票鏢，要由鎮江北上。最近江北地面既然吃緊，在道上走起鏢來，不很放心；有意拜煩霹靂手師徒，玩一回票，給代護送一程。他自己不好開口，他手下的鏢客馮裕林是霹靂手的師侄，現在走鏢出去了；他打算等馮裕林回來，由馮代求，所以也在旁慫恿著。童冠英無可無不可的，也答應了。魯松喬請他下榻在自己家，童冠英不肯；他帶著徒弟，住在萬勝鏢店。

一日，霹靂手童冠英到魯宅來找鐵蓮子，要鐵蓮子陪著他聽崑腔去。柳兆鴻不喜好看戲，又不肯拂意；只得披上長衫，兩個人相攜著要走。忽然魯宅的家人進來回話：「外面有一位海州振通鏢局的趟子手金彪，奉他們胡孟剛鏢頭和安平鏢局俞劍平之命，前來送禮，給柳老太爺道喜。他說，他一步來遲，在別處耽誤了日期；要面見你老，還有話說，並有一封信面呈你老。」家人回稟了，隨將禮物提來，放在面前。

鐵蓮子柳兆鴻愕然向童冠英道：「你看，說曹操，曹操就到！這不是胡、俞二位打發人來了。」

童冠英笑道：「打發人來，是給你送禮道喜。」鐵蓮子搖頭道：「我聘閨女，也沒驚動他們。我辦事又很倉促，他們又正忙著找鏢，可是他們怎麼知道的呢？」

童冠英手捻短鬚，微微一笑道：「人的名，樹的影。兩湖大俠聘女，江東女俠成婚，這是多麼驚天動地的大事，人家怎會不知道？我看俞、胡二位給你送了些什麼來。胡孟剛一向做事人情周到，這一回可誤場了。怎麼三朝過去，他才把賀禮送來？」

霹靂手且說且站起來，先把名帖禮單接過來一看，名帖上寫的是雙款：「愚弟胡孟剛、沈明誼、俞劍平頓首拜賀。」展開禮單，打開禮物看時，這份禮物菲薄得很，不過是一個紅幛子，上繡「天作之合」四個金字；另外一件裙料、一件襖料罷了。

童冠英看了柳兆鴻一眼，心中詫異，暗想：「胡孟剛給我送禮，很是隆重，怎的這還是俞、胡、沈三位鏢頭公送的，又是鐵蓮子生平唯一愛女出聘的大喜事，他們倒送來這麼戔戔的禮物？他們可是交情疏遠？但是江湖上好漢講究結納，交情淺，禮物更得重啊！」

柳兆鴻倒並不這樣想，千里送鵝毛，禮物輕，人情重！人家這是打海州奔波幾百里地送來的，更得好好領情。遂對家人說：「請，把送禮的讓進來。」童冠英道：「開發賞錢就完了。」

鐵蓮子笑了笑道：「人家還有信呢。」

魯宅家人把鏢局趟子手金彪領進來。柳兆鴻看來人，年約三十六七歲，大高個兒，一臉的悍精幹之氣；穿著藍布長衫、青靴子，手拿著草帽。到得客廳，未容家丁引見，趟子手金彪早向鐵蓮子緊行數步，上前請安道：「柳老英雄，你老大喜，小人一步來遲！」遂即拜了下去。柳兆鴻慌忙攔住，滿臉笑容道：「金鏢頭很辛苦了，我謝謝你。」

金彪一側身，又向霹靂手打量一眼，道：「這位老英雄，恕小人眼拙，你老貴姓？好像在哪裡見過？」

柳兆鴻道：「金頭，你不認識麼？這是我們老鄉，鳳陽方家臺的老英雄霹靂手……」

還未等引見，金彪慌忙施禮道：「哦，童老英雄！我們胡老鏢頭哪天不念叨您老？最近我們總鏢頭還打發我們石夥計，給你老府上送去一信，你老可見著了麼？」

鐵蓮子不由暗笑，向童冠英施了一個眼色道：「童老哥，怎麼樣？人家給你送信了；你是不在家接著，你脫不了清靜啊！」

霹靂手童冠英也不由得一笑，正要動問為何發信，可是為失鏢邀助？那趟子手金彪立在兩位老英雄面前，側足垂手，發話道：「柳老英雄，我們一聽見你老人家令愛女俠柳研青姑娘于歸的吉期，我們胡老鏢頭就很著急，俞老鏢頭也是一樣，都想給您老登門道賀，還要看看新郎官。無奈敝鏢店正為訪鏢的事，把身子絆住，不能親來，這才打發小人連夜趕到。只是我們聞信較晚，到底教我給耽誤了，你老人家多多原諒。」說時又請了個安，道：「並且我們鏢頭又在客邊，草草備的禮，簡直不成樣子；教你老見笑，這可真是千里送鵝毛了。」

鐵蓮子心想：「這個人很會說話。」笑了笑道：「金頭，你太客氣了。我也沒撒帖。各處的禮我都沒收，卻到底驚動了你們鏢頭。你大遠的來了，這就很教我不安。既然這麼說，我倒不好駁了；這禮我就收下，回去替我謝謝。我聽說你們鏢頭失了鏢很忙，現時在哪裡呢？找著頭緒沒有？金頭，坐下來說話。」

連讓了兩遍，這金彪等到兩位老人全歸了座，方才側著身子，坐在茶几旁邊，把小包打開，從中取出一封信來，賠笑站起來，說道：「這裡有給你老一封信，這是由鹽城縣發的。我們鏢頭，頭十幾天還在鹽城呢，現在大概奔淮安訪下去了。這真是逆事，直到現在，竟沒訪出線索來。」又道：「這信一共發出百十多封，都在鹽城發的；小人專送鎮江、南京一路。」

金彪轉臉向童冠英笑道：「童老英雄，我們還有往西去的一路。早知你老在鎮江，我就把信捎來了。好在這些信都是不差什麼的一個辭，給你老的跟這封也一樣。我們鏢頭還教我對你老說，見信務必賞臉幫忙。敝鏢局遇上這件事，二位老英雄想必已有耳聞吧。現在十二金錢俞劍平老英雄、單臂朱大椿朱老英雄、楚占熊楚鏢頭、趙化龍趙老師傅、黃元禮黃鏢頭、周季龍周鏢頭等，一共七位具名，公請江南道上各位成名的英雄，相助查訪鏢銀，一同在鹽城聚會。這個劫鏢的主兒，實在有點神出鬼沒。我們搜根剔齒地尋緝，居然訪了一個來月，至今連個影子也沒摸著。這信裡有一個單子，單上開著劫鏢人和他的黨羽的年貌、兵刃……不知二位老英雄，可曉得江湖上，有這麼一個會打穴、使鐵煙袋做兵刃、年約六旬、豹頭虎目的老人麼？」

鐵蓮子拆信細讀，霹靂手童冠英也湊著細看。此信前面是幾句客套，後面便是奉煩的話。另外附的那張單子寫著出事地點、出事月日，劫鏢人的年貌、口音、兵刃，共列了五個盜首；又附著黨羽的大概人數，至少當有一百多人。原來此信是九股煙喬茂未訪出盜跡以前發出來的，所以還是約定在鹽城聚會。霹靂手童冠英和鐵蓮子看完信，相視而笑。

趟子手金彪欠身說道：「柳老英雄跟我們沈明誼沈鏢頭，大概是早就認識，很有交情的了？」柳兆鴻抬起頭來說道：「沈明誼麼？我們認識十多年了……」金彪歡然說道：「我們沈鏢頭教我跟你老問安道喜，叫我懇請你老，看在江湖義氣上，務必賞臉到鹽城一趟。」又對童冠英道：「我們胡鏢頭天天盼著你老去呢！你老有工夫，更得務必賞臉。二位老英雄打算哪一天動身，請告訴小人；小人回去轉告我們鏢頭，也教他們放心等候。我們邀了不少人，可是正缺兩位年高有德、武功出眾的老英雄作領袖；所以二位務必早些日子賞臉。」

趟子手金彪隨機應變，說了許多好話勸駕。童冠英把失鏢的事細問了一遍。金彪就說劫鏢時他也在場，賊人是由他身上把十二金錢鏢旗奪去的。六位鏢師人人受傷，賊人手底下實在太硬；賊酋那種狂傲神氣更是不可一世。童冠英便問柳兆鴻：「這種事情，你打算怎麼辦呢？還寫回信不寫？」

柳兆鴻道：「不用寫了，回頭煩金頭拿我一張名帖就完了……金頭，你看！我這是剛辦完聘女的事；回去對你們鏢頭說，只怕我一時趕不到。要是匀出工夫來，我一定要去的。老童，你閒著沒事，你先辛苦一趟吧！」

童冠英道：「我麼？我也得回家一趟。」金彪忙道：「童老英雄別走，你老好容易身臨切近，你老怎麼好意思不管？你老總得幫忙，我們鏢頭快急死了。」

說著，金彪把語音放低，道：「不怕二位見笑，這二十萬鹽款沉重太大，我們胡老鏢頭的家眷現時就在海州衙門押著呢。要不然，怎麼十二金錢俞老鏢頭人家一個退隱的人，反倒二次出山，跑出來相幫呢？這就是不但為尋鏢，也就是搭救我們鏢頭。我們鏢頭這回栽得實在不輕，人在江湖上混了這些年，還有別的仗恃麼？這就全靠朋友幫忙。柳老英雄剛辦完喜事，一時摘不開身子。童老英雄你老是逛西湖來的，你就先別逛了，給我們湊湊熱鬧，助助威吧。」他說著又請了一個安道：「回頭尋著鏢，那時候教我們鏢頭陪著您逛西湖，熱熱鬧鬧的，比您自己逛，準有趣！」

霹靂手童冠英大笑道：「金頭，教你給柳老送信的，你倒訛上我了。真行麼！胡孟剛用的人真夠朋友。」

金彪很高興地說：「您瞧，教您過獎！小人是食人之祿，忠人之事。再說我們素知你老對我們鏢局有恩，我們可就長臉了，您別笑話我。您打算哪天動身，要不我陪著你老一塊去？還有幾封信，我就不送了，叫我們夥計送。」又對鐵蓮子道：「柳老英雄，您離得更近了。還是在咱們江蘇出的事，就好比在你面前欺負人一樣，您哪能不聞不問？將來尋著劫鏢之人，動武討鏢，鬧起來的時候，若沒有你老在場，這可是個缺憾。」

當下鐵蓮子笑著沉吟了一回，命大弟子魯鎮雄取出十兩銀子和一張名帖，都給了金彪。金彪哪裡肯受？況且這禮物也不值十兩銀子，再三的推辭。鐵蓮子長眉一皺道：「怎的，咱們別犯酸！大遠的來了，給你兩個酒錢，你又不受了？」金彪不敢再辭，只得拜謝了；又向童、柳二人堅邀了一回，拜辭上馬而去。金彪已去，霹靂手童冠英笑道：「把咱們的戲也耽誤了。」

柳兆鴻笑道：「我本來怕聽崑腔。」童冠英道：「怎麼樣呢？胡孟剛這場事，咱們既然知道了，就不能不管。我說咱們兩人一塊去好不好？」

柳兆鴻道：「按說是義不容辭；可是我沒有工夫，我還有別的事哩。小婿救了一個難女，是知府小姐，我還得安插她。小女又是剛成婚，怎麼著也得出了月，那不把他們的事誤了？」

這兩位老英雄計議了一回，都覺得該去；可是童冠英堅邀柳兆鴻同去，而柳兆鴻偏不能站起來就走。童冠英就說：「好吧！你不去，我也不去。」柳兆鴻無奈，這才說道：「等著我跟小女、小婿商量商量。」

兩個人這麼一猶豫，展眼就過了兩天。鐵蓮子便去尋愛女柳研青和女婿楊華，對柳研青道：「青兒，你還記得咱們在范公堤遇見的胡孟剛、沈明誼那一夥人不？他們丟了鏢，現在他們來信，邀我們去幫忙找鏢了。」

這件事楊華一點不接頭。柳研青卻想起她在高良澗搭救九股煙喬茂那回事來了。當時她曾鬧著要探賊討鏢，好不容易才被魯鎮雄、鄭捷勸回來。但是這時一聽她父親打算親自去，她忽又不願意了。對鐵蓮子說道：「爹爹真個的去麼？」

柳兆鴻道：「早晚總得去一趟。我跟胡孟剛沒有交情，卻跟沈明誼很好；我們十多年的老朋友了，俞劍平也跟我不錯。你看這信，他們出名的一共七位，若不去，就全得罪了。」

柳研青道：「爹爹就是這樣好管閒白，把自己的正事倒丟開不管。爹爹忘了，您還有別的正事呢？」鐵蓮子道：「什麼正事？」

柳研青看了楊華一眼道：「你老真是的，太健忘了，您還記得那把寒光劍不？」

鐵蓮子道：「哦！」不由失笑了，故意說道：「寒光劍怎麼樣？仲英跟人家打賭，三個月為限，早過限了。早去討，晚去討，都一樣，這倒不必忙。」

這一句話把姑奶奶惹急了，隨向楊華狠狠一指道：「是不是？是不是？我說爹爹……你說爹爹一定準管！哼！你丟人，礙著爹爹什麼事？……他可是您的姑爺，他栽了跟頭，栽在白雁耿老道手裡了，那可是活該！……我說，你也不用急，爹爹上了年紀，我知道大熱的天，他老不願意上去雲南。趕明天咱們倆去，你瞧我鬥得過白雁、黑雁不？別說這寒光劍還是把寶劍，就是破鐵片，咱們也不能憑白教人訛了去。」

鐵蓮子手捻白鬚，面色一沉，道：「青兒，你還這麼飛揚浮躁！你是新媳婦了，你婆婆沒在這裡，你叔公還在樓下呢！」

柳研青臉色一紅，又看了楊華一眼，低頭笑了，輕輕說道：「怎麼啦？我又沒嚷嚷，我不過這麼說，這全看他了……喂！我說，你領著我，咱們倆一塊去，好不好？你只要說行，咱倆就走，你回頭告訴叔公。」

玉幡桿楊華新婚燕爾，看著柳研青那焦急的樣子，知道她是擠對她爹爹的。其實，他和柳研青帳中密語，早就商量妥了。打算過了滿月，等著叔公楊敬慈一回去，他們兩口子就慫恿鐵蓮子，一同討劍去。

當下楊華說道：「師妹，你別著急，聽師父打算。師父，這把劍白白的丟了，不但面子難看，也實在可惜。師妹這兩天跟我說了不止一次了，她又慣用劍，又愛著這劍；師父要是不嫌熱，咱們就一塊去。」

鐵蓮子搖頭道：「你們大喜事價，怎好去鬧這個！」柳研青道：「那又有什麼法子，你老又不肯去。」

鐵蓮子道：「這丫頭，我何時說不去來！我不過說現時不便去，這把劍早晚我給你們討回來就是了。現在是人家這二十萬鹽鏢要緊，大遠的邀咱們來了，咱們怎好置之不理？況且眼下又有個霹靂手，摽著我一塊兒去。」

翁婿商量了一陣，也商議不出所以然來。不意白鶴鄭捷已然由魯府急腳找來，一進門，先叫了一聲：「師叔、師姑，你們兩口子好，沒熱著啊！」轉臉來，對鐵蓮子道：「師祖，現在振通鏢局的沈明誼師傅，專程來拜訪；還帶著好些禮物來，是補給師姑添妝賀喜的。」

鐵蓮子訝然道：「沈明誼來了？可是的，他們金頭送禮了，怎麼他又送來一份？豈不是重了？」站起來道：「我出去看看，他大概又是來邀我討鏢的吧。」鄭捷插言道：「是的，沈師傅一進門就問我，他們趟子手金彪來過沒有？沈師傅說，現在訪鏢已得下落，他是特意來請師祖和江南各地的江湖上名手，一同大舉前去奪鏢。因為劫鏢的人不為劫財，乃是挑釁來的，一定免不了武力爭奪。」

鐵蓮子道：「哦，訪出來了？」

楊華和柳研青互相顧盼，楊華開言道：「那麼師父去不去呢？」鐵蓮子皺眉不答。楊華道：「師父，要是不想去，那就不必見他；教鄭捷對他說，師父出門了。」鐵蓮子搖頭道：「不行，去也得見他，不去也得見他。沈明誼不是別人，我們怎好給他來俗套了，沒的教江湖上笑我。」即問鄭捷道：「沈師傅現在哪裡？」鄭捷答道：「已經讓到客廳，由我師父陪著說話哩。」

鐵蓮子站起來就走，道：「我當面見他。」

柳研青追出來說道：「爹爹可別答應他討鏢去，你老千萬別忘了咱們那把寒光劍哪！」又催楊華道：「我說，喂！你還不快穿衣裳跟爹爹去，見見這沈師傅？」

鐵蓮子皺眉笑道：「是啦，是啦！你這丫頭，唯恐我不給你們奪劍，竟監視起我來了。」楊華也不禁失笑，當不得柳研青一迭聲催促，楊華也就穿上衣裳，跟鐵蓮子徑奔大東街魯宅。

到了魯宅客廳，楊華一看，是一個四十多歲的鏢師，黑臉膛，短髫鬚，很透精神；正由大師兄魯鎮雄陪著談話。鐵蓮子當先拱手道：「嗬！沈賢弟，一晃又一個多月沒見了。」那桌子上擺著許多禮物。魯鎮雄忙從主位退到一邊，沈明誼滿臉笑容站起來，舉手一揖道：「老前輩，您大喜！你老怎麼選得乘龍快婿，暗中就把喜事辦了，也不給我們一個信呢？」

鐵蓮子大笑著，兩個人對揖了，隨叫過楊華道：「沈賢弟，這就是小婿，他名字叫楊華。」楊華上前施禮，沈明誼急忙還禮，上下一打量，說道：「好，真是英雄少年，人中龍鳳，大哥，難為你怎麼選來。楊姑爺請坐！按說我可得掏點見面禮，可是楊兄也是我輩人物，這些俗套……也罷。」從手上摘下一支玉板指來，說道：「楊兄你大喜了，得配江東女俠，正是幾生修到；這一點玩意兒，望你哂收。」主賓落座，家人獻茶。

柳兆鴻看了看桌上的禮物，竟非常隆重，足值百金以上。柳兆鴻道：「沈賢弟，我該得罰你！你們金頭來了，送來一份禮了，怎的你又捎來一份？你們要送多少次禮？」

沈明誼一愣，道：「是金彪麼？他什麼時候來的？誰打發他送禮來？我這還是在淮安府狄永年的鏢局子裡，剛聽見老前輩嫁女的信。」

鐵蓮子眼珠一轉，心中明白了。原來金彪那份禮，是他見景生情，臨時私自預備的。怪不得禮物甚薄呢！鐵蓮子大笑道：「不用說了，沈賢弟，你們這位金頭，人也太能幹了！」

寒暄話敘過，沈明誼直述來意：一來道喜，二來邀請幫忙。從身上取出一封信來，乃是俞、胡二人具名，俞劍平親自寫的。沈明誼道：「老前輩，沒有別的，你得賞臉，幫我們這回大忙。賊人的下落，九股煙喬茂師傅已經訪著；大概賊人是窩藏在寶應縣、高良澗附近。現在十二金錢俞劍平和我們胡鏢頭、朱大椿、周季龍、楚占熊、沒影兒魏廉、紫旋風閔成梁、馬氏雙雄，還有智囊姜羽沖、奎金牛金文穆、少林派靜虛和尚，這些能人都在淮安府了。這就缺少一位總攬群雄的老英雄。柳老前輩，這非您去不可！」

鐵蓮子柳兆鴻道：「沈賢弟，上次咱們在范公堤相遇，我就直向你們打聽。我看你們神色上好像有些疑難事似的，我本來要向你們幾位親近親近的。那時候你們胡鏢頭吞吞吐吐，不肯說出來。沈賢弟，不是我現在拿捏人，你我弟兄誰都信得過誰；無奈我現在有事纏手，我簡直走不開。」沈明誼作了一揖道：「老前輩！」

鐵蓮子道：「沈賢弟，你還能說我假意推辭麼？」沈明誼道：「不是的，我想老前輩把兒女的事已經辦完了。現在正閒著身子，何不轟轟烈烈幫這一場？」鐵蓮子道：「不是的，我真的有別的事；不瞞賢弟，這幾天我恐怕就要走。」

沈明誼呆了一呆道：「老前輩往哪裡去？」鐵蓮子道：「雲南。」沈明誼道：「大熱的天，老前輩往雲南做什麼？有什麼急事呢？」

鐵蓮子看了楊華一眼道：「這個……唉！左不過一點閒事，我要到雲南獅林觀，找秋野道人去。」

沈明誼道：「原來，柳老前輩和雲南獅林觀一塵道人師徒也認識？」鐵蓮子點頭道：「略有一面之緣。」

沈明誼沉吟了一回，嘆氣道：「老前輩！我的為人，老前輩是曉得的，我不會死乞白賴的央告人。你想，我大遠的來求你老，你老總得教我回去呀！況且上雲南，天太熱，你老可不可以先到淮安幫幫忙？大概用不了一個月，找鏢的事還完不了麼？正好趕到秋涼，老前輩再上雲南去，正是兩全其美。」

鐵蓮子笑著搖了搖頭。沈明誼心中非常著急；不過他素知鐵蓮子的性格，是強求不得的。沈明誼不再勸駕，只與鐵蓮子談起閒話來；說道：「群雄集會在淮安，要尅日出發，到寶應縣大舉討鏢。劫鏢的賊人，至今還未訪出姓名；但已得著他的蹤跡，是由遼東來的。此人是跟十二金錢俞劍平故意過不去的，不幸教我們胡鏢頭趕上了。二十萬鹽課，身家性命攸關。現在胡二哥的家眷還在州監押著呢！聽說胡二哥的兒子還在監裡病了……」

這些話說得鐵蓮子有點受不住，長眉一皺，尋思半晌，忽然站起來說道：「沈賢弟，我實在一時走不開。這麼辦，我陪著你找個朋友去。這個朋友比我還強，現時他就住在本城萬勝鏢局。」沈明誼道：「是哪一位？」鐵蓮子笑道：「提起此人倒也很有名，還是我的同鄉；姓童名冠英，外號霹靂手。」

沈明誼道：「哦，我曉得。這位跟我們的鏢局還很有來往，他不是江南鳳陽人麼？」鐵蓮子道：「怎麼你也跟他熟識？」沈明誼道：「我們是老朋友了，他跟我們胡鏢頭交情更深。」鐵蓮子道：「那更好了！沈賢弟，我是一百二十個對不起，我三個月內實在沒空。這麼辦，我派我的大弟子魯鎮雄和我的徒孫柴木棟、羅善林跟了你去。他們本領雖然有限，可是教他們跑跑腿準行。再有霹靂手童冠英替我出場，恐怕比我親自去還好。話是這麼說，要是一兩個月內，我把私事辦完，你們鏢還沒找出頭緒來，我依然趕了去。那時候我的工夫綽綽有餘，小女出閣也早過了對月，我們翁婿父女三人一定全到場。現在實在對不住，賢弟回去，見了俞、胡諸位，替我說好著點。」

沈明誼道：「老前輩，你越說，我越悶。到底你有什麼急事，要忙兩三個月呢？」鐵蓮子笑而不答，站起來道：「走，咱們說走就走！再過一會兒，就怕老童又看戲去了。我也不留你吃飯，回頭尋著老童，咱們老哥三個一塊下小館子。我們這裡東關『一得居』的油豆腐，實在做得好，你也嘗嘗。」

鐵蓮子柳兆鴻、金槍沈明誼，兩個人相偕徑奔萬勝鏢局。

事有湊巧，童冠英正要喧著他的徒弟郭壽彭出門。彼此相遇，一陣寒暄。沈明誼面吐來意，請助訪鏢銀，協緝賊蹤，鐵蓮子又在旁勸駕。

童冠英聽說胡孟剛家屬被押，立刻發怒，對鐵蓮子道：「去！我一定幫忙去。這些鹽商太厲害了，比劫鏢的強盜不在以下。丟了鏢，硬扣鏢師。我們會武術的人就有天大本領，也惹不起有錢的闊人！柳老兄臺，我童冠英就是這股傻勁，專愛管閒事，給朋友賣命。我是一準去，可是你呢？」

鐵蓮子道：「我三個月後準到。目下就煩你老兄攜帶我的大弟子魯鎮雄和柴木棟、羅善林，先辛苦一趟。你老兄打頭陣，我隨後趕到。」霹靂手道：「柳仁兄，你可不要脫滑！」鐵蓮子道：「笑話，笑話！我的話難道你還不相信？」原來鐵蓮子是最重然諾的，霹靂手道：「好！就這麼辦。令高足哪天動身？」鐵蓮子道：「當然隨著你了。」

霹靂手問沈明誼道：「咱們哪天走？先奔哪裡？」沈明誼非常高興，鐵蓮子雖未邀來，可是有霹靂手，正是一樣。欣然答道：「明天後天都行。現在俞、胡二位率領群雄，已由淮安府直奔寶應縣，我們聚會的地方改定在寶應縣城義成鏢店了。」童冠英道：「咱們就明天奔寶應縣。」

萬勝鏢局的少東崔長勝插言道：「童老伯，我煩你順便勞點神，行不行？」霹靂手童冠英道：「什麼事？」崔長勝道：「這事我早想對老伯說，只是不好意思開口。我們有一號鏢，要由鎮江押到淮安府。因為江北道上接連出事，沒有拿手的鏢師，我們大不放心。小侄意煩老伯玩回票，順路給照應照應；我們這號鏢打算後天動身。」

童冠英還未及答言，沈明誼忙道：「很好，我們就後天一起動身。我們幾個人就跟你的鏢一路走。」崔長勝大喜稱謝。

又囑道：「我號鏢押到寶應縣，就煩沈老前輩替我轉求義成鏢店的竇煥如鏢頭，撥兩位鏢師，再給送出兩站，一到淮安府，就算沒事了。」沈明誼也答應了。遂由鐵蓮子做東，請沈明誼、童冠英、崔長勝、郭壽彭，同赴酒樓小酌一回。童冠英又請沈明誼看戲；沈明誼本沒這麼高興，卻也情不可卻，看了幾齣崑腔。

到晚上，鐵蓮子便邀沈明誼到家裡住，崔長勝就邀他到鏢局住。沈鏢師都婉言辭謝，回轉店房；店中還有一個鏢行夥計等著呢。沈明誼又耽擱了一天，卻從童、崔二人口中打聽出揚州無名和尚、洛陽九頭獅子殷懷亮的落腳，現時都在江蘇盤桓，沈明誼很是歡喜。

轉天早晨，金槍沈明誼辭別鐵蓮子，叮嚀了後會；遂與童冠英、郭壽彭師徒，魯鎮雄、柴木楝、羅善材師徒，跟萬勝鏢店的兩號鏢船，一同由鎮江出發北上。

自從九股煙喬茂九死一生，訪得盜跡，一徑奔到淮安府；在店房內，與俞、胡二位鏢頭相遇，細說訪鏢被囚的經過，賊人的下落總算有了。

十二金錢俞劍平揣度賊人的聲勢，竟於劫鏢的當日，不動聲色把暗綴下來的鏢客裹出好幾百里地；可知賊人手法俐落，是個勁敵。而且想見黨羽很多；這一定免不掉用武奪鏢。遂與胡孟剛、戴永清商量，立派急足，先到海州送信；向趙化龍鏢頭說，賊已訪得，就煩趙鏢頭，向州衙和鹽綱公所請求寬限。

又派人到鹽城縣去送信；因俞、胡二人柬邀群雄，原定在鹽城聚會；

料想此時必已聚攏來不少武林朋友，現在就請他們一齊趕到寶應縣。所有首撥派赴各地訪鏢的同道好友，也忙著追回來。俞劍平和胡孟剛把身邊帶著的鏢行夥計、趟子手幾乎全打發出去了；然後策馬急馳，率喬茂、戴永清等，由淮安府開泰鏢局，直撲寶應縣義成鏢店。

到寶應縣只過了幾天，單臂朱大椿和周季龍、歐聯奎、馬氏雙雄等人，陸續趕到；跟著各處訪鏢的朋友也都翻回來。隨後海州趙化龍也派急足送來回信，已將訪得賊蹤的話親到州衙和鹽綱公所說了。州官很喜，催令眾人急速訪鏢。鹽綱公所那面情形也不錯；只是展限的話，只答應再限十五天。俞劍平屈指算了算，也還可以。跟著各處邀來的朋友越來越多；寶應縣城北大街義成鏢店，和斜對過的合順客棧，此時幾乎住滿了客。俞、胡二人竭誠接待，義成鏢店竇鏢頭也跟著忙活。

大家講究起來，這件事實是九股煙的大功。雖然一切得來不易，曾經受盡挫辱；可是現在，打由俞劍平、胡孟剛起，以至振通鏢局的同人、新邀來的朋友，哪一個不開口喬師傅、閉口喬師傅，滿臉笑嘻嘻地向他討教？要問賊蹤，全得看喬茂的唇舌，九股煙簡直樂得手舞足蹈了。

當天晚上，在義成鏢店擺上酒宴；普請到場諸友，共商訪鏢辦法。擺了五張圓桌，由俞劍平、胡孟剛和義成鏢局竇煥如，分做了主人。

酒過三巡，十二金錢俞劍平持杯立起，對眾發言：「諸位仁兄，這一次二十萬鹽鏢被劫，鏢是胡孟剛二弟保的，禍是我俞某惹的。據那劫鏢賊人說，他這次攔路劫鏢，非為圖財，乃是專為會會我俞劍平；所以才奪鏢、拔旗、題畫、留柬，指名找我。諸位仁兄，這劫鏢的首領，據說是年將六旬、遼東口音的老人。小弟再三追想，沒有想出這個人是誰。但不管他是誰，他既指名會我，我不能不會會他。可是人家真有點神出鬼沒的本領，行蹤竟這麼詭祕。慚愧小弟尋訪至今，竟連準地點也沒訪著，更莫說姓名出處了。小弟實在慚愧，現在僥倖……」

俞劍平說著，用手一指九股煙喬茂道：「多虧人家九九喬師傅，於當場護鏢、拒賊負傷之後，竟拚命跟綴下去，把賊人的下落居然探著。」眾人一起拿眼看喬茂，喬茂撅著那幾根狗鬚，越發得意。

俞劍平又道：「今天我和胡二弟，跟本店主人竇鏢頭，設這個小酌，不為別的；既承諸位好友錯愛，肯來給我們幫忙，我們只有心裡感激，還有什麼話說？不過是大家聚會聚會，一面吃喝，一面還可以請大家幫助出個高見。這一杯水酒，先請諸位賞臉。」把酒杯一舉。眾人道：「俞鏢頭太客氣了！」遂歡然飲乾，當下又斟上一杯。

俞劍平接著說：「請諸位再飲一杯。這賊人的下落，是喬師傅訪出來的，大概在高良澗附近。不過高良澗的情形，我卻不太詳細；所有喬師傅涉險訪鏢的經過，諸位有的聽說過了，有的還不知道，現在教我說，我也說不仔細，這就求喬師傅重向大家細述一述，然後咱們再盤算怎樣著手？」

俞劍平說罷落座，大家齊看九股煙喬茂。

喬茂這時候已然頭洗澡，換了衣服，身上的傷痕也都平復，只有臉上神氣還很難看。當下喬茂把腰板挺了挺，又一伸脖頸，又咳了一聲，這才說道：「眾位師傅們，我喬茂在振通鏢局做事，跟我們胡孟剛鏢頭，乃是多年的至好。這回我們鏢局攤上了事，我姓喬的，論本事，論眼神，在座的哪位都比我強；就是我們鏢局那些師傅們，個個也都有兩手，是人都比我姓喬的高……」

喬茂說到這裡，睜起一雙醉眼，瞥了戴永清一眼；戴永清偷看著宋海鵬，微微一笑。兩人暗說：「喬茂這小子可逮著理了，酸溜溜的，只好聽著他了。」

九股煙把嗓子提了一提，接著道：「我們的鏢在范公堤遇上事，我喬茂那時身受重傷，拚命地綴下去。這夥賊可不是泛常之輩呀！諸位師傅，你猜他們有多少人？」把手一比道：「這個數，嗯，至少足夠一百多號，只是他們動手劫鏢的時候，人沒有全出來罷了。」

喬茂遂將他在范公堤西北野寺內探得賊蹤，發現了被擄的五十名騾夫，以至自己兩番探廟，身被賊擒，苦刑拷打，自己忍痛未肯吐實的話，細描了一遍。接著又說：「後來賊人到底沒法把我怎樣，然後他們才把我裝上船，擄到高良澗；在一個荒堡內，囚了我二十多天。」然後說到自己仗三寸鏽釘，斬關脫鎖，逃出匪窟。

講到這裡，喬茂把賊人縱群犬趕逐他，和路逢女俠柳研青的話，輕輕帶過去不提。只說自己逃出盜窟之後，就在近處打聽了一天，把附近地名打聽清楚，然後才翻回來，北上送信。

跟著，將自己被囚的地名說出，大地名叫做高良澗，小地名不知道；只探出附近有兩個村鎮，一處叫苦水鋪，一處叫李家集。

在座的三四十位好漢，聽了喬茂這一番炫功談往的話，一時都停杯沉思起來。

（未完見下冊）

十二金錢鏢——退隱俞鏢旗再揚，遍邀江湖鬥飛豹

作　　者：白羽
發 行 人：黃振庭
出 版 者：崧燁文化事業有限公司
發 行 者：崧燁文化事業有限公司
E-mail：sonbookservice@gmail.com
粉 絲 頁：https://www.facebook.com/sonbookss/
網　　址：https://sonbook.net/
地　　址：台北市中正區重慶南路一段六十一號八樓 815 室
Rm. 815, 8F., No.61, Sec. 1, Chongqing S. Rd., Zhongzheng Dist., Taipei City 100, Taiwan
電　　話：(02)2370-3310
傳　　真：(02)2388-1990
印　　刷：京峯數位服務有限公司
律師顧問：廣華律師事務所 張珮琦律師

定　　價：350 元
發行日期：2024 年 01 月第一版
◎本書以 POD 印製
Design Assets from Freepik.com

國家圖書館出版品預行編目資料

十二金錢鏢——退隱俞鏢旗再揚，遍邀江湖鬥飛豹 / 白羽 著 . -- 第一版 . -- 臺北市：崧燁文化事業有限公司 , 2024.01
面；　公分
POD 版
ISBN 978-626-357-907-1(平裝)
857.9　　112021672

電子書購買

臉書

爽讀 APP